세계 서스펜스 추리여행 ❶

스페셜 에디션

세계 서스펜스 추리여행 ❶

스페셜 에디션

에드워드 조지 얼 벌워 리턴 외 지음 박선경 옮김

🌳 나래북

동서고금을 통틀어 괴담이라 부를 수 있을 만한 작품은 헤아릴 수도 없이 많다. 작가라 불리는 사람들은 대부분 괴담을 썼다. 이는 괴담류의 이야기가 작가를 포함한 모든 사람들의 흥미를 끄는 것일 뿐만 아니라 어떤 면에서는 상상력의 극치라고 할 수 있기 때문일 것이다.

그런 작품들 가운데서 가장 뛰어난 작품만을 고른다는 것은 결코 쉬운 일이 아니다. 그렇기 때문에 여기서는 선배 작가 중 이런 분야의 글에 많은 관심을 가져왔고, 또 자신도 몇몇 뛰어난 글을 쓴 분이 선별한 작품을 바탕으로 구성을 조금 바꾸고 약간의 첨삭을 가해 소개하기로 했다. 그 선배 작가도 애초에 작품을 선별할 때 꽤나 애를 먹은 듯한데 그랬기에 우선은 작가 위주로 좋은 평가를 얻고 있는 이들을 고르고, 그 가운데서 다시 작품을 골라 소개한 듯하다. 그렇기 때문에 소개한 작품 대부분이 고전에 치우친 것은 어쩔 수 없는 일이라고 이야기했다.

하지만 모든 이들의 흥미를 끄는 이야기 가운데서도 모든 이들이 인정한 고전만 힘들이지 않고 읽을 수 있으니 독자 입장에서는 이보다 더 좋은 일도 없을 듯하다. 우선은 선배 작가의 혜안을 믿고 있기 때문에, 구성만 약간 바꿨을 뿐 삭제를 가한 부분은 없으며 이 책에서 두 번째로 소개한 에드거 앨런 포의 「검은 고양이」 한 작품만 더했음을 밝혀둔다.

선배 작가의 말에 의하면 유령 이야기(고스트 스토리)만으로는 단조로움에 빠질 우려가 있기 때문에 유령은 등장하지 않는다 할지라도 괴기한 사건을 다룬 작품도 함께 실었다고 한다. 예를 들어서 호손의 작품으로는 「해리슨 박사의 유령」이 있지만 여기에는 「라파치니의 딸」을 실었다. 또 스톡턴의 「유령의 이사」처럼 유머러스한 작품을 더한 것도 역시 단조로움을 피하기 위해서였다고 한다.

하지만 이렇게 다양한 작품을 선별함으로 해서 우리는 오히려 그간 접하지 못했던 작품을 이 책을 통해서 새로이 만날 수 있게 됐다.

실제로 「라파치니의 딸」도 그렇고 「유령의 이사」도 그렇고 기존의 유령 이야기와는 달리 매우 특이한 분위기를 자아내는 작품이다.

또 안드레예프의 작품은 예술성이 매우 높아 대중적으로는 어떨까 싶어 약간 망설였으나 일반적인 괴담과는 달리 죽음에서 되살아난 라자루스라는 사람을 상징으로 '죽음'에 대한 인간의 공포를 박력 있게 묘사한 것으로 이런 작품도 하나쯤은 읽어주셨으면 하는 바람에게 「라자루스」를 선별했다고 한다.

나 역시 작업을 하면서 이 작품이 갖고 있는 힘에 왠지 모르게 압도당한 듯한 느낌이 들었다. 그 동안 이름만 들어왔지 작품을 읽어보지 못했던 그에게 커다란 관심을 갖게 됐다. 시간이 나는 대로 그의 작품에 접해볼 생각이다.

그리고 선배 작가는 다른 이유로 포의 작품을 여기에 선별하지는 못했지만, 이런 종류의 소설집에 포의 작품이 빠진다는 것은 역시 생각하기 어려운 일이기 때문에 포의 작품 가운데서도 우리에게 가장 널리 알려진 「검은 고양이」를 실었다. 그리고 포의 계승자라 할 수 있는 비어스의 「요물」도 실려 있으니 두 사람의 작품을 비교하며 읽는 것도 하나의 재미가 될 수 있을지 모르겠다.

마지막으로 중국에도 괴담이 아주 많아 이것도 선택에 꽤 애를 먹었다고 하는데 여러 가지 이유에서 「모란등기」를 택했다고 한다. 이는 우리에게도 잘 알려진 『전등신화』 속의 한 작품이다.

　　이렇게 해서 동서고금의 괴담 가운데서도 수작이라 할 수 있는 것들만 한자리에 모아놨으니 그들의 이야기에 귀를 기울여보시기 바란다.

_옮긴이

차례

셋집

에드워드 조지 얼 벌워 리턴(Edward George Earle Bulwer-Lytton, 1803~1873)

영국의 소설가, 극작가, 정치가. 소설 『봄베이 최후의 날』이 대표작으로 알려져 있으며 희곡 『리슐리외』에 등장하는 '펜은 칼보다 강하다.'는 말이 유명하다. 정치적으로는 식민담당 대신으로 있었으며 초대 리턴 남작에 봉해졌다.

1

내 친구——저술가이자 철학가인 사내가 어느 날 농담 반, 진담 반 같은 투로 내게 이야기했다.

"내 지 얼마 전에 생각지도 못했던 일을 겪었어. 런던 한 복판에서 유령의 집을 찾아냈거든."

"정말인가? 뭐가 나오나?⋯⋯유령인가?"

"글쎄, 분명하게 대답할 수는 없지만 어쨌든 내가 알고 있는 건 이 정도야. 6주 전에 아내와 나 둘이서 가구가 딸린 아파트를 찾으러 돌아다녔는데 한 조용한 거리를 지나자니 창에 가구 딸린 셋집이라는 팻말이 붙은 집이 보이더군. 장소도 우리에게 적당하다고 생각했기에 들어가 보니 방도 마음에 들었어. 그래서 우선은 일주일을 빌리기로 약속했는데⋯⋯. 삼 일째 되는 날 집을 나와버리고 말았어. 아내는 누가 무슨 소리를 해도 더는 그 집에 머물고 싶지 않대. 그럴 만도 하지."

"대체 뭘 본 건가?"

"특별히 여러 이상한 것들을 보거나 들은 건 아니지만 가구가 없는 한 방 앞을 지나면 말로 표현하기 어려운 일종의 섬뜩함 같은 것이 느껴져. 물론 그 방에서 무엇인가를 본 것도 아니고 무슨 소리를 들은 것도 아니지만……. 그래서 나흘째 되는 날 아침에 그 집의 관리를 맡고 있는 여자를 불러서 그 방은 아무래도 우리에게 맞지 않는 것 같으니 약속한 일주일이 올 때까지 여기에 있을 수는 없을 것 같다고 말했더니 여자는 놀라는 기색도 없이 이렇게 말하더군.

'저는 그 이유를 알고 있어요. 그래도 당신들은 다른 사람들보다 오래 머문 편이에요. 이틀 밤을 견디는 사람들조차 드물고 사흘 밤을 머문 사람들은 당신들이 처음이니까요. 그건 아마도 그 치들이 당신들에게 호의를 가지고 있었기 때문일 거예요.'

참으로 우스운 대답이었기에 웃으며, '그 치들은 뭐죠?'라고 물었더니 여자는 다시 이렇게 대답하더군.

'뭔지는 모르겠지만 이 집에 씌운 것이에요. 전 먼 옛날부터 그 치들을 알고 있었어요. 그 무렵 전 고용인이 아닌 몸으로 이 집에서 살았었어요. 그 치들이 곧 저를 죽일 것이라 생각되지만, 그런 건 상관없어요. 보시다시피 전 나이를 먹어서 어차피 곧 죽을 몸이니까요. 죽고 나면 그 치들과 하나가

돼서 역시 이 집에서 살게 될 거예요.'

정말 놀랐어. 여자는 아주 대수롭지 않다는 투로 그런 말을 하더군. 나는 섬뜩한 느낌이 들어 더는 아무 말도 할 용기가 나지 않았기에 서둘러 그 집에서 나와버렸어. 물론 약속한 대로 일주일분의 집세를 치르기는 했지만 그 정도로 벗어날 수만 있다면 오히려 다행이지."

"이상한 일이로군." 하고 내가 말했다. "그 말을 들으니 그 유령의 집에서 꼭 한번 자보고 싶어지는데. 제발 부탁이니 자네가 불명예스럽게 퇴각했다는 그 집의 주소를 알려주게."

신구사 그 집의 주소를 알려주었다 그와 헤어진 뒤 나는 곧장 그 유령의 집이라는 곳을 찾아가 보았는데 그 집은 옥스퍼드 스트리트의 북쪽, 음침하기는 하나 그리 나빠 보이지 않는 집들이 늘어서 있는 샛길에 있었다. 집은 단단히 잠겨 있었으며 창에 세를 놓는다는 팻말도 붙어 있지 않았다. 문을 두드려도 대답이 없었다. 어쩔 수 없이 돌아서려 하는데 옆의 공터에서 맥주 배달원이 하얀 금속 캔을 모으다 말고 나를 바라보며 말을 걸었다.

"그 집에 누군가를 찾으러 오신 건가요?"

"으음. 셋집이 있다는 소릴 듣고 온 건데……."

"셋집이요? 그 집은 J씨가 일주일에 1파운드씩 주고 할머니를 고용해서 창문을 여닫게 했었는데 이제는 틀렸습니다."

"틀렸다고, 어째서지?"

"그 집은 무엇인가에 씌웠습니다. 그 할머니도 눈을 커다랗게 뜬 채 침대 속에서 죽어 있었습니다. 사람들의 소문에 의하면 유령에게 목을 졸려 목숨을 잃은 거라고 합니다만……."

"흠. 그 J씨라는 사람이 이 집의 주인인가?"

"그렇습니다."

"어디에 살고 있지?"

"G스트리트입니다."라며 배달원이 그 번지를 가르쳐주었다.

나는 그에게 약간의 사례를 한 뒤 가르쳐준 곳으로 갔는데 운 좋게도 주인인 J씨는 마침 집에 있었다. J씨는 벌써 초로를 지난 사람으로 이지에 넘치는 풍모와 호감을 주는 태도를 갖추고 있었다.

내 이름과 직업을 솔직하게 밝힌 뒤 그 셋집에 무엇인가가 씌운 것 같다는 생각을 밝혔다. 그리고 나는 그 집을 꼭 좀 탐험해보고 싶으니 하룻밤만이라도 빌려줄 수 없는지, 허락을 해준다면 원하는 대로 돈을 내겠다고 말했다.

그에 대해서 J씨는 매우 정중하게 대답했다.

"그렇게 하십시오. 당신의 마음이 풀릴 때까지 빌려드리겠습니다. 집세 같은 건 필요 없습니다. 그 할멈은 집도 없는 가난한 사람으로 양로원에 있었는데 제가 데리고 와서 돌봐 준 겁니다. 그 할멈은 어렸을 때 저희 가족 중 한 사람과 친분이 있었다고 하고, 또 그 전에는 형편도 괜찮아서 저희 숙부님께 그 집을 빌려 산 적도 있었다고 하기에 그런 관계로 제가 데려와서 관리인으로 삼았던 겁니다. 그런데 가엾게도 3주일 전에 세상을 떠나버리고 말았습니다. 그 할멈은 고등교육도 받았고 성격도 야무진 여자로 제가 지금까지 데리고 있던 관리인 중 무사히 그 집에서 지낸 사람은 그 여자뿐이었습니다. 그러던 사람이 이번에 세상을 떠나버려서, 그것도 갑자기 세상을 떠나버려서 짐새가 어느 둥 위바탕 소동이 벌어졌고, 덕분에 동네에 여러 가지 좋지 않은 소문이 떠돌고 있습니다. 그 때문에 다른 관리인을 찾기도 쉽지 않고, 물론 세들 사람도 없으리라 생각했기에 앞으로 한 1년 동안은 그 사람이 세금만 전부 내면 된다는 조건으로 누군가에게 그냥 빌려줄 생각이었습니다."

"대체 언제부터 그런 소문이 나기 시작했습니까?"

"분명하게 말씀드릴 수는 없지만 상당히 오래전부터였습니다. 조금 전에 말씀드렸던 할멈이 빌려 살던 때, 그러니까 30년 전에서 40년 전 사이부터였다고 하던데 그때부터 이미 이상한 일이 있었다고 합니다. 제 기억에도 그 집에서 사흘 이상 산 사람은 없었습니다. 그 괴담은 한두 가지가 아니라 일일이 말씀드릴 수도 없거니와, 또 그 얘기를 해서 당신께 어떤 선입견을 주기보다는 당신 자신이 그 집에 들어가서 직접 판단하시는 편이 좋을 듯합니다. 단, 무엇인가가 보일지도 모르고 들릴지도 모른다는 각오로 당신께서 충분히 경계하시기만 하면 됩니다."

"당신은 그 집에서 하룻밤 지내보고 싶다는 호기심이 일었던 적 없으십니까?"

"하룻밤을 지낸 적은 없었지만 혼자서 한낮에 3시간 정도 머물었던 적은 있었습니다. 제 호기심을 만족시키지는 못했지만 그 호기심도 사라져 다시 경험하고 싶다는 마음이 새로이 일지도 않았습니다. 이렇게 말씀드리면 왜 충분히 탐구하지 않는 거냐고 물으실지도 모르겠습니다만, 거기에는 다른 이유가 있습니다. 그러니 당신이 이번 일에 커다란 흥미를 느끼고 있고, 또 당신의 배짱이 아주 좋다면 모르겠으나, 그렇지 않다면 그 집에서 하룻밤을 보내는 일은, 글쎄요, 다시 한 번 생각해보시는 편이 좋을 겁니다."

"아니요, 저는 커다란 흥미를 느끼고 있습니다."라고 내가 말했다. "겁쟁이인지 어떤지는 모르겠지만, 제 신경은 어떤 위험에도 길들여져 있습니다. 유령의 집이라도 놀라지 않을 겁니다."

J씨도 더는 이야기하지 않고 작은 장롱에서 열쇠를 꺼내

내게 건네주었다. 그 꾸밈없는 태도에 나는 진심으로 감사했으며 또 내 뜻에 대해 신사적으로 허가를 내준 사실에도 감사를 한 뒤, 나는 내가 원하던 것을 손에 넣었다. 그렇게 되자 마음이 급해진 나는 집에 돌아오자마자 요즘 내가 믿고 있는 F라는 고용인을 불렀다. 그는 나이도 젊고 쾌활했으며 두려움을 모르는 성격으로 내가 알고 있는 사람 가운데서 미신적 편견을 가장 적게 가진 사람이었다.

"이보게, 자네도 기억하고 있겠지?"라고 내가 말했다. "언젠가 있을 때 오래된 성에서 목 없는 귀신이 나온다기에 그 유령을 보러 갔다가 아무 것도 있어서 심재을 한 적이 있지 않았나? 그런데 이번에는 우리 뜻대로 런던 한복판에 틀림없이 유령이 나오는 집이 있다는 소리를 들었어. 난 오늘 밤을 거기서 묵을 생각이야. 내가 들은 바에 의하면 그 집에서는 무엇인가가 틀림없이 보이거나 들린다고 하더군. 그 무엇인가가 아주 섬뜩한 것인가 봐. 그래서 자네가 같이 가주면 무슨 일이 일어나도 내 마음이 아주 든든할 것 같은데, 어떤가?"

"좋습니다, 나리. 저를 데리고 가주십시오."라고 그가 이를 드러내며 유쾌하다는 듯 웃었다.

"자, 여기에 그 집의 열쇠가 있어. 이게 그 집의 주소야. 이걸 들고 얼른 가서 자네가 적당하다 싶은 방에 내 잠자리를 준비해주게. 그리고 몇 주일 동안 집이 비어 있었다고 하니 난로에 불을 잘 피워두도록 해. 잠자리에도 환기를 시켜주고. 물론 거기에 초와 장작이 있는지도 봐야 할 거야. 내 권총과 비수도 가지고 가도록 하게. 내 무기는 그거면 충분하니까. 자네도 똑같이 무장을 하고 가게. 설령 한 다스의 유령이 나온다 한들 그것과 승부를 겨루지 못한다면 영국인의 수치가 될 거야."

하지만 나는 매우 급한 일을 끌어안고 있었기에 그날의 남은 시간은 오로지 그 일에만 매달려 있어야 했다. 나는 자신의 명예를 건 그날 밤의 모험에 대해서 그렇게 많이 생각할 틈도 없을 정도로 바쁘게 일했다. 나는 아주 늦은 시간이 되어서야 혼자 서녁을 먹었다. 식사를 하는 동안 무엇인가를 읽는 것이 나의 습관이었기에 나는 매콜리의 논문 한 권을 집어들었다. 그리고 오늘 밤에는 이 책을 가져가야겠다고 생각했다. 매콜리의 작품은 그 글도 건전하고, 그 주제도 실생활과 관련된 것이었기에 오늘 밤 같은 경우에는 미신적 공상에 대한 일종의 해독제가 되어줄 것이라고 생각했기 때문이었다.

오후 9시 30분 무렵, 그 책을 주머니에 찔러 넣고 나는 유령이 나온다는 집 쪽으로 천천히 걸어갔다. 나는 따로 개 한 마리를 데리고 갔다. 그것은 민첩하고 대담하고 용맹한 불테리어 견으로, 밤이면 쥐를 잡기 위해 으슥한 길가나 어두운 골목 등을 즐겨 돌아다녔다. 녀석은 유령 사냥에 가장 적당한 개였다.

그날은 여름이었으나 오싹함이 느껴질 만큼 쌀쌀한 밤이었는데 하늘은 약간 어둡게 흐려 있었다. 그래도 달은 보였다. 비록 흐려서 그 빛이 희미하다 할지라도 역시 달임에는 틀림이 없었기에 밤이 깊어 구름이 걷히면 밝아질 것이라고 생각했다.

그 집에 도착해 문을 두드리자 우리 고용인이 유쾌한 듯 보이는 미소를 머금은 채 주인을 맞아들였다.

"준비는 전부 끝났습니다. 아주 좋습니다."

그 말을 듣고 나는 오히려 실망했다.

"특별히 주의를 기울여야 할 것은 보지도 듣지도 못했단 말인가?"

"뭔가 이상한 소리를 듣기는 했습니다."

"무슨 소리지? 어떻게 된 일인가?"

"제 뒤를 저벅저벅 지나가는 발소리를 들었습니다. 그리고 제 귓가에 대고 무엇인가 속삭이는 듯한 목소리를 한두 번…… 그 외에는 아무 일도 없었습니다."

"무섭지 않았나?"

"전혀……."

이렇게 말하는 그의 대담한 얼굴을 보고, 무슨 일이 일어나도 그는 나를 버리고 도망갈 사내가 아니라는 사실을 더욱 분명히 알 수 있었다.

우리는 거실로 갔다. 거리 쪽으로 난 창은 닫혀 있었다. 그때 나의 신경은 개에게로 쏠려 있었다. 처음 개는 기세 좋게 주위를 뛰어다녔으나, 곧 문 쪽으로 뒷걸음질을 치더니 밖으로 나가려고 자꾸만 문을 긁고 우는 듯한 소리로 낑낑거리기에 내가 조용히 그 머리를 두드려 용기를 북돋자 개도 차츰 안정을 되찾은 듯 나와 F의 뒤를 따라오기는 했으나 평소에는 낯선 곳에 오면 가장 먼저 달려나갔음에도 불구하고 오늘 밤은 내 구두의 뒤꿈치에 찰싹 달라붙어서 따라왔다.

우리는 우선 지하실과 부엌을 둘러보았다. 그리고 지하 창고 안에서 포도주병 두어 개가 나뒹굴고 있는 것을 발견했다. 그 병의 일면이 거미줄로 가득 뒤덮여 있어서 오랜 세월 그대로 방치되었다는 사실을 분명히 알 수 있게 해주었을 뿐만 아니라 여기에 사는 유령이 술꾼은 아니라는 사실도 분명히 알게 해주었는데, 그 외에 특별히 우리의 흥미를 끌 만한 물건은 발견되지 않았다. 바깥에는 어둑하고 조그만 뒤뜰이 있었는데 높은 담에 둘러싸여 있었다. 그 뒤뜰에 깔린 돌은 매우 눅눅했는데 습기와 먼지와 매연 때문에 우리가 걸을 때마다 희미한 발자국이 남았다.

나는 그때 이 색다른 셋집에서 처음으로 이상한 것을 보았다.

내 바로 앞에서 발자국 하나를 발견한 나는 갑자기 멈춰서 손가락으로 그것을 가리켜 F에게 주의를 주었다. 하나의 발자국이 순식간에 2개가 된 것을 우리 두 사람은 동시에 보았다. 둘은 서둘러 그곳을 살펴보았는데, 내 쪽으로 다가온 그 발자국은 아주 조그만 아이의 발자국이었다. 그 자국은 아주 흐려서 형태를 분명히 알아볼 수는 없었으나, 그것이 맨발 자국이라는 사실만은 우리도 알아볼 수 있었다.

이 현상은 우리가 맞은편 담에 다다랐을 때 사라졌으며 되돌아갈 때 그것이 반복되는 일은 없었다. 계단을 올라 1층으로 들어가니 거기에는 식당과 조그만 방이 있었다. 그리고 그 뒤쪽으로는 더욱 조그만 방이 있었다. 이 제3의 방은 하인들의 거실이었던 듯했다. 그곳을 통해 거실로 들어서면 거기는 새롭고 아름다운 공간이었다. 그곳으로 들어가 내가 팔걸이의자에 앉자 F가 촛대를 테이블 위에 놓았다. 문을 닫으라는 내 말에 그가 뒤 돌아서 갈 때 내 정면에 있던 의자 하나가 빠른 속도로, 그것도 아무런 소리조차 없이 벽 쪽에서 움직이기 시작하여 내 앞 1m쯤 되는 곳에 와서는 갑자기 방향을 바꿔 멈춰 섰다.

"오호, 이건 회전 테이블보다 더 재미있는데."라고 내가 반쯤 웃으며 말했다.

그리고 내가 정말로 웃기 시작했을 때 우리 개는 머리를 뒤로 움츠리고 짖었다.

 F는 문을 닫고 돌아왔으나 의자에 관해서는 깨닫지 못했는지 짖어대는 개를 열심히 달래기만 했다. 내가 언제까지고 그 의자를 응시하고 있자니 거기에 희푸르스름한 연기 같은 것이 나타났다. 그 윤곽은 인간의 형태를 하고 있는 듯했으나 내 눈을 의심할 정도로 매우 희미한 것이었다. 개는 이제 조용해졌다.

 "이 의자를 치워줘. 저쪽 벽으로 다시 돌려놔."라고 내가 말했다.

 내 말대로 한 F가 갑자기 뒤를 돌더니 말했다.

 "나리십니까? 그런 일을 한 건……."

 "내가……. 뭘 했다는 거지?"

 "네, 무엇인가가 저를 때렸습니다. 어깨 부근을 세게 때렸습니다. 바로 여기쯤을……."

 "난 아니야. 하지만 우리 앞에는 마술사들이 있어. 그 마술은 아직 찾아내지 못했지만 녀석들이 우리를 놀라게 하기 전에 우리가 먼저 녀석들을 잡기로 하세."

 하지만 우리는 그 방에 오래 머물 수 없었다. 실제로 모든 방이 습하고 차가워서 우리는 불을 피워놓은 2층의 방으로 가고 싶었던 것이다. 우리는 경계를 위해서 거실 문에 자물쇠를 채우고 나왔다. 지금까지 둘러본 아래층 방들도 전부 그렇게 해둔 상태였다.

F가 나를 위해서 선택한 침실은 2층에서 가장 좋은 방으로, 거리를 향해 2개의 창문이 난 널따란 곳이었다. 일정한 간격으로 다리 4개가 달린 침대가 불 쪽을 향해 놓여 있었으며, 스토브의 불은 아름답게 활활 타오르고 있었다. 그 침대와 창 사이의 벽 왼쪽에 문이 있었는데 그 문은 F가 거실로 쓰기로 한 방과 이어져 있었다.

이어서 소파와 침대가 놓인 조그만 방이 있었는데 거기서 계단으로 연결된 통로는 없었으며 오직 내 침실로 이어지 ┬ 문이 하나 있을 뿐이었다.

침실의 불 옆에는 옷장이 벽과 같은 평면에 만들어져 있었는데 거기에 자물쇠는 채워져 있지 않았으며 탁한 다갈색 종이로 싸여 있었다. 혹시나 싶어 그 옷장을 살펴보았으나 거기에는 여성의 옷을 거는 옷걸이가 있을 뿐 그 외에는 아무것도 없었다. 그리고 벽을 두드려보았는데 그것은 틀림없는 고형체로 바깥은 건물의 벽이었다.

이것으로 집 안의 답사를 마친 나는 잠시 불로 몸을 녹이며 시가를 피웠다. 이때까지 내 옆에 붙어 있던 F가 우리의 탐사를 더욱 만족스러운 것으로 만들기 위해 방 밖으로 나갔는데, 계단 바로 옆에 있는 방의 문이 굳게 잠겨 있었다.

"나리,"라고 그가 놀란 듯 말했다. "전 이 방에 자물쇠를 채운 기억이 없습니다. 이 문은 이쪽에서 잠글 수 없게 되어 있어서……."

그의 말이 채 끝나기도 전에 아무도 손을 대지 않았음에도 불구하고 그 문이 다시 저절로 조용히 열렸기에 우리는 한동안 말없이 서로의 눈을 바라보았다. 순간 유령의 집이 아니라 사람이 해놓은 어떤 장치를 여기서 발견할 수 있을지도 모르겠다는 생각이 두 사람의 가슴에 똑같이 떠올랐기에 내가 먼저 그 방으로 뛰어 들어갔고, F도 뒤를 따랐다.

그곳은 가구도 아무런 장식도 없는 조그만 방이었는데 약간의 빈 상자와 바구니 등이 한쪽 구석에 나뒹굴고 있을 뿐이었다. 조그만 창의 덧문은 닫혀 있었으며 불을 피우는 곳도 없었고, 지금 우리가 들어온 곳 외에는 문도 없었다. 바닥에는 아무것도 깔려 있지 않았으며 그 바닥도 아주 낡고 벌레 먹어서 곳곳에 수리를 위해 덧댄 나무의 흔적이 하얗게 보였다. 게다가 거기에 생물이라고 할 수 있을 만한 것은 아무것도 보이지 않았을 뿐만 아니라, 생물이 숨을 만한 곳도 보이지 않았다.

우리가 거기에 멈춰 서서 주위를 둘러보고 있는 동안 일단 열렸던 문이 다시 조용히 닫혔다. 둘 모두 거기에 갇히고 만 것이다.

2

나는 그때 처음 말로 표현할 수 없는 일종의 공포가 싹트기 시작한 것을 느꼈으나 F는 그렇지 않았다.

"우리를 덫에 빠뜨리려 해봐야 소용없는 일입니다. 이렇게 얇은 문은 제 발로 한 번만 차도 바로 부서질 테니까요."

"우선은 자네 손으로 열리는지 안 열리는지 시험해보도록 하게."라고 나도 용기를 내서 말했다. "그 사이에 나는 덧문을 열어 밖에 무엇이 있나 살펴볼 테니."

내가 덧문의 고리를 벗겨 보니 장은 앞서 이야기했던 뒤뜰 쪽으로 나 있었는데 거기에는 밖으로 튀어나온 부분이 전혀 없었기에 편평한 벽을 내려갈 방도는 없었으며 정원에 깔린 돌 위에 내려설 때까지 발을 디딜만한 것도 전혀 보이지 않았다.

F는 한동안 문을 열려고 시도했으나 그것이 여의치 않자 내 쪽을 돌아보며 일이 이렇게 됐으니 폭력을 좀 써도 되겠느냐고 물어봤다.

그가 미신적 공포를 극복하고 이와 같은 비상 상황에서도 침착하고 쾌활하다는 사실은 참으로 기특하다고 할 만한 일로, 나는 여러 가지 의미에서 좋은 아군을 데려온 것을 축복하지 않을 수 없었다. 이에 나는 그의 청을 기꺼이 들어주었으나 그가 제아무리 용감한 사람이라 할지라도 그 힘은 그렇게 세지 않은 듯, 아무리 차도 문은 꿈쩍도 하지 않았다.

결국은 그가 숨을 헐떡이며 차기를 그만두었기에 내가 대신 맞섰으나 역시 아무런 효과도 없었다. 차기를 그만둔 순간 내 가슴에 일종의 공포심이 다시 일었는데 이번에는 앞서보다 훨씬 더 섬뜩하고 뿌리 깊은 것이었다.

그때 나는 쪼개진 바닥 틈새에서 뭔가 기괴하고 섬뜩한 연기가 솟아오르더니 인간에게 유해한 듯한 독기가 점차 충만해가는 것을 보았다 싶었는데, 문이 마치 자신의 의사를 가지고 있기라도 한 것처럼 다시 조용히 열렸기에 감금에서 풀려난 두 사람은 얼른 계단이 있는 곳으로 도망쳐 나왔다.

하나의 크고 푸른 빛—사람 모습 정도의 크기였으나 형체는 없었으며 단지 둥실둥실 떠 있었다.—이 우리 쪽으로 움직여 와서는 층계참에서 다락방으로 이어진 계단을 올라갔기에 나는 그 빛을 따라갔다. F도 뒤를 따랐다.

빛은 계단 오른쪽에 있는 조그만 방으로 들어갔는데 문이 열려 있었기에 나도 바로 뒤따라 들어가 보니 그 빛은 소용돌이치며 조그만 구슬처럼 변했고, 그것은 아주 밝아서 마치 살아 있는 것처럼 반짝였는데 방의 구석에 있는 침대 위에서 움직임을 멈췄다가 잠시 후 부르르 떨 듯 사라졌기에 우리는 바로 그 침대를 살펴보았다. 그것은 하인 등이 사는 다락 방에서 흔히 볼 수 있는, 반쯤 덮개가 달린 침대였다.

침대 옆 서랍장 위에는 낡은 비단 손수건이 놓여 있고 그 터진 곳을 꿰매다 만 바늘이 함께 놓여 있었다. 손수건은 먼지투성이였으나 그것은 틀림없이 얼마 전에 이 집에서 죽었다는 할멈의 물건으로, 할멈은 이 방을 자신의 침실로 쓰고 있었던 것이리라.

나는 커다란 호기심을 가지고 서랍을 하나하나 열어보았는데 그 안에는 여자의 옷가지와 편지 두 통이 있었고, 편지는 빛이 바랜 가느다랗고 노란 리본에 둘려 묶여 있었다. 나는 멋대로 그 편지를 집어 내 것으로 삼았지만 그 외에 주의를 끌 만한 물건은 아무것도 발견하지 못했다.

그 빛이 다시 나타나지는 않았지만 두 사람이 몸을 돌려 그 방에서 나올 때 우리 바로 앞에서 바닥을 슥슥 밟으며 지나가는 발소리가 들려왔다. 그런 다음 우리는 4개의 다락방을 지났는데 그 발소리는 늘 두 사람보다 앞장서서 갔다. 하지만 아무런 모습도 보이지 않았으며 단지 그 발소리만 들릴 뿐이었다.

나는 그 두 통의 편지를 손에 들고 있었는데 계단을 막 내려서려 할 때 무엇인가가 내 팔꿈치를 잡은 것을 분명하게 느꼈다. 그리고 내 손에서 편지를 앗아가려 하는 것 같다는 사실을 가볍게 느꼈으나 편지를 꼭 쥐고 놓지 않았기에 그것은 내 손에 남아 있었다.

우리 둘은 나를 위해서 마련한 침실로 돌아갔는데 나는 거기서 개가 우리를 쫓아오지 않았다는 사실을 깨달았다. 개는 불 옆에 찰싹 달라붙어서 몸을 떨고 있었다.

나는 바로 편지를 읽기 시작했고, F는 내가 명령한 대로 무기를 넣어 들고 온 조그만 상자를 열어 권총과 비수를 꺼내 내 침대 머리맡 부근에 있는 테이블 위에 놓았다. 그런 다음 그 개를 달래듯 쓰다듬어주었는데 개는 그를 조금도 상대하려 들지 않는 듯했다.

편지의 내용은 짧았는데 그 날짜를 보니 정확히 35년 전의 것이었다. 그것은 틀림없이 서로 정을 통한 남자가 여자에게 보낸 것이거나, 혹은 남편이 젊은 아내에게 보낸 것인 듯했다. 글의 분위기뿐만 아니라 이전의 여행에 대해서 적은 것을 고려해보면, 이 편지를 쓴 사람은 뱃사람인 것 같았는데 내용이나 글씨를 보고 나는 그다지 교육을 많이 받지는 못한 사람이라고 생각했다. 하지만 말 자체에는 힘이 담겨 있었으며 거칠고 강렬한 애정이 가득 담겨 있었다. 그런데 그 내용 곳곳에 어딘가 어둡고 이해할 수 없는 점이 있어서, 그것은 애정 문제가 아니라 어떤 범죄에 대한 비밀을 암시하는 것이 아닐까 여겨졌다. 즉, 그 한 구절 가운데 이런 내용이 적혀 있던 것을 나는 기억하고 있다.

「모든 사실이 발각되어 모든 사람들이 우리를 비난하고 증오한다 해도 서로의 마음은 변하지 않겠지?

결코 당신이 자는 방에 타인을 재워서는 안 돼. 밤중에 당신이 어떤 잠꼬대를 할지 모르니.

무슨 일이 있어도 우리가 파멸하는 일은 없을 거야. 죽을 때가 온다면 모르겠지만, 그때까지는 그 무엇도 두려워할 필요 없어.」

그런 글들 밑에 그보다 훨씬 더 세련된 여사의 글씨로 '맞아요.' 라고 적혀 있었다. 그리고 마지막 날짜의 편지 끝부분에는 역시 같은 여자의 글씨로 '6월 4일, 바다에서 사망. 같은 날에……' 라고 적혀 있었다. 나는 두 통의 편지를 내려놓고 그 내용에 대해서 생각하기 시작했다.

그런 생각을 하는 것은 마음을 불안하게 만드는 일이라는 사실을 알고는 있었지만, 나는 오늘 밤 앞으로 어떤 이상한 일이 벌어진다 해도 거기에 대항하겠다는 결심만은 충분히 하고 있었다.

나는 자리에서 일어나 그 편지를 테이블 위에 올려놓고 아직 활활 타오르고 있는 불을 뒤적인 다음 그 앞에 앉아 매콜리의 논문집을 펼쳐 11시 반 무렵까지 읽었다. 그 뒤에 옷을 입은 채 침대에 올랐으며 F에게도 자신의 방으로 돌아가도 좋다고 말했다. 단, 오늘 밤에는 깨어 있어야 한다, 그리고 내 방과 통하는 문은 열어두라고 명령했다.

그 후, 혼자가 된 나는 침대 머리맡의 테이블에 초 두 개를 밝혀놓았다. 두 개의 무기 옆에 회중시계를 놓고 다시 매콜리를 읽기 시작했는데 내 앞의 불은 밝게 타올랐으며 개는 난로 앞의 깔개 위에 잠든 듯 누워 있었다. 20분쯤 지났을 무렵, 문틈으로 바람이 새어 들어오는 것처럼 갑자기 아주 싸늘한 공기가 내 뺨을 스쳤기에 혹시 계단으로 통하는 오른쪽 문이 열려 있나 싶어 돌아보았으나 문은 틀림없이 닫혀 있었다. 다시 왼쪽을 돌아보니 촛불이 바람에 불린 것처럼 흔들리고 있었다. 그와 동시에 테이블 위에 있던 시계가 조용히, 눈에 보이지 않는 손에 움켜쥐어 떠나간 것처럼 사라져버렸다.

나는 한쪽 손에 권총, 다른 한쪽 손에 비수를 들고 벌떡 일어났다. 시계처럼 그 두 개의 무기도 빼앗겨서는 안 된다고 생각했기 때문이었다. 이렇게 조심을 한 뒤 바닥 위를 둘러보았으나 어디에서도 시계는 보이지 않았다. 그때 베개 부근에서 조용히, 하지만 크게 두드리는 소리가 세 번 들려왔다.

"나리, 나리십니까?" 라고 옆방에서 F가 말했다.

"아니, 난 아니야. 너도 조심해."

개가 일어나 앞다리를 세우고 앉았다. 그 귀를 좌우로 빠르게 움직이며 이상한 눈으로 나를 쳐다보는 것이 내 주의를 끌었다. 개는 곧 조용히 몸을 일으켰는데 여전히 똑바로 선 채 온몸의 털을 곤두세우고 역시 사나운 눈으로 나를 가만히 바라보았다. 하지만 개를 자세히 살펴볼 여유는 없었다. F가 자신의 방에서 갑자기 뛰어들었기 때문이었다.

그때 나는 인간의 얼굴에 나타난 공포의 빛을 보았다. 만약 거리에서 갑자기 맞닥뜨렸다면 틀림없이 우리 고용인이라고는 알아보지 못했을 것이라 여겨질 만큼 F의 표정은 완건히 바뀌어 있었다. 그가 내 옆을 빠른 걸음으로 지나며 들릴까 말까 한 낮은 목소리로 말했다.

"얼른 도망치세요. 도망치세요. 제 뒤를 따라오고 있어요."

그가 계단 쪽의 문을 열어젖히더니 허겁지겁 밖으로 달려나가기에 기다려, 기다려 하고 불러 세우며 뒤를 따라갔으나 F는 나를 돌아볼 생각도 하지 않고 계단을 뛰어 내려가—난간을 잡고 한 번에 몇 개씩— 서둘러 도망쳤다. 내가 멈춰서 귀를 기울이고 있자니 현관의 문이 열렸다가 곧 닫히는 소리가 들려왔다. 믿고 있던 F는 도망을 치고 나 혼자 유령의 집에 남게 되었다.

여기에 남을 것인가, F의 뒤를 따라 나갈 것인가 하고 나도 잠깐 생각했으나 나의 자존심과 호기심이 비겁하게 도망치지 말라고 명령했기에 나는 다시 내 방으로 돌아가 경계를 하며 침대 쪽으로 다가갔다. 너무 갑작스럽게 일어난 일이었기에 F가 대체 무엇을 두려워한 것인지 나로서는 잘 알 수 없었기 때문이었다. 혹시 어딘가에 비밀 문이라도 있지 않을까 싶어 나는 벽을 다시 살펴보았으나 물론 그런 것은 흔적조차 찾아볼 수 없었을 뿐만 아니라, 탁한 갈색 종이에는 이음매조차 보이지 않았다. 그렇다면 그것이 무엇이든 F를 놀라게 한 것은 내 침실을 지나서 들어간 것일까? 나는 안쪽 방문에 걸쇠를 건 뒤 무엇이 오나 기다리며 난로 앞에 서 있었다.

그 순간 나는 벽 구석에 개가 틀어박혀 있는 것을 보았다. 거기서 억지로 도망칠 길을 찾고 있는 것처럼 벽에 몸을 바싹 붙이고 있었기에 거기로 다가가 불렀다.

가엾은 동물은 커다란 공포에 사로잡혀, 이빨을 드러내고 턱에서 침을 흘리며, 내가 아무 생각 없이 쓰다듬으려 했다면 바로 물었을 것 같은 모습으로 주인인 나조차 알아보지 못하는 듯했다. 동물원에서 커다란 뱀에게 잡아먹히기 전의 토끼가 떠는 모습을 본 적이 있는 사람이라면 누구나 상상할 수 있을 것이다. 우리 개의 모습이 그것과 똑같았다. 아무리 어르고 달래보아도 소용없었을 뿐만 아니라 광견병에라도 걸린 것 같은 이 개에게 물려 어떤 독에라도 감염되어서는 안되겠다 싶었기에 개는 그대로 내버려둔 채 난로 옆 테이블에 무기를 내려놓고 의자에 앉아 다시 매콜리를 읽기 시작했다.

잠시 후 읽고 있던 책의 페이지와 촛불 사이로 무엇인가가 들어온 듯 종이 위가 어두워졌기에 고개를 들어보니, 그것은 말로는 어떻게 설명할 길이 없는 것이었다. 그것은 매우 흐릿하고 거뭇한 그림자였는데 분명하게 인간의 그림자라고는 말할 수 없었으나, 그것과 비슷한 것을 찾아보자면 역시 인간의 모습이나 그림자 같다고밖에는 말할 길이 없었다. 그것이 주위의 공기나 촛불에서 떨어져 서 있는 것을 보니 그 면적이 매우 넓은 듯했는데 머리 부분은 천장에 닿아 있었다. 그것을 가만히 노려보고 있자니 나는 뼈에 사무치는 듯한 한기가 느껴졌다. 그 한기는 매우 각별한 것이어서 설령 빙산이 내 앞에 있다 할지라도 그런 한기는 느껴지지 않았을 것이다. 빙산의 한기가 훨씬 더 물리적일 것이라 여겨졌다. 하지만 그것이 공포에 의한 한기가 아니라는 사실은 나도 잘 알 수 있었다.

그 기괴한 물체를 한껏 노려보고 있자니 나 자신에게도 분명하지는 않았으나, 두 개의 눈이 높은 곳에서 나를 내려다보고 있는 것 같다는 느낌이 들었다. 어떤 순간에는 그것이 분명하게 보이는 것 같기도 하다가 다음 순간에는 그것이 사라져버린 것 같기도 했는데, 어쨌든 푸른 듯 푸르스름한 듯한 두 개의 빛이 어둠 속에서 얼핏얼핏 나타나서는 반신반의하는 나를 비추었다. 나는 말을 하려 해도 목소리가 나오지 않았다. 단지, 저게 무서운 건가? 아니 무섭지는 않아, 라는 생각이 들 뿐이었다. 애써 일어서려 해도 저항할 수 없는 힘이 짓누르고 있는 것처럼 일어설 수가 없었다. 나는 내 의사에 반항하여 인간의 힘을 압도하는 이 커다란 힘을 인정하지 않을 수 없었다. 물리적으로 말하자면 바다에서 폭풍우를 만났을 때나, 혹은 커다란 화재에 휩싸였을 때와 비슷한 정도였다. 정신적으로 말하자면 어떤 무시무시한 야수와 싸우고 있거나, 혹은 망망대해에서 상어와 맞닥뜨렸을 때와 비슷하다고 말할 수 있을 것이다. 다시 말하자면 내 의사에 반항하는 다른 의사가 있는데 그 강도는 폭풍우와 같고 불과 같았으며, 그 힘은 상어와도 같았다.

이런 느낌이 점점 고조되자 말로는 도저히 표현할 수 없는 공포가 솟아올랐다. 그래도 나는 자존심—용기가 아닌—을 유지하고 있었기에, 그것은 외부에서 자연스럽게 엄습해 오는 두려움이지 내 자신이 두려워하고 있는 것은 아니라고 마음속으로 말했다. 내게 직접적으로 해를 주지 않는 것을 두려워할 필요는 없다, 내 이성은 요괴 따위를 인정하지 않는다, 지금 보고 있는 것은 일종의 환영에 지나지 않는다고 생각했다.

젖 먹던 힘까지 짜내서 나는 간신히 손을 뻗을 수 있었다. 그리고 테이블 위의 무기를 집으려던 순간, 갑자기 내 어깨와 팔에 이상한 공격을 받아 내 손이 축 늘어지고 말았다. 그뿐만 아니라 꺼지지는 않았지만 촛불이 점점 흐려지기 시작했다. 난롯불 역시 빛이 빨려 들어가듯 흐려져서 방 안은 완전히 어두워지고 말았다. 이 어둠 속에서 그 '검은 물체'가 위력을 발휘한다면 맞설 방법이 없을 것이다. 나의 공포심은 절정에 달해, 이제는 기절을 하거나 크게 소리를 지를 수밖에 없었다. 나는 크게 소리를 질렀다. 일종의 비명에 가까운 것이기는 했으나, 어쨌든 소리를 질렀다.

"두렵지 않아. 나의 영혼은 무서워하지 않아."라는 식의 소리를 지른 듯하다.

그와 동시에 나는 자리에서 일어났다. 새카만 어둠 속에서 창 쪽으로 달려가 커튼을 열고 덧문을 힘껏 열어젖혔다. 무엇보다 먼저 외부의 빛을 안으로 들여야겠다고 생각한 것이었다. 밖에 달이 높고 밝게 걸려 있는 것을 보고 나는 지금까지의 공포도 잊은 듯 기쁘다는 생각이 들었다. 하늘에는 달이 있었다. 잠든 거리에는 가스등의 빛이 있었다. 방 안을 돌아보니 달의 그림자는 거기에도 비춰들어 그 빛이 아주 창백했고, 비록 일부분이기는 했지만 어쨌든 그 부근이 환해져 있었다. 그 검은 물체가 무엇이었는지는 모르겠지만, 형태는 이미 사라지고 없었으며 정면 벽에 그것의 유령인 것처럼 보이기도 하는 옅은 그림자만이 남아 있을 뿐이었다.

그리고 내가 테이블 위로 시선을 돌리니 테이블—테이블 클로스도 커버도 없는, 마호가니로 만들어진 테이블이었다.—아래서 손 하나가 팔꿈치 부근까지 불쑥 솟아올랐다. 그 손은 우리의 손과는 달리 피와 살이 많지 않은, 야위고 주름투성이인 조그만 손으로 틀림없이 노인의, 그것도 여자의 손인 듯했는데 슬금슬금 뻗어 와서는 테이블 위에 있던 두 통의 편지로 다가가는가 싶더니 순식간에 그 손도 편지도 전부 사라져버리고 말았다.

그때 조금 전에 들었던 것과 같은, 물건을 때리는 듯한 소리가 크게 세 번 들려왔다. 그 소리가 조용히 그치자 방 전체가 흔들리는 것처럼 느껴지고, 바닥 여기저기서 빛의 포말과도 같은 불꽃과 불똥이 나타났다. 그것은 초록색, 노란색, 불처럼 빨간색, 하늘처럼 옅푸른색 등 여러 가지 색을 하고 있었다. 누가 움직이는 것도 아닌데 의자가 벽 쪽에서부터 움직여 침대 정면에 놓이는가 싶더니 여자의 모습이 거기에 나타났다. 그것은 죽은 자처럼 섬뜩한 것이기는 했으나, 틀림없이 살아 있는 자의 모습으로 보였다.

그것은 슬픔을 머금은 젊은 미인의 얼굴이었다. 몸에는

구름처럼 하얀 로브(길고 헐렁한 옷)를 두르고 있었는데 목에서 어깨 부근까지는 노출되어 있었다. 여자는 어깨에 걸친 길고 노란 머리카락을 빗기 시작했는데 내 쪽으로는 눈길도 주지 않고 귀를 기울이는 듯, 주의를 기울이는 듯, 무엇인가를 기다리는 듯한 태도로 문 쪽을 바라보았으며, 뒤쪽 벽에 남아 있던 '검은 물체'의 그림자는 다시 점점 짙어지더니 그 머리에 있는 두 개의 눈과 같은 것이 여자의 모습을 엿보고 있는 것처럼 느껴지기도 했다.

문은 닫혀 있었으나 마치 그곳을 통해서 들어온 것처럼 나를 헤매기 니타났다, 그것도 여자와 마찬가지로 선명하고, 역시 섬뜩한 느낌을 주는 젊은 남자의 얼굴이었다. 남자는 이전 세기의 옷이거나, 혹은 그와 비슷한 옷을 입고 있었는데 그 주름 잡힌 옷깃이나, 레이스나, 섬세하게 장식된 허리띠 등의 아름다운 옛 복장이 그것을 입고 있는 사자(死者) 같은 남자와 신비하게 대조를 이루어 참으로 기괴하게, 오히려 섬뜩하게 보였다.

남자의 모습이 여자에게 다가가자 벽의 검은 그림자도 움직이기 시작하여 이 세 개가 곧 어둠 속에 휩싸였는데 잠시 후 푸르스름한 빛이 다시 비추자 남자와 여자 두 유령은 그들 사이에 버티고 서 있는 커다란 검은 그림자에게 사로잡혀 있는 것처럼 보였다. 여자의 가슴에는 핏자국이 묻어 있었다.

남자는 검은 지팡이처럼 생긴 것을 짚고 있었는데 그의 가슴 부근에서도 역시 피가 떨어지고 있었다. 검은 그림자가 그들을 집어삼킨 뒤 전부가 그대로 사라져버리자 이전의 불똥이 다시 나타나서 달리기도 하고, 구르기도 했는데 그것이 점점 짙어지면서 격렬하게 뒤섞이기 시작했다.

3

난로 오른쪽에 있는 화장실의 문이 열리더니 그 안에서 이번에는 노파가 모습을 드러냈다. 노파는 그 손에 두 통의 편지를 들고 있었다. 그 뒤에서 또 발소리가 들리는 듯했다. 노파는 귀를 기울이듯 뒤를 바라보다 곧 그 편지를 펼쳐 읽기 시작했는데 그 어깨 너머로 창백한 얼굴이 보였다. 그것은 물속에 오래 잠겨 있던 남자의 얼굴로 퉁퉁 불어 있었으며, 젖어 늘어진 허연 머리카락에는 해초가 뒤엉켜 있었다. 그 외에도 노파의 발 밑에는 시체와도 같은 것이 하나 누워 있었으며, 그 시체 옆에 한 아이가 웅크려 앉아 있었다. 아이는 비참하고 지저분한 모습이었는데 그 뺨에는 굶주린 빛이 감돌고 있었고, 눈에는 공포의 빛이 어려 있었다.

노파는 편지를 읽는 동안 얼굴의 주름이 점점 사라지더니 젊은 여자의 얼굴로 변해갔다. 매서운 눈빛을 한, 잔인한 인상이었으나 어쨌든 젊은 얼굴로 변해 있었다. 그런데 순간 다시 그 검은 그림자가 덮치더니 조금 전처럼 그들을 어둠 속으로 데려가 버렸다.

이제 실내에 검은 그림자 외에 이상한 것은 아무것도 없었기에 나는 시선을 고정하여 그것을 가만히 바라보았는데, 그 그림자의 머리에 있는 2개의 눈이 독살스러운 뱀의 눈처럼 커다랗게 튀어나오기 시작했다. 불똥은 불규칙적으로 어지럽게 혹은 위로 오르기도 하고, 혹은 아래로 내려오기도 하면서 창으로 스며드는 옅은 달빛 속에서 정신없이 날뛰었다.

쌀레가 된 껍데기 속에서 흘러나오듯, 불똥 하나하나 속에서 놀랄 만한 것들이 폭발하여 공중에 가득 찼다. 그것은 핏기 없는 추악한 유충들과 같은 것이었는데 나로서는 도저히 설명할 길이 없다. 한 방울의 물을 현미경으로 들여다보면 투명하고 유연하고 민첩한 수많은 것들이 서로 쫓기도 하고 서로 잡아먹기도 하는 것이 보인다. 지금 여기에 나타난 것들 역시 그런 종류의 것들이어서 육안으로는 거의 구분해낼 수 없다고 생각하면 될 것이다. 그 모습에 어떤 균일한 면이 있는 것도 아니고, 그 행동에 어떤 규칙이 있는 것도 아니었으며, 한 군데 머물지도 않고 떠다녔는데 내 주위를 빙글빙글 맴돌기 시작했다.

그 무리는 차츰 수를 더해갔고 회전하는 속도도 점점 빨라졌는데, 내 머리 위로 모여들기 시작했다. 조심을 하기 위해 내민 내 오른손 위에도 기어오르기 시작했다. 때때로 무엇인가가 닿는 느낌이 들었으나, 그것은 그들의 짓이 아니라 뭔가 눈에 보이지 않는 손이 나를 만지는 것 같았다. 또 어떤 때는 차갑고 부드러운 손이 내 목을 쓰다듬는 것처럼 느껴지기도 했다.

여기서 두려움을 느끼고 항복하면 내 몸에 위험이 닥칠 것이라 생각했기에 나는 그들에게 대항하겠다는 한 가지 생각에만 모든 마음의 힘을 집중하여 그 뱀 같은 눈—그것은 점차 뚜렷하게 보이기 시작했다.—에서 내 시선을 돌렸다. 이제 내 주위에는 아무것도 없었으나 거기에는 여전히 하나의 '의지'가 있었다. 그것은 강력하고 창조적이고 또한 활동력으로 가득한 '악'의 의지였는데 그 힘이 나를 눌러 복종시키고 있었다.

방 안의 푸르스름한 공기는 어느 틈엔가 가까이에 있는 불처럼 빨갛게 변해 있었으며, 그 유충의 무리는 불 속에 사는 것처럼 반짝반짝 빛나기 시작했다. 달빛이 떨며 움직였다. 무엇인가를 때리는 소리가 다시 세 번 들리는가 싶더니 모든 것들이 그 검은 그림자에 휩싸이고 다시 커다란 암흑 속으로 사라져버렸는데, 곧 그 암흑이 물러남과 동시에 검은 그림자도 완전히 모습을 감췄으며 지금까지 빛을 잃고 있던 테이블 위의 촛불이 다시 조용히 밝아졌다. 난롯불도 다시 타오르기 시작했다. 이 방 역시 원래의 평온한 모습을 되찾았다.

2개의 문은 여전히 닫힌 채였으며 F의 방으로 통하는 문에도 잠금장치가 채워져 있었다. 벽 구석에는 우리 개가 내몰려 경련을 일으킨 듯 누워 있었는데 내가 시험 삼아 불러보았으나 아무런 대답도 하지 않았다. 더욱 다가가 가만히 살펴보니 눈알이 튀어나왔고, 입에서는 혀가 삐져나와 있었으며 턱에 거품을 문 채 이미 죽어 있었다.

나는 그 개를 안아 불 옆으로 데려갔는데 가엾은 개에 대해서 깊은 비애와 강한 자책을 느끼지 않을 수 없었다. 내가 그 개를 사지로 내몬 것이었다. 처음에는 공포 때문에 죽은 것이라 생각했으나, 그 목뼈가 실제로 부러져 있는 것을 발견하고 나는 다시 깜짝 놀랐다. 그것이 어둠 속에서 행해진 것이라면, 그것은 나와 같은 인간의 손에 의해서 행해졌어야만 했으리라. 그렇다면 처음부터 끝까지 이 방 안에 인간이 있었다는 말일까? 그와 관련된 어떤 의심스러운 흔적이라도 있는 걸까? 나는 이 이상 그 무엇도 자세히 이야기할 수 없으니, 독자들의 추측에 맡길 수밖에 달리 방법이 없다.

또 하나 놀라운 일은, 조금 전 이해할 수 없는 형태로 분실했던 내 회중시계가 테이블 위에 돌아와 있었다는 점이다. 그런데 그것을 분실한 시각에 시곗바늘은 정확히 멈춰 있었다. 그 후 솜씨 좋은 시계수리공에게 몇 번이고 맡겨 수리를 해보았으나 언제나 몇 시간 뒤면 바늘의 회전이 묘하게 불규칙해지다 결국에는 멈춰버리고 말았기에 그 시계는 쓸 수 없게 되어버리고 말았다.

그 뒤로 이상한 일은 더 이상 일어나지 않았다. 날이 밝을 때까지 기다려보았으나 아무런 일도 일어나지 않았다. 해가 뜨고 세상이 낮이 되어 내가 그 집에서 나올 때까지 더는 아무런 일도 일어나지 않았다.

그곳을 떠나기 전에 F와 내가 갇혔던 방, 창이 없는 방에 다시 들어가 보았다. 기이한 사건의 기계적 작용—만약 이런 말이 있다고 한다면—을 만들어낸 그 방으로 한낮에 들어가 어젯밤의 무시무시함을 다시 떠올려보니 나는 한시도 거기에 서 있고 싶지 않았기에 서둘러 계단을 내려가려 했는데, 이번에도 나보다 앞서 가는 발소리가 들려왔다. 그리고 현관문을 연 순간, 뒤에서 조그맣게 웃는 소리가 들려온 것 같다는 느낌이 들었다.

나는 우리 집으로 돌아왔다. 어젯밤에 도망쳐온 하인이 틀림없이 얼굴을 내밀 것이라 생각했으나 F는 어디로 갔는지 소식이 완전히 끊어져버리고 말았다. 3일 후에 리버풀에서 편지가 왔다.

「지난 밤에는 그런 모습을 보여 뭐라 드릴 말씀이 없습니다. 제가 완전히 회복되려면 앞으로 1년 이상이나 걸릴 듯하니 물론 앞으로는 나리를 모실 수 없을 것 같습니다. 저는 지금부터 멜버른에 있는 의형제를 찾아갈 생각인데 그 배가 내일 출발합니다. 오랜 항해를 계속하는 동안 제 마음도 완전히 안정을 되찾을 것이라 여겨집니다. 지금은 공포와 전율만이 느껴질 뿐, 어떤 무시무시한 것이 늘 제 뒤에 들러붙어 있는 것 같다는 생각이 듭니다. 그리고 매우 죄송한 말씀입니다만, 제 옷가지와 짐들은 월워스에 있는 제 어머니에게 보내주셨으면 합니다. 어머니의 주소는 존이 알고 있습니다.」

편지의 마지막 부분에는 이 외에도 여러 가지 변명이 덧붙여져 있었는데 앞뒤가 약간 맞지 않는 부분도 있었으나 그는 매우 신경을 써서 쓴 듯, 장황한 이야기가 적혀 있었다. 그는 옛날부터 오스트레일리아로 가고 싶다는 생각을 갖고 있었는데, 그것을 지난 밤의 사건과 연관 지어 일을 꾸며낸 것이 아닐까 하는 의심도 들었으나, 그것에 대해서는 아무런 말도 하지 않겠다. 오히려 세상에는 믿지 못할 일을 믿는 사람들이 아주 많은데 그도 그런 사람 중 하나일 것이라고 생각했다. 어쨌든 이번 사건에 대한 나의 신념과 추리는 확고부동한 것이었다.

저녁이 되어 나는 마차를 빌려 다시 그 유령의 집으로 갔다. 거기에 두고 온 내 물건과 죽은 개의 사체를 거두기 위해서였는데 이번에는 특별히 아무런 방해도 없었다. 단 그 계단을 오르내릴 때 발소리를 들은 것 외에 내 주의를 끈 일은 아무것도 없었다.

거기서 나와 다시 집주인인 J씨를 찾아가니, 그는 마침 집에 있었다. 나는 열쇠를 돌려준 뒤, 내 호기심을 충분히 만족시켰다고 이야기했다. 그런 다음 어젯밤의 일을 빠른 어조로 이야기하려 하자 J씨는 내 말을 가로막으며, 어차피 누구도 해결할 수 없는 괴담에 대해서 자신은 진작부터 흥미를 잃었다고 듣기를 정중하게 거절했다. 하지만 그 두 통의 편지와, 또 그것이 신기하게도 사라졌다는 사실에 대해서만은 보고할 필요가 있다고 생각했기에 나는 J씨에게 그 편지는 그 집에서 죽은 노파에게 보내진 것이라 여겨지는데 그 노파의 지난 경력 가운데 편지에 적혀 있는 것 같은 어두운 비밀을 가지고 있을 것이라 여겨질 만한 부분이 있었느냐고 질문하자 J씨는 놀란 듯 보였다. 그는 한동안 생각에 잠겼다가 이렇게 대답했다.

"얼마 전에 말씀드렸던 것처럼 그 할멈은 우리 식구 중 한 명의 지인이었다는 것 외에, 젊은 시절의 경력에 대해서는 별로 아는 바가 없습니다. 하지만 당신의 말씀을 듣고 희미하게나마 떠오른 일이 있으니, 몇 가지 확인을 한 뒤에 그 결과를 보고하도록 하겠습니다. 그건 그렇고 여기에 한 범죄자, 혹은 범죄의 희생자가 있어서 그 영혼이 범죄가 행해진 장소에 다시 되돌아온다는 세상의 일반적인 미신을 인정한다 할지라도, 그 할멈이 죽기 전부터 그 집에서 이상한 것이 보이고 이상한 소리가 들렸다는 사실은 대체 어떻게 설명하면 좋을까요?……당신은 웃으실 테지만, 그 점에 대해서는 어떻게 생각하십니까?"

"만약 저희가 이번 비밀의 깊은 곳까지 알게 된다면 거기에는 살아 있는 사람이 관여하고 있다는 사실을 발견하게 될 것이라 생각합니다."

"그게 무슨 말씀이신지? 그렇다면 당신은 이 모든 일이 사기라는 말씀이십니까? 그걸 어떻게 아셨습니까?"

"아니, 사기라고는 말할 수 없습니다. 예를 들어서 제가 갑자기 깊은 수면 상태에 빠졌다가, 그건 당신이 흔들어 깨울 수 없을 정도로 깊은 수면 상태입니다만, 눈을 뜨고 나면 이론의 여지가 없을 정도로 정확히 당신의 질문에 대답할 수 있습니다. 그러니까 당신의 주머니에는 얼마의 돈이 들어 있는지, 당신이 무슨 생각을 하고 계신지……. 그런 종류의 일은 사기라고 할 수 없으며 오히려 억지로 강요받은 일종의 초자연적 작용이라고 해야 할 겁니다. 저는 자신도 모르는 사이에 멀리 있는 사람에 의해 최면술에 걸려 그 교감 관계에 지배를 받았던 것이라고 생각합니다."

"설령 최면술사가 살아 있는 사람에게 그와 같은 감응을 줄 수 있다 할지라도 살아 있지 않은 물건……, 즉 의자나 문과 같은 물건에 대해서까지 그것을 움직이거나 열리고 닫히게 할 수 있을까요?"

"실제로 그런 일이 일어난 것이 아니라, 그런 일이 일어난 것이라 생각하게 만든 것일지도 모릅니다. 최면술이라 불리는 일반적인 방법으로는 물론 그런 일을 할 수는 없지만, 최면술사 가운데도 일종의 혈통이 있거나 혹은 어떤 방면에 특히 뛰어난 사람이 있어서, 그들 중에는 옛날에 말하던 마술과 같은 신기한 힘을 가진 자가 있을지도 모릅니다. 그런 힘이 과연 생명이 없는 물건에까지 작용할 수 있는지에 대해서는 잘 알 수 없지만, 만약 그런 일이 있다 해도 부자연스러운 일이라고 말할 수는 없을 듯합니다. 물론 이 세상에 그런 일은 매우 드물며, 그 사람은 특수한 체질을 타고났고, 특수한 실험을 거듭해서 그 방면의 최고점에 도달한 자라고 봐야 할 겁니다. 그 힘이 죽은 자 위에……, 조금 더 자세히 이야기하자면 죽은 자에게도 아직 남아 있는 어떤 사상이나, 어떤 기억 같은 것 위에 작용하는 겁니다. 그것을 정확히 영혼이라고는 말할 수 없으며, 지상에 가장 가까운 일종의 영기(靈氣)가 우리의 감각에 나타나게 되는 겁니다. 하지만 저는 그것을 참된 초자연적 힘이라고 생각지는 않습니다. 그것을 설명하기 위해서 파라셀수스(스위스의 의사, 박물학자. 16세기 초의 인물)의 저서인 『문학상의 기이한 풍경』 중 한 구절을 인용하도록 하겠습니다.

「여기에 꽃 한 송이가 있는데 사람이 그것을 태우면 말라서 타버린다. 그 꽃의 원소가 무엇이었든 어딘가로 흩어져버려 그것을 볼 수도 없고 다시 모을 수도 없게 된다. 하지만 화가서 연구해보면 그 꽃이 타고 남은 재와 찌꺼기 속에서 살아 있을 때와 같은 스펙트럼을 볼 수 있다 사람도 마찬가지여서 꽃의 본체, 혹은 원소처럼 영혼이 떠나버렸다 할지라도 거기에는 스펙트럼이 남아 있다. 사람들은 흔히 그것을 영혼이라고 믿지만 그것을 참된 영혼과 혼동해서는 안 된다. 그것은 죽은 자의 환영이라고 말할 수도 있는 것이다. 따라서 예로부터 전해 내려온 기담 속에 등장하는 것에는 참된 영혼이 깃들어 있는 것이 아니라, 깨끗하게 분리된 지식만 존재한다고 보면 된다. 유령이라고도 할 수 있는 이러한 것들은 약간의 목적이 있어서 나타나는 경우도 있고, 혹은 아무런 목적도 없이 나타나는 경우도 있다. 그러한 것들은 아주 드물게 말을 하는 적도 있으나 특별히 어떤 사상을 이야기하는 것은 아니다. 따라서 그 환영이 제아무리 놀라운 것이라 할지라도 철학의 본분에서는, 초자연적이고 신비한 것이 아니라고 거부해야 할 것이다. 그것들은 사람이 죽기 직전에 그 머리에서 다른 곳으로 옮겨진 사상에 지나지 않는다.」

우선은 이런 논리를 바탕으로 지난 밤에 있었던 일을 생각해보면 테이블이 저절로 움직인 것도, 괴물과 같은 모습이 벽에 비친 것도, 인간의 손만이 나와서 그곳에 있던 물건을 집어간 것도, 혹은 검은 물체가 나타난 것도, 설령 그것이 우리의 피를 얼어붙게 만들 정도로 무시무시한 일이었다 할지라도 거기에는 일종의 매개체가 있어서 마치 전기선처럼 다른 머리에서 제 머리로 유통시킨 것이라 믿고 있습니다.

인간은 체질에 따라서 자연스럽게 화학적으로 이루어진 사람이 있는데 그런 사람은 화학적인 경이로움을 나타낼 수 있습니다. 또한 액체적(일반적으로 전기라고 말하는)인 사람은 전기를 만들어내는 신기로움을 보이는 경우도 있습니다.

따라서 지난 밤에 제가 보고 들은 모든 것은 인간……, 저와 마찬가지로 살아 있는 인간이 멀리서 어떤 일을 하고 있는 것으로 본인도 알지 못할 만큼 좋은 효과를 거두고 있는 것이라 여겨집니다. 다시 말해서 그 사람이 어떤 죽은 사람의 머리를 이용하고 있는 것으로, 머리 자체는 단순히 꿈을 꾸고 있는 것에 지나지 않습니다. 하지만 그 힘은 매우 강한 것이어서 그 물질적 힘이 제 개를 죽였을 정도입니다. 저도 공포에 굴복했다면 개처럼 목숨을 잃었을 겁니다."

"당신의 개가 목숨을 잃었습니까? 그거 참 끔찍한 일입니다."라고 J씨는 말했다. "그렇군요. 그러고 보니 그 집에 동물은 살지 않습니다. 고양이 한 마리 보이지 않습니다. 쥐도 본적이 없습니다."

"강력한 야성의 창조력이 그 동물들을 죽일 정도로 영향을 주는 것이지만, 인간은 다른 동물보다 훨씬 더 강한 저항력을 가지고 있습니다. 그건 그렇고 당신은 제 이론을 이해하셨습니까?"

"네, 대충은……. 덕분에 이미에 실마리를 얻었습니다. 우리가 어렸을 때부터 마음에 새겨온 유령이나 도깨비에 내한 관념을 그냥 그대로 받아들이기보다는 오히려 당신의 설에 따르는 것이 옳을 듯합니다. 하지만 논의는 논의고, 저희셋집에서 좋지 않은 일이 일어나는 건 어쩔 수 없는 사실입니다. 그러니 그 집을 어떻게 하면 좋겠습니까?"

"이렇게 하는 건 어떻겠습니까? 제가 묵었던 침실의 문과 직각을 이루고 있는, 가구가 없는 조그만 방이 의심스럽습니다. 그 방이 그 집에 재앙을 내리는 일종의 감동력(感動力)의 출발점이거나, 혹은 그것이 머무는 곳이라 여겨지니 저는 당신께 그곳의 벽을 뜯어내고 그곳의 바닥을 벗겨 내라고 권하고 싶습니다. 아니면 그 방을 전부 부수는 겁니다. 그 방은 건물의 본체에서 떨어져 조그만 정원 위에 지어져 있으니 그곳을 없애도 건물의 다른 부분에는 영향을 주지 않을 겁니다."

"그래서 제가 그 말씀대로 한다면……."

"우선 전신선을 잘라내는 겁니다. 그렇게 해보십시오. 만약 그 작업의 지휘를 제게 맡기신다면 제가 그 공사비의 절반을 부담하기로 하겠습니다."

"아니, 그건 제가 전부 부담하겠습니다. 그 밖의 일은 서면으로 말씀드리도록 하겠습니다."

4

그로부터 10일쯤 뒤에 나는 J씨로부터 편지를 받았다.

그 보고에 의하면 그는 내가 돌아온 이후, 그 집을 둘러보러 갔다고 한다. 거기서 그 2통의 편지가 다시 원래의 서랍에 놓여 있는 것을 발견했기에 그도 나와 같은 의심을 품고 읽어보았다고 한다. 그런 다음 내가 추측한 대로 그 편지를 받은 사람이라 여겨지는 노파의 과거를 자세히 조사해보니 편지에 적힌 날짜로부터 1년 전, 즉 지금으로부터 36년 전에 그녀는 친족들의 뜻을 거스르고 결혼을 했다고 한다. 남자는 미국 출신의 아주 이상한 인물로, 사람들은 그를 해적이라 생각하고 있었다. 그녀는 신용이 두터운 상인의 딸로 결혼 전까지는 유모에 의해 길러졌을 정도의 신분이었다. 또 그녀에게는 홀아비가 된 오빠가 있었는데 그 역시도 부자였던 듯하며, 당시 6세 정도 된 아이가 있었다. 그녀가 결혼한 지 1개월쯤 뒤, 그 오빠의 시체가 템스 강의 런던교 부근에서 발견되었는데 시체의 목 부근에 폭행을 가한 듯한 흔적이 있었으나 따로 검시를 요청할 만큼 유력한 증거도 아니었기에 결국은 익사로 처리되었다고 한다.

미국인과 그의 아내는 죽은 오빠의 유언장에 따라서 홀로 남은 고아의 후견인이 되었다. 그런데 그 아이도 세상을 떠났기에 아내가 그 세간을 상속하게 되었다. 단, 그 아이는 겨우 6개월 뒤에 목숨을 잃었기에 틀림없이 후견인 부부에게 냉대와 학대를 받았을 것이라 여겨졌다. 부근 사람들은 한밤중에 아이가 울부짖는 소리를 들은 적이 있다고 이야기했다. 또한 그 시체를 검사한 의사는 영양결핍 때문에 사망했다고 말했으며, 아이의 전신에는 생생한 멍 자국이 남아 있었다고 말했다. 아이는 어느 겨울 밤에 그곳에서 달아나기 위해 뒤뜰까지 기어나가 담을 넘으려다 지쳐 쓰러졌고, 이튿날 아침에 돌 위에 쓰러져 있는 것이 발견된 모양이었다. 하지만 거기에 학대의 증거는 얼마간 남아 있었으나, 그 아이를 죽였다는 증거는 아무것도 남아 있지 않았다.

아이의 고모와 고모부는 그 잔혹한 행위에 대해서, 아이가 매우 고집스러웠기에 그것을 고치기 위해서라고 변명했다. 그리고 아이는 반미치광이와 같은 고집쟁이였다고 설명했다. 어쨌든 그 고아의 죽음으로 인해 고모는 자기 오빠의 재산을 상속하게 된 것이다.

결혼한 해가 채 지나기도 전에 그 미국인은 갑자기 영국을 떠났고 그 이후로는 다시 돌아오지 않았다. 그는 그로부터 2년 뒤, 대서양에서 난파한 배에 타고 있었던 것이다.

이렇게 해서 미망인이 되었으나 그녀는 풍요로운 생활을 하고 있었다. 하지만 여러 가지 재앙이 그녀에게 내려 돈을 맡겨두었던 은행은 파산하고 투자한 사업은 실패하고, 결국에는 무일푼이 되어 버렸다. 그 후로 여러 가지 일을 해왔으나 점점 몰락하여 셋집의 감독에서 다시 하녀로까지 일하게 되었다. 그녀의 성격을 특별히 나쁘다고 말하는 사람은 없었으나 어디를 가나 오래 일하지는 못했다. 그녀는 침착하고 정직하고 특히 예의 바른 사람이라 인정받고 있었으나 어찌 된 일인지 그녀를 추천하는 사람은 아무도 없었다. 그렇게 해서 결국에는 양로원에 들어가게 된 것을, J씨가 데려와 셋집의 관리인으로 고용한 것이었다. 그 셋집은 그녀가 결혼생활 첫 번째 해에 일가의 주부로서 빌려서 살던 집이었다.

J씨는 그 뒤에 다음과 같은 내용을 덧붙였다.

내가 뜯어내라고 권했던 방에 혼자서 1시간 정도 머물렀는데 특별히 무엇인가가 보인 것도 아니고, 들린 것도 아니었으나 그는 상당한 공포를 느꼈기에 내 권고에 따라서 그 벽을 뜯어내고 바닥을 벗겨 내기로 굳게 결심하고 이미 그 작업을 할 사람들과 약속을 해두었으니 내가 지정한 날부터 공사에 착수하겠다고 했다.

이에 시간을 정하고 나는 그 유령의 집으로 갔다. 우리가 창이 없는 텅 빈 방으로 들어가 건물의 걸레받이를 뜯어내고 거기서부터 바닥을 들춰내니 서까래 밑에서 먼지에 뒤덮인, 위로 들어 올리는 문에 마비되어 그 비밀 뮤은 사람이 편안하게 드나들 수 있을 정도의 크기로, 철제 쬠쇠와 놋으로 엄중하게 잠겨 있었다. 그것들을 뜯어내고 아래쪽 방으로 내려가 보니, 그 구조에 특별히 이상한 점은 없었으며 거기에는 창과 굴뚝이 있었으나 벽돌을 쌓아 막은 지 꽤나 오랜 시간이 지났음을 분명히 알 수 있었다.

촛불에 의지하여 그곳을 살펴보니 같은 양식의 가구─의자 3개, 떡갈나무로 만든 소파 1개, 테이블 1개─가 있었는데 그것들은 거의 80년 전의 양식이었다. 벽을 향해서 서랍이 달린 상자가 놓여 있었는데 그 상자 안에서 80년 전이나 100년쯤 전에 상당한 지위를 차지하고 있던 신사가 착용했을 것이라 여겨지는 남자 의복의 부속품이 절반쯤 썩어 있는 것을 발견했다.

값비싼 강철로 만들어진 단추와 허리띠, 그것들은 궁중복의 부속품인 듯했으며, 그 외에도 훌륭한 궁정용품인 듯한 대검(帶劍)과 조끼, 그 조끼는 금실로 화려하게 장식되어 있었으나 지금은 벌써 검게 바래고 눅눅해져 있었다. 그리고 5기니의 금과 약간의 은화와 상아로 만든 입장권—이것은 아마도 먼 옛날의 연회 등에 쓰였던 것이리라— 등이 나왔는데 우리의 주요한 발견은 벽에 붙어 있는 철제 금고와 같은 물건으로, 그 문을 여는 것은 결코 쉬운 일이 아니었다.

그 금고에는 3개의 선반과 2개의 서랍이 있었는데 선반 위에는 밀봉된 유리병이 여러 개 놓여 있었다. 그 병에는 무색의 휘발성 물질이 담겨 있었으나 그것이 무엇인지는 잘 알 수 없었다. 그 안에 인과 암모니아를 얼마간 함유하고 있었는데 특별히 유독성 물질은 아니었다는 사실만을 말할 수 있을 뿐이었다. 거기서는 또 매우 진귀한 유리관과 결정석의 커다란 덩어리와 조그만 점이 있는 철제 밧줄과 호박과 매우 강력한 천연자석이 발견되었다.

서랍 한 군데서는 금테를 두른 초상화가 나왔다. 세밀하게 그려진 것으로 오랜 세월 그 안에 있었을 것이라 여겨짐에도 불구하고 그 색채는 눈에 띌 만큼 선명하게 보존되어 있었다. 초상은 이제 막 중년에 접어든 47, 48세 정도의 남자였다.

그 남자의 특징적인 얼굴은 매우 강한 인상을 주는 얼굴로 그것을 장황하게 설명하기보다는, 어떤 커다란 뱀이 인간으로 둔갑했을 때, 즉 그 외형은 인간이지만 뱀과 같은 타입이라고 말하면 여러분도 대략 상상할 수 있을 것이다. 넓고 편편한 앞이마, 무시무시한 입의 힘을 감추고 있는 것 같은 갸름함과 부드러움, 에메랄드처럼 파랗게 반짝이는 길고 커다랗고 섬뜩한 눈, 그리고 자신의 커다란 힘을 믿고 있는 듯한 일종의 무자비한 차분함.

뒷면을 보기 위해 기계적으로 그 초상화를 뒤집어보니 거기에는 펜타클이 새겨져 있었다. 펜타클의 중앙에는 사다리 모양이 있었는데 그 세 번째 단에 1765년이라고 적혀 있었다. 더욱 자세히 살펴보던 나는 스프링을 발견했다. 그 스프링을 누르자 액자 뒷면이 뚜껑처럼 열렸다. 그 뚜껑의 뒷면에 '마리아나가 너에게 명한다. 살아서나 죽어서나 ―에 충실하라.'고 조각되어 있었다.

누구에게 충실하라는 건지 그 사람의 이름은 적혀 있지 않았으나, 나도 어느 정도는 짐작할 수 있었다. 나는 어렸을 때 한 노인에게서 이야기를 들은 적이 있었다. 그는 사람의 눈을 속이는 거짓 학자였는데 자신의 집 안에서 자신의 아내와 그 연적을 살해한 뒤 도망쳤기에 약 1년 정도나 런던 시내를 들끓게 했었다. 하지만 J씨에게는 그것을 이야기할 마음이 들지 않았기에 그대로 액자의 뒷면을 닫아버렸다.

금고 속의 첫 번째 서랍을 여는 것은 특별히 어렵지 않았으나 두 번째 서랍을 열기는 매우 어려웠다. 자물쇠를 채워둔 것은 아니었으나 좀처럼 열리지 않았기에 결국에는 그 틈새로 끝의 날을 찔러 넣어 간신히 열어보니 서랍 안에는 아주 간단한 화학기계가 정연하게 놓여 있었다.

작고 얇은 책자—차라리 태블릿이라고 하는 편이 옳을 듯한— 위에 유리 접시가 놓여 있고 그 접시에는 맑은 액체가 가득 담겨 있었다. 액체 위에는 자석과 같은 것이 떠 있었는데 그 자석의 바늘이 급속하게 회전하고 있었다. 하지만 일반적인 자석이 가리키는 방향과는 달랐으며 천문학자가 행성을 가리키는 것과 별반 다르지 않은 7개의 기묘한 문자가 적혀 있었다. 서랍 안은 나무로 칸이 나뉘어 있었는데 그것이 개암나무 종류라는 것을 나중에 알게 되었다. 그 서랍 안에서는 일종의 특별한, 그러나 강렬하지도 않고 또 불쾌하지도 않은 냄새가 났다.

그 냄새의 원인이 무엇인지는 모르겠으나 어쨌든 그것은 인간의 신경에 자극을 주는 것으로 J씨와 나뿐만 아니라 그 방에 있던 인부 두 명도 손끝에서부터 머리털 끝까지 가려운 느낌을 받았다.

서둘러 책자를 살펴보고 싶었기에 그 접시를 집어 올렸

는데 자석의 바늘이 매우 빠른 속도로 회전하기 시작했고 나도 모르게 그만 접시를 바닥에 떨어뜨렸을 정도로 전신에 일종의 충격이 느껴졌다. 접시가 깨지자 액체는 쏟아져 내렸으며 자석은 방구석으로 굴러갔다. 그런가 싶더니 순간 마치 거인의 손으로 흔드는 것처럼 사방의 벽 여기저기가 흔들리기 시작했다.

인부들이 놀라 처음 이 방으로 내려왔던 사다리로 달아났으나 이후 별다른 일은 일어나지 않았기에 안심하고 다시 내려왔다.

마침내 내게 께기를 펼쳐보니 그것은 고정쇠가 달린 평범하고 붉은 가죽에 싸여 있었는데 그 안에는 한 장의 새까매운 양피지가 끼워져 있을 뿐이었다. 가죽에는 2중의 팬타클이 그려져 있고 그 안에 옛 성직자가 쓴 듯한 글이 적혀 있었다. 그것을 풀어보면 다음과 같다.

「이 벽에 다가서는 자에게는 마음이 있는 자든 없는 자든, 살아 있는 자든 죽은 자든, 이 바늘이 움직이는 것처럼 내 의지가 작용한다. 이 집에 저주가 있으라. 여기에 사는 자에게는 불안이 있으라.」

그 외에는 아무것도 없었다. J씨는 그 책자와 주문을 불태워버렸으며, 그 비밀의 방과 그 위의 침실을 기초에서부터 전부 뜯어내버렸다. 그리고 용기를 얻은 J씨는 스스로가 그 집에서 1개월 정도 아무렇지도 않게 생활했다.

그렇게 되자 런던에서 이처럼 한적하고 살기 편한 집도 찾기 어려울 것이라는 소문이 돌아 그는 상당히 좋은 가격에 집을 빌려주었으며, 그곳에서 사는 사람이 불평을 하는 일은 결코 없었다.

검은고양이

에드거 앨런 포(Edgar Allan Poe, 1809~1849)

미국의 소설가, 시인, 잡지편집자. 대표작으로는 『검은 고양이』, 『어셔 가의 붕괴』, 『황금충』 등의 단편이 있으며, 후에 탐정소설 및 SF 소설 등에 지대한 영향을 주었다. 당시 그의 작품은 미국보다 유럽에서 더 큰 인기를 얻었다.

지금 여기에 적으려 하고 있는 더없이 기이하고 더없이 단순한 이야기를 독자들이 믿어줄 것이라고는 생각지 않으며, 또 믿어달라고도 하고 싶지 않다. 그렇다. 무엇보다도 내 눈, 내 귀가 인정하려 들지 않는 이 사건을 타인이 믿어주기 바란다면 그것은 미친 짓일지도 모르겠다. 그리고 나는 미치지 않았다. 꿈이 아니라는 것도 틀림없는 사실이다. 하지만 나는 내일이면 죽을 목숨이다. 적어도 오늘 안에는 이 무거운 마음의 짐을 벗어버리고 싶다. 어쨌든 나는 우리 집에서 일어났던 아주 사소한 일련의 사건들을 그저 있는 그대로, 간결하게, 아무런 주석도 달지 않고 세상 사람들에게 밝혀두고 싶다. 그렇다, 결과적으로 그 사건들은 나를 공포로 몰아넣었으며 ―괴롭혔고― 끝내 파멸에 이르게까지 했다. 하지만 그것을 지금 설명하고 싶지는 않다. 내게 있어서 그것은 거의 공포 이외에 아무것도 아니었지만, 대부분의 사람들에게 그것은 공포라기보다 오히려 황당무계한 이야기에 지나지 않을

지도 모른다. 그리고 얼마 지나지 않아서, 내게는 악몽과도 같았던 이 일도 그저 평범하기 짝이 없는 사건이었다고 웃어 넘길 지성도 틀림없이 나타날 것이다. 나보다 훨씬 더 냉정하고 논리적이며 쉽게 흥분하지 않는 지성에게는 지금 내가 두려운 마음으로 적고 있는 이 일도, 다른 평범한 일과 마찬가지로 그 속에서 자연스러운 인과관계를 발견해낼 수 있는 일에 지나지 않을 것이다.

어렸을 때부터 나는 정이 많고 유순한 성격이 눈에 띄었었다. 다정함은 곧잘 친구들의 놀림감이 되곤 했다. 특히 동물을 좋아했는데 부모님은 내가 조르는 대로 늘 여러 가지 동물들을 마련해주셨다. 나는 매일 그 동물들과 함께 지냈는데 실제로 그들에게 먹이를 주거나 애무를 할 때만큼 나를 행복감에 빠져들게 하는 시간도 없었다. 그런 성격은 나이를 먹어감에 따라서 더욱 강해져 어른이 되어서도 나의 가장 커다란 즐거움 중 하나는 동물과 함께 시간을 보내는 것이 되었다. 만약 단 한 번이라도 충실하고 영리한 개를 귀여워해 본 적이 있는 사람이라면 그 즐거움이 어떤 것인지, 얼마나 깊은 맛이 있는 것인지 굳이 설명하지 않아도 잘 알고 있을 것이다. 인간이라는 존재의 비열한 우정이나 얇은 종잇장과 같은 믿음 때문에 몇 번 쓴잔을 마셔본 경험이 있는 사람들은 오히려 순진하고 사심 없는 동물의 자기 희생적 사랑에서 가슴을 울리는 무엇인가를 맛보는 법이다.

나는 젊은 나이에 아내를 맞이했다. 다행스럽게도 아내는 대체로 나와 성격이 잘 맞는 여자였다. 내가 동물을 좋아한다는 사실을 알고는 곧 여러 가지 동물들을 집으로 데려왔다. 새, 금붕어, 개, 토끼, 원숭이 등과 함께 고양이도 한 마리 기르고 있었다.

마지막에 말한 고양이는 몸집이 매우 크고 온몸이 새까맣고 놀랄 만큼 영리하고 아름다운 고양이였다. 원래부터 적잖이 미신을 믿고 있었던 아내는, 이 고양이의 영리함에 대해서 이야기할 때면, 옛날부터 검은 고양이는 모두 마녀의 화신이라는 등의 항간에 떠도는 말들을 곧잘 꺼내곤 했다. 물론 아내가 그런 말들을 진심으로 믿고 있었던 것은 아니다. 지금 내가 그 말을 한 것도 그저 문득 떠올랐기 때문에 한 것에 지나지 않는다.

플루토(저승의 왕)―이것이 고양이의 이름이었다―는 내가 사랑하는 고양이이자 놀이상대이기도 했다. 언제나 내가 직접 먹이를 주었으며 고양이도 내가 가는 곳이라면 집 안 어디에나 따라왔다. 거리까지 뒤따라 나온 것을 억지로 떼어내 돌려보내야 할 정도였다.

이렇게 우리의 우정은 몇 년 동안이나 계속되었는데 그 동안 (부끄러운 얘기지만) 내 기질과 성격이 음주라는 악마 때문에 완전히 타락해버리고 말았다. 날이 갈수록 성격이 격해져 쉽게 화를 냈으며 다른 사람의 기분 같은 것은 조금도 생각하지 않게 되었다. 아내에게도 아무렇지도 않게 난폭한 말을 하게 되었으며 심지어는 폭력을 휘두르게까지 되었다. 말할 필요도 없이, 곧 동물들이 내 성격의 변화 때문에 피해를 입게 되었다. 그들을 무시한 것은 물론 학대까지도 시작하게 되었다. 하지만 플루토에 대한 자제심만은 그래도 조금 남아 있었다고 해야 할까? 학대라고 할 수 있을 만한 짓은 하지 않았다. 토끼나 원숭이, 개와 같은 다른 동물은, 그것이 우연이든 아직도 나를 따르려는 마음에서이든 내 앞에 나타나기만 하면 가차 없이 잔인하게 괴롭혔다. 그런데 나의 병—아, 술보다 더 무시무시한 병이 또 있을까?—은 날이 갈수록 더욱 깊어져서 결국에는 플루토 —그때는 이미 늙기 시작했기 때문에 다소 까탈스럽게 구는 면이 있기는 했지만— 그 플루토마저도 종종 내 화풀이의 희생양이 되곤 했다.

어느 날 밤, 평소와 다름없이 마을의 술집에서 곤드레만드레 취해 집으로 돌아왔는데 플루토가 내 눈을 피하는 듯한 느낌을 주었다. 나는 갑자기 달려들어 플루토를 붙잡았는데, 그는 폭력을 두려워해서였는지 순간 내 손목을 깨물어 아주 조그만 상처를 냈다. 곧 악마의 그것과도 같은 분노가 나를 덮쳤다. 완전히 사리판단을 할 수 없게 되었다. 내 본래의 영혼은 한순간에 내 몸에서 빠져나갔으며, 지독한 술기운 때문에 악마의 그것보다도 더한 증오감이 내 전신을 흔들어댔다. 조끼 주머니에서 조그만 칼을 꺼내 고양이의 목덜미를 잡은 채로 한쪽 눈을 조심스럽게 후벼 파냈다. 입에 담기조차도 끔찍한 그 잔인함, 지금 그것을 기록하는 것에도 나는 부끄러움을 느끼고 몸이 떨려와 온몸에 불이 붙은 듯 뜨거워지는 것을 느낀다.

이튿날 아침 ―잠이 전날 밤의 술기운을 씻어주어― 다시 이성을 되찾은 나는 자신이 저지른 무시무시한 죄에 반은 공포심을 반은 후회를 느끼게 되었다. 하지만 결국은 그것도 그리 강하지 않은, 애매한 감정에 지나지 않았으니 마음은 여전히 전과 다를 바가 없었다. 나는 다시 술에 취해 살던 예전의 생활로 되돌아갔으며 곧 이 사건에 대한 모든 기억도 술 속으로 사라져버리고 말았다.

그러는 동안 고양이는 서서히 몸을 회복했다. 눈알이 뽑힌 얼굴은 보기에도 끔찍한 형상을 하고 있었지만 더 이상 아픔은 느끼지 않는 듯했다. 예전과 다름없이 집안을 돌아다니기도 했지만 내가 다가가려 하면, 아주 당연한 일이겠지만, 겁을 먹고 도망치기에 바빴다. 내게도 아직은 예전의 마음이 조금 남아 있었기에, 전에는 그렇게도 나를 따르던 그 동물이 지금은 이렇게도 나를 싫어하는 모습을 보고 처음에는 슬픈 생각이 들었었다. 하지만 그런 감정은 곧 격렬한 분노로 변하여 결국에는 결코 돌이킬 수 없는 나의 마지막 파멸을 부르려는 듯 악귀의 정신이 나를 찾아들었다. 이 정신에 대해서는 철학도 아직 아무런 설명을 하지 않았다. 하지만 내 생각으로는 악귀의 정신이야말로 인간의 마음속 충동 중에서도 가장 원시적인 충동 중 하나이며, 인간의 성격을 좌우하는, 떼려야 뗄 수도 없는 근원적 능력 내지는 감정의 하나라는 사실은 마치 내 살아 있는 영혼이 틀림없이 존재하는 것처럼 아주 명백한 사실이다. 해서는 안 되는 줄 알면서도, 단지 해서는 안 된다는 이유만으로 악행과 어리석은 짓을 거듭 범하는 자신을 깨닫지 못한 사람이 과연 이 세상에 존재할까? 우리에게는 평소 최고의 판단을 거스르면서까지 일부러 법이라는 것을 어기려고 하는 경향이 있다. 그것은 왜일까? 단지 그것이 법이라는 사실을 알고 있기 때문이다. 그런데 지금은 그 악귀의 정신이 드디어 내 목숨을 앗아가게 되었다. 스스로를 학대하고 ―자신의 천성에 학대를 가해― 단지 악을 위해서 악을 행하고 싶다는 인간 영혼의 이해할 수 없는 소망이 나를 충동질하여 그 아무런 죄도 없는 동물에게 내가 가한 잔혹한 짓을 계속하게 했으며 결국에는 그 극한에까지 이르게 한 것이었다. 어느 날 아침 나는 아주 냉정한 기분으로 고양이의 목에 밧줄을 걸어 나뭇가지에 매달았다. 눈에는 눈물을 흘리며 가슴으로는 격렬한 회한을 느끼며 고양이를 나무에 매달았다. 고양이가 나를 잘 따른다는 사실을 알고 있었기 때문에, 그리고 나를 화나게 하는 짓을 그 무엇도 하지 않았다는 사실을 알고 있었기 때문에 고양이의 목을 맨 것이었다. 그렇게 함으로 해서 내가 죄를 저지르고 있는 것이라는 사실, 내 불멸의 영혼을 (그런 일이 있을 수 있다는 가정 하의 얘기지만) 은혜롭기 짝이 없고 가장 큰 경외의 대상인 신의 무한한 자애의 손길도 미칠 수 없는 곳으로 내몰 만한 죄를 범하고 있는 것이라는 사실을 느낄 수 있었기 때문에 나는 고양이의 목을 매단 것이다.

이 잔인무도한 짓을 해치운 날 밤, 나는 '불이야!' 라는 외침 때문에 잠에서 깨어났다. 내 침실의 커튼은 화염에 휩싸여 있었다. 집 전체가 불타고 있었다. 아내와 하녀 한 명과 나는 간신히 그 화염 속에서 벗어날 수 있었다. 모든 것을 잃었다. 전 재산을 잃었으며 이후 나는 절망에게 나의 몸을 맡기게 되었다.

나는 이 화재와 그 잔인무도한 행위 사이에서 인과관계를 찾아내려 할 만큼 심약한 사람이 아니다. 하지만 일련의 사실들을 자세하게 밝혀 그 사실들을 연결하고 있는 그 어떤 고리도 불명확한 채로 남겨두고 싶지는 않다. 화재가 있던 다음 날, 나는 잿더미가 쌓인 곳을 찾아가보았다. 사방의 벽이

단 한 군데만 남겨놓고 전부 무너져 내렸다. 유일하게 남아 있는 벽은 집 한가운데쯤에 있던, 내 침대 머리맡 부분에 가까운 그다지 두껍지 않은 벽이었다. 회반죽이 맹렬한 불길을 잘도 견뎌냈던 것이다. 이는 얼마 전에 벽을 새로 발랐기 때문일 것이라고 나는 생각했다. 그 벽 주위에 검은 산처럼 사람들이 모여 벽의 한 부분을 면밀하고 주의 깊게 바라보고 있는 모습이 보였다.

"이상한데!"

"정말 신기해!"

그들의 이런 말이 내 호기심을 자극했다. 가까이 다가간 내 눈에 들어온 것은 하얀 벽면에 조각해놓은 듯한 거대한 고양이의 모습이었다. 고양이의 목 주위에는 밧줄 같은 것이 걸려 있었다.

이 요물—내게는 그렇게밖에 생각되지 않았다—을 처음 봤을 때, 나는 커다란 두려움과 놀라움에 빠지지 않을 수 없었다. 하지만 가만히 생각해보니 그리 놀랄 일도 아니라는 생각이 들었다. 그 고양이를 집과 연결되어 있는 정원에서 목매달았다는 사실이 떠올랐다. 불이 났다는 말에 그 정원은 곧 사람들로 가득 넘쳐났다. 그중 누군가가 고양이를 나뭇가지에서 끌어내려 열려 있던 내 방 창문으로 집어 던진 것이리라. 아마 그렇게 해서 나를 깨워줄 생각이었던 듯한데, 다른 벽이 무너져 내리면서 내 잔인한 행위의 희생양이 된 고양이를 얼마 전에 새로 칠한 회반죽 쪽으로 밀어붙인 듯했다. 회반죽 속의 석회가 불길과 고양이 사체에서 나온 암모니아와 하나가 되어 내가 본 것 같은 형상을 만들어놓은 것이리라.

나의 양심에 대해서라기보다 이성에 대해서, 지금 자세하게 적은 놀랄 만한 사실의 원인을 이렇게 설명해보기는 했지만, 그래도 이 사실은 내 마음에 깊은 인상을 남겨놓았다. 몇 개월 동안 나는 그 고양이의 환영에서 벗어날 수가 없었다. 그리고 그러는 동안 후회라고까지는 말할 수 없지만, 그것과 비슷한 어떤 애매한 감정이 나를 찾아왔다. 그 고양이를 잃었다는 사실을 안타까워했으며, 다소간은 그 고양이에게 비슷한 모습을 하고 있어 그 고양이를 대신해줄 만한 다른 고양이를 단골로 드나드는 술집 등에서 찾아 헤매게 되었다.

어느 날 밤, 아주 허름한 술집에 반은 넋이 나간 상태로 앉아 있었는데 그 방의 유일한 가구라고 할 수 있는 진이나 럼주를 담는 커다란 통 위에 뭔가 거뭇거뭇한 것이 웅크려 앉아 있는 것이 보였다. 나는 그때까지 몇 분 동안이나 그 통 위를 가만히 들여다보고 있었는데 어째서 거기에 웅크려 앉아 있는 것을 조금 더 빨리 발견하지 못했는지 신기할 정도였다. 가까이 다가가서 손으로 만져보았다. 그것은 검은 고양이였다. 플루토와 거의 비슷한 크기의 고양이로 딱 한 가지 점만

빼면 모든 면에서 플루토와 똑같았다. 플루토는 몸 전체 그 어느 곳에도 하얀 털이 자라 있지 않았지만 그 고양이는 가슴 부근 거의 전부가 크고 윤곽이 흐릿한 하얀 반점으로 둘러싸여 있었다.

내가 쓰다듬자 고양이는 바로 자리에서 일어나 자꾸만 목을 꾸룩꾸룩 울리며 내 손에 몸을 비벼댔는데 내가 발견해 준 것이 아주 기쁜 모양이었다. 이것이야말로 내가 그렇게도 찾아 헤매던 바로 그 고양이였다. 나는 바로 술집 주인에게 가서 그 고양이를 팔라고 말했는데 주인은, 그 고양이는 자신의 것이 아니며 전혀 알지도 못하고 지금까지 본 적도 없다는 것이었다.

나는 고양이를 더 쓰다듬어주다가 집으로 돌아오려 했는데 고양이가 나를 따라오고 싶어 하는 눈치를 보였다. 그래서 고양이는 제 하고 싶은 대로 하라고 그냥 내버려두고 걸어오면서 때때로 몸을 숙여 가볍게 두드려주었다. 집에 도착하자마자 고양이는 완전히 길들여졌고 곧 아내의 마음을 완전히 사로잡아버렸다.

하지만 나는 얼마 지나지 않아서 그 고양이에 대한 혐오감이 가슴 속에서 솟아오르는 것을 느꼈다. 이는 전혀 예상하지 못했던 일이었다. 어쨌든 ─어째서인지, 또 무엇 때문인지는 전혀 알 수 없었지만─ 그 고양이가 나를 좋아하고 있다는 사실이 오히려 나를 질리게 만들고 화를 돋게 하는 것이었다. 질리고 화가 난다는 감정은 날이 갈수록 더욱 깊어져서 격렬한 증오로 바뀌고 말았다. 나는 그 고양이를 피하게 되었다. 뭔지 모를 부끄러움과 예전에 내가 범했던 잔혹한 행위에 대한 기억이 고양이를 괴롭히지 못하게 했기 때문이다. 몇 주일 동안 나는 그 고양이를 때리지도 않았으며 그 외에 거칠게 대하는 행동도 보이지 않았다. 하지만 서서히 ―그야말로 아주 서서히― 구역질이 날 것 같은, 뭐라 이름 하기 힘든 기분으로 그 녀석을 바라보게 되었고 마치 전염병 환자의 숨결을 피하듯 그 녀석의 혐오스러운 모습으로부터 슬슬 도망을 치게 되었다.

이 고양이에 대한 내 혐오감이 더욱 깊어진 이유는, 틀림없이 녀석을 집으로 데려온 다음 날 아침으로 기억되는데 녀석도 플루토처럼 한쪽 눈이 없다는 사실을 알게 되었기 때문이었다. 하지만 아내는 그 사실 때문에 고양이를 더욱 가엾게 여기는 듯했다. 앞서도 말한 것처럼 지난날 나라는 인간의 커다란 특징이자 내 소박하고 순수한 여러 즐거움의 원천이기도 했던 따뜻한 마음을 아내는 더 많이 가지고 있었기 때문이었다.

그런데 내가 이 고양이를 싫어하면 싫어할수록 고양이는 내가 좋아서 견딜 수가 없어지는 모양이었다. 그 녀석이 내 뒤를 얼마나 집요하게 따라다녔는지 독자들은 도저히 알 수 없을 것이다. 내가 앉아 있으면 의자 밑에 웅크리고 앉아 있기도 하고 무릎 위로 뛰어올라 혐오스러울 정도로 내 몸 여기저기에 자신의 몸을 비벼대기도 했다. 내가 의자에서 일어나 걷기 시작하면 양발 사이로 기어들어와 나를 넘어질 뻔하게 만들 뿐만 아니라 길고 날카로운 발톱을 옷에 걸어 가슴 부근까지 기어오르기도 했다. 그럴 때마다 한 방에 때려죽이고 싶은 생각이 들었지만 그렇게 하지 않았던 이유 중 하나는 예전에 내가 저질렀던 죄악이 떠올랐기 때문이었다. 하지만 무엇보다도 ―솔직히 말하자면― 그 고양이가 무서워서 견딜 수 없었기 때문이었다.

이 공포심은 내게 육체적인 위험이 가해질지도 모른다는 데서 오는 것만은 아니었으나, 그 외에는 어떻게 설명해야 할지 알 수가 없었다. 자백하기 좀 부끄럽지만 ―그렇다, 중죄인을 가두는 독방에 넣는다 해도 자백하기 부끄럽지만― 그 고양이가 내게 심어준 공포와 전율은 전혀 근거 없는 망상 때문에 더욱 심해지게 되었다. 이미 앞서 말한 바 있는 이 고양이의 하얀 반점―그것은 이 기묘한 고양이와 내가 죽인 고양이를 구분해주는 유일한 차이점이었는데―에 아내가 몇 번이고 주목하게 만들었다. 그 반점이 크기는 했지만 처음에는 윤곽이 흐릿했었다는 사실은 독자들도 기억하고 있을 것이다. 그런데 그 반점이 조금씩 진해지더니 눈에 띄지 않을 만큼 서서히, 오랫동안 내 이성이 단지 그렇게 보이는 것일 뿐이라고 부정을 하는 동안 결국에는 확실한 윤곽을 띠게 되었다. 그것은 입에 담기조차 소름이 끼치는 어떤 물건의 모습을 하고 있었다. 그 형상을 나는 진심으로 혐오하고 두려워했으며 가능하다면 이 고양이를 죽여버리고 싶다고 생각했다. 그렇다. 이제 그것은 온몸의 털이 곤두설 정도로 끔찍한 것, 교수대와 똑같은 모습을 띠게 되었던 것이다! 아, 공포와 범죄의, 고민과 죽음의 끔찍하고 두려운 형구의 모습이 되어버린 것이다!

이렇게 나는 세상의 평범한 사람들은 맛볼 수 없는 비참함 속에 던져진 것이었다. 겨우 한 마리의 짐승이 ―그 동류를 아무렇지도 않게 내가 죽어버렸던 짐승이― 신의 형상을 본떠 만들어진 인간인 나를 견디기 힘든 고통 속으로 몰아넣을 줄이야! 아아! 나는 더 이상 밤이고 낮이고 안식이라는 하늘의 은혜를 맛보지 못하게 되었다! 낮에는 고양이가 한시도 내 곁에서 떠나지 않았으며, 밤에는 말로 형언할 수 없이 무시무시한 꿈 때문에 한 시간 간격으로 깜짝 놀라 눈을 뜨면 그 녀석의 숨결이 내 얼굴을 덮치고 있으며 그 녀석의 무거운 몸이 ―내 힘으로는 떨쳐낼 수 없는 악마의 화신이― 내 심장 위를 짓누르고 있다는 사실을 알 수 있었다!

이런 고뇌에 짓눌려서 내 내부에 남아 있던 조그만 선도 힘없이 무너져버리고 말았다. 사악한 생각이 —아주 어둡고, 아주 사악한 생각이— 내 마음의 유일한 친구가 되었다. 평소 까다로웠던 성격이 더욱 까다로워져서 모든 사람, 인류 전체에 대해 증오심을 품게 되었다. 전혀 뜻밖의 상황에서 때때로 나를 덮치는, 억제하기 힘든 분노의 발작에 완전히 몸을 내맡기게 되었는데 그런 나를 참을성 있게 지켜보는 것은, 아, 불평 한마디 하지 않는 나의 아내였다.

어느 날 아내는 어떤 집안일 때문에, 당시 우리가 가난했기에 어쩔 수 없이 살게 된 낡은 건물의 지하실까지 나를 따라왔다. 그 고양이도 내 뒤를 따라서 경사가 급한 계단으로 왔는데 내게 엉겨붙는 바람에 하마터면 계단 밑으로 거꾸로 처박힐 뻔했다. 그 일 때문에 나는 미쳐버릴 듯한 분노에 사로잡혔다. 너무 화가 난 나머지 도끼를 치켜들자 그때까지 내 손을 억누르고 있던 유치한 공포심도 사라져 고양이를 향해 일격을 가하려 했다. 이 일격이 내 뜻대로 이루어졌다면 고양이는 틀림없이 그 자리에서 목숨을 잃었을 것이다. 하지만 그 일격은 아내의 손에 의해서 저지를 받았다. 방해를 받자 악마에 휩싸였을 때보다도 더욱 격한 분노에 휩싸이게 된 나는 아내의 손에서 내 팔을 빼내 아내의 정수리를 도끼로 내리찍었다. 아내는 신음소리 한번 올리지 못하고 그 자리에 쓰러져 숨을 거뒀다.

이 무시무시한 살인을 저지른 뒤 나는 바로, 그것도 매우 신중하게 시체를 숨길 방법에 골몰했다. 낮이건 밤이건 사람들의 눈을 피해 집에서 시체를 끌어내는 것은 불가능한 일이라는 사실은 잘 알고 있었다. 여러 가지 계획이 머리에 떠올랐다. 시체를 잘게 토막 내서 불에 태워버릴까도 생각해보았다. 지하실 바닥에 시체를 묻을 구멍을 파야겠다고 결심한 적도 있었다. 그리고 정원의 우물에 시체를 집어넣는 방법이나, 상품처럼 상자에 담아 평범한 짐처럼 꾸민 뒤 사람을 시켜 집 밖으로 운반해내는 방법도 진지하게 생각해보았다. 마지막으로 나는 위의 그 어떤 방법보다도 훨씬 더 좋다고 생기나는 방법을 떠올렸다. 중세의 성직자들은 자신이 죽인 사람을 벽속에 넣었다는 기록이 남아 있다는 사실을 떠올린 나는 아내의 시체를 지하실 벽 속에 넣기로 했다.

우리 집 지하실은 그 목적을 수행하기에 아주 적합한 곳이었다. 사방의 벽 전부가 그다지 튼튼하지 않았으며 거기에 거친 회반죽을 바른 지 얼마 되지 않았는데 그것이 눅눅한 공기 때문에 아직 굳지 않은 상태였다. 뿐만 아니라 한쪽 벽에 원래는 장식이었던 굴뚝인지 난로인지 모를 것이 앞으로 툭 튀어나온 곳이 있었는데 거기를 묻어서 지하실의 다른 부분과 똑같이 만든 부분이 있었다. 그 부분의 벽돌을 빼내고 시체를 넣은 다음 벽 전체를 전과 같이 발라 사람들의 눈을 속이기란 아주 간단한 일이라고 나는 확신하고 있었다.

내 생각은 정확했다. 쇠 지렛대로 별 어려움 없이 벽돌을 빼내고 시체를 주의 깊게 안쪽 벽에 기대놓은 뒤, 그 자세대로 시체를 지탱한 채 벽돌 전체를 아주 간단하게 예전처럼 쌓아놓았다. 최대한 주의를 기울여 모르타르와 모래, 머리카락을 마련해 예전 것과 구별이 되지 않는 회반죽을 만들어 그것을 조금 전에 다시 쌓은 벽돌 위에 조심스럽게 발랐다. 일을 마치고 나는 모든 것이 완벽하다며 만족감을 느꼈다. 벽에서 손을 댄 부분이라고는 전혀 찾아볼 수 없었다. 바닥에 떨어진 쓰레기도 세심한 주의를 기울여 주웠다. 나는 승리감에 젖어 주위를 둘러보며 중얼거렸다.

"내 노력이 결코 헛된 것은 아니었군."

다음으로 해야 할 일은 이런 비참한 결과의 원인을 제공한 짐승을 찾아내는 것이었다. 드디어 나는 그 녀석을 죽여버려야겠다고 굳게 결심을 했기 때문이었다. 그 순간 고양이를 찾아냈다면 녀석의 운명은 이미 결정된 것이나 다름없었을 것이다. 그런데 교활한 그 녀석은 조금 전 내가 화를 내는 모습을 보고 겁을 먹었는지 그런 마음을 먹고 있는 내 앞에 모습을 드러내지 않았다. 그 혐오스러운 고양이가 사라졌다는 사실이 내 가슴에 불러일으킨 깊고 흐뭇한 안도감은 글로 표현할 수도 상상할 수도 없을 정도였다. 고양이는 그날 밤 내내 모습을 나타내지 않았다. 덕분에 나는 그 고양이를 집으로 데려온 날 이후로 딱 하룻밤 조용히 깊은 잠을 잘 수 있었다. 그렇다. 내 영혼에 사람을 죽였다는 무거운 부담감을 느끼면서도 잠을 잘 수 있었던 것이다.

이틀이 지나고 사흘이 지났지만 나를 괴롭히던 그 녀석은 여전히 모습을 드러내지 않았다. 나는 다시 자유로운 인간으로서 호흡을 할 수 있게 되었다. 그 괴물은 공포에 질려서 이 집에서 도망친 것이다! 두 번 다시 녀석의 모습을 보게 될 일은 없을 것이다! 이야말로 더할 나위 없는 행복이다! 나는 자신이 저지른 어두운 범죄행위 때문에 혼란스러움을 느끼는 일은 거의 없었다. 몇 번 심문을 받기는 했지만 즉석에서 변명을 할 수 있었다. 가택수사도 행해졌지만, 물론 그 무엇도 발견될 리가 없었다. 이로써 나는 내 미래의 행복을 확신할 수 있게 되었다.

아내를 살해한 지 나흘째 되던 날, 한 무리의 경관들이 갑자기 집으로 들이닥쳐 다시 집 안을 엄중하게 수색하기 시작했다. 하지만 시체를 숨겨둔 장소를 찾아낼 리가 없다고 확신한 나는 조금도 당황하지 않았다. 경관들은 조사에 입회하라고 내게 명령을 내렸다. 그들은 집 안을 구석구석 샅샅이 뒤졌다. 이것으로 세 번째인가 네 번째가 되는데 드디어 다시

한 번 지하실로 내려갔다. 나는 눈 하나 꿈쩍하지 않았다. 심장은 아무런 가책도 받지 않고 잠을 잘 때처럼 조용히 고동치고 있었다. 나는 지하실 끝에서 끝을 걸었다. 가슴에서 팔짱을 낀 채 이쪽저쪽 유유히 걸어 다녔다. 경찰관들은 완전히 의심이 풀렸는지 지하실에서 나가려 했다. 내 마음의 격렬한 기쁨을 억누를 수가 없었다. 나는 승리의 함성을 올리기 위해, 그리고 내가 결백하다는 사실을 그들에게 더욱 확실하게 심어주기 위해 무엇인가 한마디 해야겠다는 마음을 억누를 수가 없었다.

"여러분."

경관들이 계단을 오를 때 나는 드디어 입을 열었다.

"저에 대한 당신들의 의심이 풀려서 정말 기쁩니다. 여러분들의 건강을 빌겠습니다만, 다음부터는 좀 더 예절을 지켜주셨으면 합니다. 그건 그렇고 이 집은 정말 튼튼합니다."

(무슨 말이든 거침없이 내뱉어야겠다는 미칠 것 같은 소망 때문에 나는 자신이 무슨 말을 하고 있는지도 몰랐다.)

"너무 잘 지어진 집입니다. 이 벽도, 어? 여러분 벌써 돌아가십니까? 이 벽도 아주 튼튼하게 만들어졌습니다."

여기까지 말한 나는 그저 허세를 부려보고 싶다는 미치광이 같은 마음에서 내 사랑하는 아내의 시체를 숨겨둔 바로 그 부분의 벽돌을 손에 들고 있던 지팡이로 세차게 두드렸다.

그런데, 아, 신이시여. 대마왕의 이빨에서 나를 구해주시옵소서! 지팡이로 벽을 두드린 소리의 메아리가 그쳐 주위가 정적 속으로 빠져들자마자 그 무덤 속에서 답이라도 하듯 소리가 들려왔다. 처음에는 무엇인가에 짓눌린 어린아이의 울음소리와도 같은 것이 띄엄띄엄 들려왔는데 한순간 그 소리가 높아지더니 아주 이상한, 인간의 목소리라고는 생각되지 않는 길고 커다란 절규가 끊임없이 들려오기 시작했다. ─포효라고 해야 할지─ 몸부림치며 괴로워하는 지옥의 망자들과, 그들이 지옥에 떨어진 것을 미친 듯이 기뻐하는 악마들의 목구멍에서 한꺼번에 쏟아져 나오는, 공포와 승리가 한데 뒤섞인, 지옥에서나 들을 수 있을 것 같은 울음소리였다.

내가 어떤 생각에 사로잡혔는지 말할 필요도 없을 것이다. 정신을 잃어 비틀거리며 반대편 벽 쪽으로 걸어갔다. 계단 위에 있던 경관들은 공포에 전신이 떨려와 한동안 한 발짝도 움직이지 못했다. 그 다음 순간, 열두 개의 억센 팔들이 벽을 뜯어내기 시작했다. 벽은 힘없이 무너져 내렸다. 응고된 피가 엉겨 붙어 있고 이미 심하게 부패해버린 시체가 모두의 눈앞에 우뚝 서 있었다. 그 머리 위에 새빨간 입을 벌린 채 한쪽 눈을 불처럼 번뜩이며 그 저주받을 짐승이 앉아 있었다. 나는 그 녀석의 사악한 꾐에 빠져서 살인을 저질렀고, 그 녀석이 조금 전에 올린 울음소리 때문에 사형집행인의 손에 넘

겨지게 된 것이다. 나는 그 괴물을 무덤 속에 처넣어버렸던
것이다.

스페이드의 여왕

알렉산데르 푸슈킨(Aleksandr Sergeevich Pushkin, 1799~1837)

러시아의 시인, 작가. 러시아 근대문학의 효시로 국민문학의 확립자

라 일컬어지고 있다. 대표작으로는 『스페이드의 여왕』, 『대위의 딸』,

『청동의 기사』 등이 있다. 농노제였던 당시 러시아의 상황을 정확히

묘사하였으며, 후세의 많은 러시아 작가에게 영향을 주었다.

1

근위 기병인 나루모프의 방에서 카드 모임이 있었다. 긴
겨울밤도 어느덧 지나고 사람들이 밤참을 먹기 위해 식탁에
앉은 시간은 벌써 아침 5시였다. 승부에서 이긴 사람들은 맛
있다는 듯 먹었으며, 진 사람들은 별맛도 없이 넘어지는 빈
접시를 바라보았다. 하지만 샴페인이 나오자 그런 분위기에
도 점점 활기가 감돌기 시작했으며, 이긴 사람이고 진 사람이
고 모두 이야기를 나누기 시작했다.

"그런데 자네는 어땠나, 수린." 하고 주인공인 나루모프
가 물었다.

"이번에도 어김없이 잃었어. 난 아무래도 운이 없는 거
같아서 진작부터 포기했어. 하고 있는 놀이가 미란돌(카드놀
이의 일종)이고 난 언제나 냉정함을 잃지 않기 때문에 실수를
저지르는 법이 없는데도 늘 지기만 하니."

"하지만 자네는 한 번도 빨간 패에 걸려고는 하지 않지

않았는가? 난 자네의 고집스러움에 놀랐어."

"그건 그렇고 자네는 게르만을 어떻게 생각하나?"라고 손님 중 한 사람이 젊은 공병 사관을 가리키며 말했다. "이 양반은 태어나서 지금까지 단 한 장의 카드도 손에 쥔 적이 없고, 단 한 번도 내기를 한 적이 없었으면서도 아침 5시까지 여기에 이렇게 앉아서 우리의 승부를 바라보고 있으니 말이야."

"남들의 승부를 지켜보는 것이 내게는 아주 즐거워."라고 게르만이 말했다. "하지만 나는 내 생활에 필요하지 않은 놀이에 돈을 희생으로 삼을 수 있을 만한 신분이 아니야."

"게르만은 독일 사람이야. 그래서 그는 계산적이지. ……그거면 충분히 알 만하지 않은가?"라고 톰스키가 평가를 내렸다. "하지만 내가 이해할 수 없는 사람이 한 명 있어. 우리 할머니인 안나 페도로브나 백작부인이야."

"무슨 소리야?"라고 다른 손님이 물었다.

"우리 할머니는 어째서 푼토(카드로 하는 내기의 일종)를 하지 않는지 나는 이해할 수가 없어."라고 톰스키가 말을 이었다.

"어째서냐니……. 여든 살이나 된 할머니가 푼토를 하지 않는다고 해서 이상하게 생각할 이유는 어디에도 없잖아."라고 나루모프가 말했다.

"왜 이상하게 생각하는지 자네는 그 이유를 모를 거야."

"모르는 게 당연하지."

"좋아. 그럼 내 얘기를 들어보게. 우리 할머니는 지금으로부터 50년쯤 전에 파리에 가셨던 적이 있었다네. 그런데 할머니는 커다란 인기를 얻게 되었고 파리 사람들이 그 '모스크바의 비너스' 같은 할머니를 잠깐이라도 보는 영광을 얻기 위해 앞 다투어 뒤를 따라다녔다고 하더군. 할머니 말씀에 의하면 리셜리외라는 남자가 할머니의 마음을 얻으려 했으나 할머니가 매정하게 거절했기에 그는 그것을 비관하여 권총으로 머리를 쏴서 자살했다고 해.

그 무렵, 귀부인들 사이에서는 파라온(카드로 하는 내기)을 하며 노는 것이 유행했었어. 그런데 궁정에서 카드놀이가 열렸을 때 할머니는 오를레앙 공에게 형편없이 져서 커다란 돈을 잃고 말았다네. 그리고 집에 돌아온 할머니는 얼굴에 붙였던 점을 떼어내고 속옷을 벗으며 할아버지에게 그 금액을 이야기하고 오를레앙 공에게 갚으라고 명령했다고 하는데, 돌아가신 우리 할아버지는 나도 잘 알고 있는 사실이지만, 마치 할머니의 집사 같아서 불처럼 할머니를 무서워했다네. 그런 할아버지가 할머니에게서 잃은 돈의 금액을 들은 순간에는 제정신이 아니었던 게지, 아주 커다란 소리로 야단을 쳤다고 하더군. 그리고 반년 동안 할머니가 잃은 돈이 50만 프랑이나 된다는 사실을 헤아린 다음, 자신의 모스크바나 사라토프의 영지가 파리에 있는 것도 아니니 도저히 그런 거액의 부채는 갚을 수 없다고 단호하게 거절했다네. 그러자 우리 할머니는 할아버지의 귀 부근을 손바닥으로 힘껏 후려치고는 자신이 화났다는 것을 보여주기 위해서 말없이 혼자서 잠을 잤다네.

그 다음 날, 할머니는 어젯밤 남편에게 준 벌이 좋은 효과를 발휘했으면 좋겠다고 마음속으로 빌며 할아버지를 불러 설득했지만 할아버지는 역시 고집을 꺾지 않으셨어. 할머니는 당신에게 아주 많은 빚이 있다는 사실, 하지만 귀족과 마부는 입장이 다르니 빚은 무슨 일이 있어도 갚아야 한다는 사실을 설명하면 틀림없이 설득할 수 있을 것이라 생각했기에 결혼 이후 처음으로 할아버지에게 변명을 하기도 하고 설명을 시도해보기도 했으나 그것은 결국 헛수고로 돌아갔고, 할아버지는 결코 받아들이지 않으셨어. 그렇게 해서 문제는 부부 사이만으로는 해결할 수 없게 되었고, 할머니는 어떻게 해야 좋을지 당황하게 되었지.

그보다 앞서 할머니는 매우 유명한 한 남자와 알게 됐어. 자네들은 여러 기이한 일로 잘 알려진 생 제르망 백작에 대해 이미 들어서 알고 있겠지? 그는 스스로를 집 없는 유대인이라 부르기도 하고, 또한 불로장생약의 발견자라고 부르기도 하고, 그 외에도 여러 가지 말들을 떠들고 다녔기에 어떤 사람은 그를 사기꾼이라고 경멸하기도 했지만 카사노바의 기록에 의하면 그는 간첩이었다고 해. 뭐, 그야 어찌 됐든 그는 굉장한 매력의 소유자로 사교계에 없어서는 안 될 인물이었어. 실제로 우리 할머니는 아직까지도 그를 동정해서, 혹시 누군가가 그에 대한 험담이라도 할 양이면 불같이 화를 내지.

할머니는 그 생 제르망 백작이 어떤 큰돈이라도 마음대로 주무를 수 있다는 사실을 알고 있었기에 우선 그에게 부탁해야겠다고 여기고 당신의 집에 와달라는 편지를 썼더니 그 기괴한 노인이 곧장 찾아와서 근심에 찬 할머니를 만났다고 하더군.

그래서 할머니가 당신 남편의 잔혹하고 무정한 처사에 크게 분노하며 그에게 의지하여, '오직 하나 남은 길은 당신의 우의(友誼)와 동정에 기대는 것밖에 없다.'는 결론에 도달하자 생 제르망 백작은 '알겠습니다. 당신이 필요로 하는 돈을 빌려드리도록 하겠습니다. 하지만 그 돈을 제게 갚으시기 전까지는 당신도 마음이 편치 않을 것이고, 저도 당신께 새로운 걱정을 끼쳐드리고 싶지는 않습니다. 그래서 말인데, 제가 그 돈을 빌려드리지 않아도 당신의 근심을 덜어드릴 수 있는 방법이 한 가지 있습니다. 그것은 당신이 다시 한 번 내기를 하셔서, 필요한 만큼 돈을 버는 겁니다.'라고 말했다고 하네.

'하지만 백작님, 솔직히 말씀드리자면 제게는 이제 남은 돈이 하나도 없습니다.' 라고 할머니께서 답하자, '아니, 돈 같은 건 한 푼도 필요 없습니다.' 라고 이번에는 생제르망 백작이 그 말을 부정하며 대답했다네. '우선 제 말을 들어보십시오.' 라고 말한 뒤, 그는 우리가 서로에게 흔히 쓰는 것과 같은 비책 하나를 할머니에게 가르쳐주었다네."

젊은 장교들은 점점 흥미를 느끼기 시작하여 열심히 귀를 기울였다. 톰스키는 파이프를 물더니 맛있다는 듯 한 모금 들이켠 다음 다시 이야기를 이어나갔다.

"그날 밤, 할머니는 여왕의 놀이(카드놀이의 일종)를 하기 위해 베르사유 궁전으로 가셨어. 오를레앙 공이 게임을 주관하고 있었기에 할머니는 아주 그럴듯하게 아직 빚을 갚지 못했다는 사실을 살짝 변명한 뒤 공작과 승부를 시작했어. 할머니는 세 장의 카드를 골라 그것을 순서대로 냈는데 마침내 소니카(가장 빨리 승부가 결정 나는 카드놀이)로 세 장 모두 이겼기에 할머니는 전에 졌던 빚만큼의 돈을 전부 회수할 수 있었어."

"정말 다행이로군." 하고 손님 중 한 사람이 말했다.

"꾸며낸 얘기야." 라고 게르만이 평가를 내렸다.

"혹시 카드에 표시라도 해두었던 거 아니야?' 라고 세 번째로 누군가가 말했다.

톰스키가 단호한 어조로 대답했다.

"나는 그렇게 생각지 않아."

"뭐야."라고 나루모프가 말했다. "자네는 3장 모두 멋지게 이기는 방법을 알고 계시는 할머니가 살아 계시는데 그 비밀을 알아내지 못했단 말인가?"

"물론 나도 여러 가지로 치밀하게 시도를 해봤지만 말이지."라고 톰스키가 대답했다. "할머니에게는 네 아들이 있고, 그중 한 명이 우리 아버지지만, 네 아들 모두 카드에 있어서는 전문가였기에 그 비밀을 털어놓는다면 숙부님들과 아버지는 물론 내게도 나쁜 일은 아닐 텐데 할머니는 무슨 일이 있어도 그 비밀을 털어놓으려 하시지 않아. 하지만 숙부님노 당신의 명예를 걸고 이 이야기는 실제로 있었던 일이라고 단언하셨어. 그리고 세상을 떠난 샤플리츠키, 수백만의 재산을 탕진하고 초라하게 세상을 떠난 그 선생이 예전에 젊었을 때 30만 루블 정도를 잃은 적이 있었어. 잘 기억은 나지 않지만 상대는 소리치였던 것 같아. 이에 그 선생, 완전히 비관하고 있었는데 언제나 젊은이의 무절제한 생활에 대해서는 엄격했던 우리 할머니가 그를 매우 동정하여 평생 두 번 다시는 카드를 하지 않겠다는 약속을 받아낸 뒤, 카드 세 장의 비밀을 알려주고 순서대로 내기를 하라고 가르쳐주었어. 이에 샤플리츠키는 전에 돈을 잃었던 적을 찾아가 새로운 내기를 했어. 처음 판에서 그는 5만 루블을 걸어 소니카로 이겼고, 다음 판에는 10만 루블을 걸어 또 이겼어. 이렇게 마지막까지 같은 방법을 써서 그는 전에 잃었던 돈보다 훨씬 더 많은 돈을 땄어. ……."

"이제 그만 자야 하지 않겠나? 벌써 6시 15분도 지났어."

실제로 날이 이미 밝기 시작했기에 젊은이들은 잔에 남은 술을 단숨에 들이켜고 각자 집으로 돌아갔다.

2

세 하녀는 나이 많은 A백작부인을 그녀의 의상실 거울 앞에 앉힌 뒤, 그 옆에 서 있었다. 첫 번째 하녀는 화장 케이스를, 두 번째 하녀는 머리핀이 든 조그만 갑을, 세 번째 하녀는 반짝이는 빨간 리본이 달린 높은 모자를 들고 있었다. 아름다움에 대해서 백작부인은 더 이상 자만하고 있지는 않았지만 아직도 자신의 젊은 시절의 습관을 그대로 지켜, 20년 전의 유행을 고수한 옷을 입은 뒤 50년 전과 마찬가지로 오랜 시간을 들여서 정성껏 화장을 했다. 창가에는 그녀의 시중을 드는 젊은 아가씨가 자수틀 앞에 앉아 있었다.

"안녕히 주무셨어요, 할머니." 하며 한 청년 사관이 방으로 들어왔다.

"봉주르, 리자 양. 할머니, 저 부탁드리고 싶은 일이 있는데요……."

"무슨 일이냐, 폴."

"다름이 아니라 할머니께 제 친구를 소개하고 이번 금요일에 있을 무도회에 그 사람을 초대하고 싶은데요……."

"무도회에 초대해 그 자리에서 내게 소개시켜주면 될 게 아니냐? 그건 그렇고 너 어제 B씨 댁에 갔었던 게냐?"

"네, 아주 즐거워서 새벽 5시까지 춤을 췄어요. 그래, 맞아. 엘레츠카야는 정말 아름다웠어요."

"그, 그 사람이 그렇게 아름답단 말이냐. 그 사람도 할머니인 달리아 페트로프나만큼 아름다우냐? 그건 그렇고 공작부인도 꽤나 나이를 드셨겠지?"

"무슨 말씀이세요, 할머니." 하고 톰스키가 별생각 없이 커다란 목소리로 말했다. "그분은 7년 전에 이미 돌아가셨잖아요."

젊은 아가씨가 갑자기 얼굴을 들어 젊은 사관에게 눈짓을 주었기에 그는 나이 든 백작부인에게는 그녀의 친구들의 죽음을 절대 비밀로 하고 있다는 사실을 깨닫고 서둘러 입을 다물어버렸다. 하지만 이 나이 든 백작부인은 그러한 비밀을 전혀 알지 못했기에 젊은 사관이 자신도 모르게 흘린 말에 귀를 기울였다.

"돌아가셨다고……." 부인이 말했다. '나는 전혀 몰랐구나. 우리는 같이 여관(女官)에 임명되어 함께 황후님 앞에 섰었는데……."

그리고 이 백작부인은 자신의 손자에게 자신의 일화를 거의 백 번째로 들려주었다.

"얘, 폴." 하고 그 이야기가 끝난 뒤 부인이 말했다. '나를 일으켜 세워주렴. 리잔카, 내 코담배 상자는 어디에 있지?'

이렇게 말한 뒤 백작부인은 화장을 마치기 위해 세 하녀를 데리고 병풍 뒤로 갔다. 톰스키는 젊은 아가씨와 단둘이 남았다.

"당신이 백작부인에게 소개하려는 분은, 어떤 분이세요?'라고 리자베타 이바노프나가 조그만 목소리로 물었다.

"나루모프야. 알고 있지?'

"아니요. 그분은 군인……. 아니면 사관……."

"군인이야."

"공병대신가요……."

"아니, 기마대야. 왜 공병대냐고 물은 거지?'

젊은 아가씨는 미소를 짓기만 할 뿐 말이 없었다.

"폴." 하고 병풍 뒤에서 백작부인이 불렀다. "내게 새로운 소설을 가져다주렴. 하지만 요즘 스타일은 싫다."

"할머니, 그럼……."

"주인공이 아버지나 어머니의 목을 조르거나, 익사자가 나오거나 하지 않는 소설을 준비해주렴. 나는 물에 빠져 죽은 사람들의 이야기를 보거나 듣는 것이 무서우니 말이다."

"요즘에 그런 소설은 없어요. 러시아의 소설을 좋아하시나요?"

"러시아의 소설이 있단 말이냐. 그럼 한 권 가져다주렴, 폴. 잊어서는 안 된다."

"네. 그만 나가볼게요. 전 바쁘니⋯⋯. 이만 실례할게, 리자베타 이바노프나. 넌 나루모프가 왜 공병대일 거라고 생각⋯⋯."

아가씨를 향해 이렇게 내뱉듯 말하고 톰스키는 알녀니의 방에서 나갔다.

혼자 남은 리자베타는 수놓던 것을 옆으로 밀어놓고 창밖을 바라보기 시작했다. 그로부터 2, 3초쯤 지났을 때 맞은편 모퉁이의 집이 있는 부근으로 한 청년 사관이 모습을 드러냈다. 그녀는 두 뺨을 살짝 붉히더니 다시 일감을 집어 들고 자신의 머리를 자수틀 위로 숙였는데, 그때 백작부인이 화려한 차림으로 모습을 드러냈다.

"마차를 불러주렴, 리자베타."라고 부인이 말했다. "우리 드라이브를 하고 오자꾸나."

리자베타는 자수틀에서 얼굴을 들어 일감을 정리하기 시

작했다.

"왜 그러는 게냐? 너 귀머거리냐?"라고 나이 든 부인이 큰 소리로 말했다. "바로 나갈 수 있게 마차를 준비해주럼."

"지금 바로 준비하라고 하겠습니다."라며 젊은 아가씨가 옆방으로 서둘러 갔다.

하인 하나가 들어와 폴 알렉산도르비치 공이 보냈다면서 두어 권의 책을 백작부인에게 건네주었다.

"고맙다고 공작에게 전해주게."라고 부인이 말했다. "리 자베타……. 리자베타……. 어디 있는 게냐?"

"지금 옷을 갈아입고 있어요."

"그렇게 서두를 거 없다. 여기에 앉아서 책 한 권을 열어 커다란 소리로 내게 읽어주럼."

젊은 아가씨가 책을 집어 두어 줄 읽기 시작했다.

"좀 더 커다란 소리로……"하고 부인이 말했다. "대체 왜 그러는 거냐, 리자베타……. 너 혹시 목소리를 잃어버리기 라도 한 게냐? 아아, 잠깐 기다려라. 저 발받침을 내게 좀 주어 라. …… 그리고 조금 더 가까이 와라. …… 이제 시작해라."

리자베타는 다시 두 쪽 정도를 읽었다.

"그 책을 덮어라."라고 부인이 말했다. "어떻게 그렇게 재미없을 수가 있지? 고맙다고 말하고 폴 공에게 돌려주럼. …… 맞아, 마차는 어떻게 됐지?"

"벌써 준비됐어요."라고 리자베타가 거리 쪽을 내다보며 말했다.

"넌 뭘 하고 있었던 게냐, 아직 옷도 갈아입지 않고……. 난 늘 너 때문에 기다려야 하는 게냐? 왜 이렇게 사람 속을 태우는 거냐, 리자베타."

리자베타는 서둘러 자신의 방으로 갔는데 그로부터 채 2초도 지나지 않아서 부인이 힘껏 벨을 울리기 시작했다. 세 명의 하녀가 한쪽 문에서, 그리고 남자 하인 한 명이 다른 쪽 문에서 허겁지겁 달려왔다.

"대체 어떻게 된 거지? 내가 벨 울리는 소리가 안 들린다는 건가?"라고 부인이 소리를 질렀다. "리자베타 이바노브나에게 내가 기다리고 있다고 전해줘."

리자베타가 모자와 외투를 입고 돌아왔다.

"드디어 왔구나. 그런데 왜 그렇게 정성껏 화장을 한 거지? 누군가에게 보이고 싶은 거냐? 날씨는 어떠냐? 바람이 불기 시작한 거 같은데."

"아닙니다, 마님. 아주 평온한 날씹니다."라고 하인이 대답했다.

"너는 늘 엉터리 같은 소리만 하는구나. 창문을 열어봐. 자, 보라고. 바람이 불어서 굉장히 춥잖아. 마차는 필요 없겠다. 리자베타, 외출은 그만두기로 하자. …… 그렇게 치장을 할 필요도 없었는데."

'아이고, 내 신세야.' 하고 리자베타는 생각했다.

실제로 리자베타 이바노프나는 아주 불행한 여자였다. 단테는 '미숙한 자의 빵은 쓰고 그의 계단은 가파르다.' 고 말했다. 게다가 이 나이 든 귀부인의 가엾은 이야기상대 리자베타가 식객과 같은 괴로움을 맛보고 있다는 사실을 아는 사람은 한 명도 없었다. A백작부인은 결코 마음이 나쁜 여자는 아니었으나 세상 사람들로부터 애지중지 대접을 받아온 여자답게 변덕스러웠으며, 지난 일들만 생각하고 현재는 조금도 생각지 않는 노인답게 아주 고집스럽고 이기적이었다. 그녀는 온갖 사교계에 얼굴을 내밀었기에 무도회에도 종종 참석했다. 그리고 그녀는 시대에 뒤떨어진 의상과 화장으로 치장한 채 무도회장에 없어서는 안 될 우스꽝스러운 장식처럼 구석에 자리 잡고 앉아 있었다.

무도회장에 들어온 손님들은 마치 정해진 의식이라도 되는 양 그녀에게 다가가 하나같이 정중하게 인사를 했으나, 그것이 끝나고 나면 누구 하나 그녀 쪽으로는 눈길조차 주지 않았다. 또한 그녀는 자신의 저택에서 연회를 열 때도 매우 엄격한 예의를 고수했다. 그러면서도 정작 그녀는 이미 사람들의 얼굴조차 구별할 수가 없었다.

부인의 수많은 하인들은 주인의 옆방이나 자신들의 방에서 점점 살이 쪄갔으며, 나이를 먹어가는 대신 자신들이 하고 싶은 일을 멋대로 하고 또 서로가 경쟁하듯 공공연하게 나이 든 백작부인으로부터 도둑질을 했다. 그러한 가운데서도 불행한 리자베타는 가정의 희생자였다. 그녀는 차를 낼 때면 설탕을 너무 많이 넣었다고 야단을 맞았으며, 소설을 읽어줄 때면 이런 따분한 얘기가 어디 있느냐고 작가의 죄가 그녀에게 고스란히 전가되었다. 부인의 산책을 따라 나가면 날씨가 어떻다는 둥, 길의 포장 상태가 어떻다는 둥 화풀이와도 같은 잔소리를 들으니, 그때마다 거금으로 들어가 버리기 때문에 자신의 손에 들어오는 것은 거의 없었다. 다른 사람들처럼 옷을 사고 싶어도 그것조차 하지 못했다. 특히 사교계에서 그녀는 참으로 딱한 역할을 맡고 있었다. 모든 사람들이 그녀를 알고 있기는 했으나, 그녀에게 눈길을 주는 사람은 단 한 명도 없었다.

무도회에 가서도 그녀는 단지 누군가에게 춤 상대가 없을 때만 무대로 불려가 춤을 추는 정도였으며, 귀부인들도 자신의 헝클어진 옷을 바로잡기 위해 무도회장에서 그녀를 불러낼 때가 아니면 그녀의 팔에 손을 거는 일은 없었다. 따라서 그녀는 자기 자신을 잘 알고 있고, 또 자신의 지위도 분명히 자각하고 있었기에 어떻게든 자신을 구해줄 남자를 찾고 있었으나 분주한 나날을 보내는 청년들은 그녀를 거의 문제로 삼지 않았다. 하지만 리자베타는 세상 청년들이 꽁무니를 따라다니고 있는 얼굴이 두껍고 마음이 차가운 아가씨들보다 몇백 배나 사랑스러웠다. 그녀는 찬란하게 빛나기는 하지만 따분하기 짝이 없는 응접실에서 가만히 빠져나와 자신의 조그맣고 쓸쓸한 방으로 들어가 운 적도 종종 있었다. 그 방에는 칸막이 하나, 장, 거울 그리고 페인트를 칠한 침대가 있고 수지로 만든 초가 구리촛대에 외로이 밝혀져 있었다.

어느 날 아침, 그것은 앞서 이야기했던 그 사관들이 카드놀이를 한 지 이틀쯤 뒤로 지금부터 이야기할 사건이 일어나기 일주일쯤 전의 일이었다. 창가 가까이의 자수틀 앞에 앉아 있던 리자베타 이바노프나는 문득 거리 쪽을 바라보고 젊은 공병대 사관이 그녀가 있는 창을 가만히 올려다보고 있다는 사실을 깨달았으나 다시 얼굴을 숙여 바로 일을 하기 시작했다. 그로부터 5분쯤 뒤 그녀는 다시 거리 쪽을 보았는데 그 청년 사관은 그때도 여전히 같은 장소에 서 있었다. 하지만 거리의 사관에게 추파를 던진 적이 없었던 그녀는 이후 거리 쪽은 바라보지도 않은 채 2시간 정도 머리를 숙이고 자수를 놓았다.

그러는 사이에 식사 시간이 되었기에 그녀는 자리에서 일어나 자수 도구를 정리하며 별생각 없이 다시 거리 쪽을 바라보았는데 청년 사관은 그때까지도 여전히 거기에 서 있었다. 그녀에게 그것은 전혀 뜻밖의 일이었다. 식사 후, 마음에 걸렸기에 그녀는 다시 그 창으로 가보았으나 그 사관의 모습은 이미 보이지 않았다. 그 후, 그녀는 그 청년 사관의 일을 그다지 마음에 두지 않았다.

그로부터 이틀 뒤, 마침 백작부인과 마차에 오르려던 순간 그녀는 다시 그 사관을 보았다. 그는 모피로 된 목깃에 얼굴을 반쯤 묻은 채 대문 바로 앞에 서 있었는데 그 검은 두 눈이 모자 밑에서 반짝이고 있었다. 리자베타는 자신도 모르게 놀라 마차에 오른 뒤에 어떤 막연한 불안을 떨쳤다

산책에서 돌아온 뒤 그녀는 서둘러 그 창가로 갔는데, 청년 사관은 평소와 같은 자리에 서 있었으며, 평소와 다름없이 그녀를 올려다보고 있었다. 그녀는 자신도 모르게 뒤로 물러섰으나 점점 호기심에 사로잡혔으며, 그녀의 마음은 지금까지 한 번도 맛본 적이 없었던 감동으로 고동쳤다.

그날 이후로 그 청년 사관이 일정한 시간에 창 밑으로 모습을 드러내지 않는 날은 단 하루도 없었다. 그와 그녀 사이에는 무언중에 일종의 친밀함 같은 것이 형성되기 시작했다. 언제나 같은 장소에서 자수를 놓으며 그녀는 자연스럽게 그가 다가오고 있다는 사실을 느끼게 되었다. 그리고 하루하루 지날 때마다 그녀는 얼굴을 들어 그를 바라보는 시간이 점점

길어졌다. 청년 사관은 그녀에게 환영을 받게 된 것이다. 그녀는 자신들의 시선과 시선이 부딪칠 때마다 남자의 창백한 뺨이 아주 살짝 붉게 물든다는 사실을 청춘의 날카로운 눈으로 알아볼 수 있었다. 그로부터 일주일쯤 지나서 그녀는 남자에게 미소를 보낼 수 있게 되었다.

톰스키가 자신의 할머니인 백작부인에게 친구 중 한 명을 소개해도 되겠느냐고 물었을 때 이 젊은 아가씨의 마음은 세차게 뛰었다. 하지만 나루모프가 공병 사관이 아니라는 사실을 안 순간 그녀는 앞뒤 사정도 살피지 않고 자기 마음의 비밀을 간단히 톰스키에게 이야기한 것을 후회했다.

게르만은 러시아에 귀화한 독일인의 아들로 아버지의 얼마 되지 않는 재산을 상속했다. 그는 혼자 힘으로 살아가는 것의 필요성을 가슴에 강하게 주입받았기에 아버지의 유산에서 나오는 수입에는 손도 대지 않고 자신의 급여로만 생활했다. 따라서 그에게 사치는 절대 용납할 수 없는 것이었으나, 그는 신중하면서도 한편으로는 야심을 품고 있기도 했기에 그의 친구 중에는 아주 가끔 극단적인 절약가인 그에게 돈을 쓰게 해서 하룻밤의 즐거움으로 삼는 사람도 있었다.

그는 격한 감정을 가졌으며 또한 풍부한 상상력의 소유자이기도 했으나, 굳은 의지가 그로 하여금 젊은이들이 빠지기 쉬운 타락의 길로 들어서지 못하게 했다. 그랬기에 마음속으로는 도박을 해보고 싶다는 생각을 품고 있었으나 그는 결코 한 장의 카드도 손에 쥐지 않았다. 그의 말에 따르자면 자신의 신분으로는 필요하지도 않은 돈을 따기 위해서 필요한 돈을 없앨 수는 없다는 것이었다. 하지만 그는 카드 테이블에 밤새도록 나란히 앉아 승부가 변할 때마다 마치 자신의 일이라도 되는 양 걱정스럽다는 듯 지켜보곤 했다.

세 장의 카드에 관한 이야기가 그의 상상력에 커다란 자극을 주었기에 그는 밤새도록 오로지 그 이야기에 대해서만 생각했다.

'만약······,' 하고 그는 이튿날 아침 상트페테르부르크의 거리를 걸으며 생각했다. '만약 나이 든 백작부인이 자신의 비밀을 내게 털어놓는다면······. 만약 그녀가 세 장의 필승 카드를 내게 가르쳐준다면······. 나는 자신의 미래를 시험해보지 않을 수 없겠지······. 우선의 그 나이 든 백작부인을 소개받고 그녀에게 사랑을 받도록 해야지, 아니 그녀의 연인이 되지 않으면 안 돼······. 하지만 그건 아주 번거로운 일이야. 누가 뭐래도 상대는 여든일곱 살이니······. 어쩌면 일주일 뒤에, 아니 이틀 뒤에 세상을 떠나버릴지도 몰라. 세 장의 카드의 비밀도 그녀와 함께 세상에서 영원히 사라져버리고 마는 거야. 그런데 그 얘기가 사실일까? 아니, 그건 말도 안 되는 소리지. 경제, 절제, 노력, 이것이 나의 필승카드야. 이 카드로 나

는 재산을 3배로 불릴 수 있어……. 아니, 7배로 불려서 편안하게 독립된 생활을 할 수 있을 거야.'

이런 생각에 빠져 있었기에 그는 상트페테르부르크의 가장 번화한 거리 중 한 곳에 있는 오래된 건물 앞에 올 때까지 어디를 어떻게 걸었는지 기억하지 못했다. 거리는 찬란하게 반짝이는 그 건물의 현관 앞으로 줄줄이 달려온 마차의 행렬 때문에 정체되어 있었다. 그 순간, 묘령의 여인의 늘씬하고 조그만 발이 마차에서 포장도로 위로 내밀어졌는가 싶더니, 다음 순간에는 기병 사관의 묵직해 보이는 부츠와 사교계 사람들의 비단 양말과 구두가 나타났다. 모피와 모직물로 된 외투가 현관을 지키고 선 커다란 사내 앞으로 줄줄이 지나갔다.

게르만은 발걸음을 멈췄다.

"어떤 분의 저택인가요?" 하고 그가 모퉁이 부근에서 경비원에게 물었다.

"A백작부인의 저택입니다."라고 경비원이 대답했다.

게르만은 펄쩍 뛰어오를 정도로 깜짝 놀랐다. 세 장의 카드에 관한 신비한 이야기가 다시 그의 상상력을 자극했다. 그는 저택 앞을 서성이며 그 여주인공과 그녀의 기괴한 비밀에 대해서 생각했다.

그는 늦어서야 자신의 소박한 하숙으로 돌아왔으나 오래도록 잠을 잘 수가 없었다. 그러다 간신히 잠깐 잠들었는데 카드와 테이블과 수표 다발과 산더미처럼 쌓인 금화 같은 꿈만 꿨다. 그가 순서대로 카드를 걸자 끝도 없이 이겼기에 그 금화를 쓸어 모으고, 지폐를 주머니 안에 쑤셔 넣었다.

하지만 이튿날 아침 늦게 눈을 뜬 그는 상상 속의 부를 잃었다는 데서 오는 상실감을 느끼며 거리로 나섰는데 어느 사이엔가 백작부인의 저택 앞까지 와 있었다. 어떤 알 수 없는 힘이 그를 그곳으로 이끈 것이라고도 말할 수 있으리라. 그가 멈춰 서서 창을 올려다보자 한 창으로 탐스러운 검은 머리카락을 가진 머리가 보였다. 그 머리는 틀림없이 책상이나 자수틀 앞에 있어 고개를 숙, 기, ... 세, 것이리라 이렇게 생각하고 있는데 그 머리가 불쑥 솟아오르더니 싱그러운 얼굴과 검은 두 개의 눈동자가 게르만의 눈에 들어왔다.

그의 운명은 그 순간에 결정되어 버리고 말았다.

3

리자베타 이바노프나가 모자와 외투를 채 벗기도 전에 백작부인이 그녀를 불러 다시 마차를 준비하라고 명령했기에 마차를 현관 앞에 대기시켰다. 그리고 부인과 그녀는 각자 자리에 앉으려 했다. 두 마부가 부인을 부축하여 마차에 태우려던 순간, 리자베타는 그 공병 사관이 마차 뒤에 몸을 바싹 붙이고 서 있는 모습을 보았다. 그가 그녀의 손을 쥐었다. 리자베타는 깜짝 놀라 당황했는데 다음 순간에 그의 모습은 이미 사라지고 없었으며, 단지 자신의 손가락 사이에 편지가 남아 있다는 사실을 깨달았기에 그녀는 서둘러 그것을 장갑 안에 숨겼다.

드라이브를 하는 동안 그녀에게는 더 이상 아무것도 보이지 않았다. 들리지 않았다. 마차로 산책을 할 때면 '지금 만난 사람은 누구지?'라거나, '이 다리의 이름은 뭐지?'라거나, '저 게시판에는 뭐라고 적혀 있지?'라고 끊임없이 묻는 것이 부인의 습관이었는데, 워낙 상황이 상황이었던 만큼, 오늘따라 리자베타는 도무지 앞뒤가 맞지 않는 대답만을 했기에 부인은 마침내 화가 나고 말았다.

"너, 머리가 어떻게 된 거 아니냐?"라고 부인이 소리를 질렀다. "너, 제정신인 거냐? 대체 왜 그러는 거냐? 내 말이 안 들린단 말이냐? 아니면 무슨 말인지 못 알아듣겠다는 거냐? 난 네 덕분에 아직 정신도 멀쩡하고 발음도 분명하다만."

리자베타에게는 부인의 말이 잘 들리지 않았다. 저택에 돌아온 그녀는 자신의 방으로 달려가 장갑에서 그의 편지를 꺼냈는데 편지는 밀봉되어 있지 않았다. 읽어보니 그것은 독일 소설의 한 구절 한 구절을 번역해서 그대로 인용한 부드럽고 경건한 사랑의 고백이었다. 더구나 리자베타는 독일어에 대해서 아무것도 몰랐기에 더욱 기뻤다.

그럼에도 불구하고 그녀는 그 편지 때문에 커다란 불안을 느끼기 시작했다. 실제로 그녀는 태어나서 지금까지 젊은 남자와 남들의 시선을 피해야 할 만한 일은 한 번도 해본 적이 없었기에 그의 대담함에 놀라기도 했다. 그랬기에 그녀는 부정한 행동을 한 자신을 탓함과 동시에 앞으로 어떻게 해야 좋을지 알 수 없었다. 어쨌든 앞으로는 창가에 앉기를 그만두고 그에 대해서 무관심한 태도를 취해 자신과 이 이상 친해지려 하는 남자의 욕망을 끊게 해야 하는 건지. 혹은 그 편지를 남자에게 돌려주어야 하는 건지. 그도 아니면 냉담하고 단호 ░ ░░░ ░ ░░░░ ░░ ░░░ ░ ░░░░ ░░░░ ░░░ ░ ░ ░░ ░░ 전혀 결단을 내릴 수 없었으나 그에 대해서 상의를 할 만한 여자 친구도, 충고를 해줄 만한 사람도 없었다. 리자베타는 마침내 그에게 답장을 쓰기로 했다.

자신의 조그만 책상 앞에 앉은 그녀는 펜과 종이를 꺼내 놓고 뭐라고 써야 좋을지를 생각했다. 그러다 썼다가는 찢고, 썼다가는 다시 찢었는데 결국 그녀가 쓴 글은 남자의 마음을 지나치게 자극하거나, 혹은 지나치게 매정한 것이 될 뿐, 아무래도 생각한 대로는 써지지 않았던 것이다. 그러다 마침내 자신의 마음에도 드는 두어 줄 정도의 짧은 편지를 간신히 쓸 수 있었다.

그녀는 이렇게 썼다.

「당신의 편지가 고상하다는 사실과, 당신이 경솔한 행동으로 저를 모욕하고 싶지 않다고 하신 말씀을 저는 기쁘게 생각합니다. 하지만 저희들의 교제는 다른 방법으로 시작하지 않으면 안 됩니다. 우선은 당신의 편지를 되돌려드립니다만, 예의 없는 짓이라 생각지는 말아주시기 바랍니다.」

이튿날 게르만의 모습이 나타나자마자 자수 도구 앞에 앉아 있던 리자베타는 응접실로 가서 통풍을 위한 창문을 열고, 틀림없이 청년 사관이 눈치를 채고 주울 것이라 생각하며 거리 쪽으로 그 편지를 던졌다.

나는 듯이 달려가 그 편지를 주운 게르만은 근처에 있는 제과점으로 갔다. 밀봉한 봉투를 뜯어보니 안에는 자신의 편지와 함께 리자베타의 답장이 들어 있었다. 그는 그럴 것이라 예상하고 있었기에 집으로 돌아와 그 계획에 대해서 더욱 깊이 생각했다.

그로부터 3일 뒤, 맑은 눈을 가진 한 아가씨가 잡화점에서 왔다며 리자베타에게 편지 한 통을 건네주었다. 무엇인가의 청구서가 아닐까 생각하며 아주 불안한 마음으로 봉투를 열어본 리자베타는 그것이 게르만의 글씨라는 사실을 바로 깨달을 수 있었다.

"잘못 아신 거 아니에요?"라고 그녀가 말했다. "이 편지는 제게 온 게 아니에요."

"아니요, 당신에게 온 거예요."라고 아가씨가 야무져 보이는 미소를 지으며 대답했다. "어서 읽어보세요."

리자베타가 그 편지를 얼른 훑어보니 만나줄 것을 청하는 게르만의 글이었다.

"어떻게 그런……."하며 그녀는 그의 뻔뻔스러운 요구와 제정신이 아닌 것 같은 태도에 더욱 놀랐다. "이 편지는 제게 온 게 아니에요."

이렇게 말한 그녀는 그것을 찢어버렸다.

"당신에게 온 편지가 아니라면, 왜 찢으시는 거죠?"라고 아가씨가 말했다. "저는 부탁받은 분에게 그 편지를 돌려드리지 않으면 안 돼요."

"앞으로는 두 번 다시 내게 편지를 가져오지 말도록 하세요. 그리고 당신을 보내신 분에게도 부끄럽게 생각하라고 전해주세요."라고 그 아가씨의 말에 당황한 리자베타가 말했다.

하지만 게르만은 그 정도로 포기할 만한 사내가 아니었다. 그는 온갖 방법으로 매일 여러 가지 편지를 리자베타에게 보냈다. 그것은 더 이상 독일어의 번역이 아니었다. 게르만은 감정이 솟는 대로 편지를 썼으며, 그 자신의 말로 이야기를 했다. 거기에는 그의 강직한 욕망과 주체할 길 없는 어지러운 공상이 넘쳐나고 있었다.

이제 리자베타는 그 편지들을 그에게 돌려주어야겠다고는 생각하지 않게 되었을 뿐만 아니라 그 편지의 글에 점점 취해서 결국에는 답장을 쓰게까지 되었다. 그리고 그녀의 답장은 조금씩 길어졌으며, 또 애정이 담기게 되었고 심지어는 창문으로 다음과 같은 내용의 편지를 그에게 살짝 던져주기도 했다.

「오늘 밤, 대사관저에서 무도회가 있을 예정이에요. 백작부인도 거기에 참석하실 거예요. 그리고 저희는 아마 2시까지 거기에 있을 거예요. 오늘 밤이야말로 단둘이서 만날 수 있는 기회에요. 백작부인이 외출을 하시고 나면 다른 하인들도 전부 외출을 하고 저택에는 스위스인 외에 아무도 남지 않을 거예요. 그 스위스인은 늘 자기 방에 들어가서 잠을 자요. 그러니까 11시 반쯤에 오시도록 하세요. 계단을 똑바로 올라오세요. 혹시 대기실에서 누군가를 만나게 되면 백작부인이 계시냐고 물어보세요. 틀림없이 안 계신다고 대답할 테지만 그때는 어쩔 수 없으니 일단 밖으로 나가주세요. 하지만 십중팔구는 아무도 만나지 않을 거라 여겨져요. —혹시 하인들이 저택에 있다 해도 모두 한 방에 모여 있을 거예요.— 그 옆방까지 오신 뒤 왼쪽으로 꺾어져 백작부인의 침실까지 똑바로 들어오시면 침실의 칸막이 뒤에 2개의 문이 있어요. 그중 오른쪽 문의 안쪽은 지금까지 백작부인이 들어가신 적이 없는 사실(私室)이고, 왼쪽 문을 여시면 복도가 있고 이어서 나선형 계단이 나오는데 그 위에 제 방이 있어요.」

게르만은 지정된 시간이 오기까지 호랑이처럼 몸을 부르르 떨었다. 밤 10시 무렵, 그는 이미 백작 부인의 저택 앞에 가 있었다. 날씨는 아주 좋지 않았다. 바람이 매우 세차게 불었고 진눈깨비가 커다란 꽃잎을 날려버리고 있었다. 가로등은 어둡고 거리는 정적에 잠겨 있었다. 늙어 가엾게 보이는 말이 끄는 썰매를 탄 사람이 이런 밤에 거리를 배회하는 통행인을 이상하다는 듯한 시선으로 돌아보며 지나갔다. 게르만은 몸을 외투 깊숙이 묻고 있었기에 바람도 진눈깨비도 몸으로 파고들지는 않았다.

마침내 백작부인의 마차가 현관 앞으로 나왔다. 구부정한 허리, 검은 모피로 몸을 감싼 노부인을 마부 둘이 끌어안듯 해서 데리고 나왔고 바로 그 뒤를 따라서 따뜻해 보이는 외투를 입고 머리에 새 화환을 쓴 리자베타가 나왔다. 마차의 문이 닫히고 부드러운 눈 위를 조용히 달리기 시작하자 문지기가 현관의 문을 닫았으며, 창문이 어두워졌다.

게르만은 사람이 없는 저택 부근을 서성이다 마침내 가로등 밑에 멈춰 서서 시계를 보니 11시를 20분이나 지나 있었다. 정확히 11시 반이 되었을 때, 게르만은 저택의 돌계단을 올라 불빛이 반짝이는 복도를 지났는데 거기에 집을 지키는 사람은 보이지 않았다. 서둘러 계단을 올라 대기실의 문을 여니 하인 하나가 램프 옆 고풍스러운 의자에 앉아 잠을 자고 있었기에 게르만은 발소리를 죽여 그 옆을 지났다. 응접실과 식당은 새까만 어둠에 잠겨 있었으나 대기실 램프의 빛이 희미하게 그곳을 비추고 있었다.

게르만은 백작 부인의 침실까지 갔다. 낡은 우상이 가득 들어찬 감실에는 금색 램프가 밝혀져 있었다. 빛이 바랬지만 푹신해 보이는 의자와 부드러워 보이는 쿠션이 놓인 소파가 음침하게 느껴지기는 했으나, 조화롭게 방 가운데 2개씩 놓여 있고 벽에는 중국의 비단이 걸려 있었다. 다른 쪽 벽에는 파리에서 르 브룅 부인이 그린 두 개의 초상화가 액자에 담겨 걸려 있었는데, 하나는 듬직하고 얼굴이 붉은 마흔 정도의 사내로 화려한 녹색 예복의 가슴에 훈장을 하나 달고 있었다. 다른 하나는 아름다운 묘령의 여인으로 매부리코였는데, 이마의 머리를 말고 머리 분을 바른 머리에는 장미꽃이 꽂혀 있었다. 구석구석에는 도자기로 구운 남자 목동과 여자 목동, 유명한 레프로이의 공장에서 만든 식당용 시계, 종이상자, 룰렛의 도구를 비롯하여 몽골피에의 경기구, 메스머의 자석이 세상을 떠들썩하게 했던 이전 세기 말엽에 유행했던 여성의 오락용 완구가 여러 개 놓여 있었다.

게르만은 칸막이 뒤로 살금살금 걸어갔다. 그 뒤로 조그만 침대 하나가 있고 오른쪽에는 사실로 통하는 문, 왼쪽에는 복도로 나가는 문이 있었다. 그가 왼쪽 문을 열자 아니나 다를까, 그녀의 방으로 가는 조그만 나선형 계단이 보였다. 하지만 그는 되돌아서 어두운 사실로 들어갔다.

시간은 조용히 흘렀다. 저택 안은 정적에 잠겨 있었다. 응접실의 시계가 12시를 알리자 그 소리가 방에서 방으로 울려 퍼지다 다시 정적에 빠져버리고 말았다. 게르만은 불이 없는 난로에 기대어 서 있었다. 위험하지만 피할 수 없는 계획을 결심한 사람처럼 그의 심장은 규칙적으로 뛰었으며, 그는 차분하기 짝이 없었다.

오전 1시를 알리는 소리가 들렸다. 그리고 2시를 알리는 소리가 들릴 무렵 그는 마차바퀴 소리를 들었기에 자신도 모르게 흥분을 느꼈다. 점점 다가오던 마차가 마침내 멈춰 섰다. 마차의 발판을 내려오는 소리가 들렸다. 저택 안이 갑자기 떠들썩해지더니 하인들이 위에서 아래로 달려가며 서로를 부르는 소리가 어지럽게 들렸으며 잠시 후 모든 방에 불이 밝혀졌다. 침실을 관리하는 늙은 하녀 셋이 침실로 들어오고 난 뒤, 잠시 후 백작부인이 모습을 드러냈는데 죽은 사람 같은 표정으로 볼테르 시대의 팔걸이의자에 털썩 앉았다.

게르만이 틈새로 엿보고 있자니 리자베타 이바노프나가

그의 바로 옆을 지났다. 그녀가 나선형 계단을 서둘러 오르는 발소리를 들은 순간, 그의 심장은 양심의 가책과도 같은 것 때문에 따끔하게 찔린 것 같은 기분이 들기도 했으나 그런 감정은 곧 사라지고 다시 조금 전처럼 규칙적으로 뛰고 있었다.

백작부인은 거울 앞에서 옷을 벗기 시작했다. 그런 다음 장미꽃으로 장식한 모자를 벗고 머리 분을 바른 가발을, 깔끔하게 깎은 백발 위에서 벗자 머리핀이 그녀 주위의 바닥으로 후두둑 떨어졌다. 은실로 바느질을 한 노란 비단옷이 그녀의 저린 다리 아래로 떨어졌다.

게르만은 그녀의 볼썽사나운 화장의 비밀을 속속들이 보게 되었다. 부인은 마침내 밤의 모자를 쓰고 잠옷으로 갈아입었는데 그런 복장이 나이에 훨씬 잘 어울렸기에 그다지 혐오스럽지도 추하지도 않은 모습이 되어 있었다.

평범한 모든 노인들처럼 부인은 불면증에 시달리고 있었다. 옷을 갈아입고 난 그녀는 창가에 있는 볼테르 시대의 팔걸이의자에 앉더니 하녀들을 나가게 했다. 촛불을 껐기에 침실에는 단지 램프 하나만이 밝혀져 있었다. 부인은 샛노랗게 보이는 얼굴로 탄력이 없는 입술을 우물우물하며 몸을 이쪽저쪽으로 흔들고 있었다. 그녀의 흐릿한 눈은 마음의 공허를 나타내고 있으며, 그녀가 몸을 흔드는 것은 자신의 의지로 움직이는 것이 아니라 신경작용의 결과라는 사실은 누구라도 생각해볼 수 있을 것이다.

갑자기 죽은 사람 같았던 얼굴에 말로 표현하기 어려운 표정이 나타나고 입술의 떨림이 멈추고 눈도 활기를 띠기 시작했다. 부인 앞에 한 낯선 남자가 서 있었기 때문이었다.

"놀라지 마십시오. 제발 놀라지 마십시오."라고 그가 낮지만 분명한 목소리로 말했다. "당신을 해칠 마음은 조금도 없습니다. 단지 당신께 부탁드리고 싶은 일이 있어서 찾아왔을 뿐입니다."

부인은 그의 목소리가 전혀 들리지 않는다는 듯 말없이 그를 바라보고 있었다. 게르만은 여자의 귀가 먹었다고 생각했기에 그 귀 쪽으로 몸을 숙여 다시 한 번 같은 말을 했으나 나이 든 부인은 역시 말이 없었다.

"당신은 제 일생의 행복을 보장해주실 수 있습니다."라고 게르만이 말을 이었다. "물론 당신에게는 한 푼어치의 손해도 끼치지 않을 겁니다. 저는 당신이 승부에서 이기는 패를 지정하실 수 있다는 사실을 들어서 알고 있습니다."

이렇게 말하고 게르만은 말을 끊었다. 부인이 마침내 자신의 소망을 이해하고 거기에 답할 말을 생각하고 있는 것처럼 보였기 때문이었다.

"그건 헛소문이에요."라고 그녀가 대답했다. "그냥 농담으로 해본 소리였어요."

"아니, 농담이 아닙니다."라고 게르만이 말했다. "샤플리츠키를 기억하고 계시겠죠? 당신은 그 사람에게 세 장의 카드의 비밀을 가르쳐주어 승부에서 이기게 하지 않으셨습니까?"

부인은 명백하게 불안한 모습을 보이기 시작했다. 그녀의 얼굴에 커다란 동요의 빛이 어렸으나 곧 사라져버리고 말았다.

"당신은 세 장의 카드에 대해서 말씀하지 않으실 생각이신가요?"라고 게르만이 다시 말했다.

부인이 아무런 말도 하지 않았기에 게르만이 계속해서 말을 이어갔다.

"당신은 누구에게 그 비밀을 밝히실 생각이신가요? 당신의 손자인가요? 그 사람들은 특별히 당신의 비밀을 전수받지 않아도 넘쳐날 정도로 돈을 가지고 있습니다. 그런 만큼 그들은 돈의 가치를 모릅니다. 돈을 함부로 쓰는 사람에게 당신의 비밀은 아무런 도움도 되지 않습니다. 아버지의 유산을 지키지 못하는 사람은, 설령 악마를 앞잡이로 부린다 할지라도 결국은 비참한 죽음을 맞이하게 될 겁니다. 저는 그런 인간이 아닙니다. 저는 돈의 가치를 잘 알고 있습니다. 당신도 저에게 세 장의 카드에 대한 비밀을 숨기지는 않으시겠죠? 어떻게 생각하십니까?"

그는 한숨을 돌린 뒤 떨면서 상대방의 대답을 기다렸으

나 부인이 여전히 아무런 말도 하지 않았기에 게르만은 그 앞에 무릎을 꿇었다.

"당신의 마음이 거부할 수 없는 연애의 감정을 맛본 적이 있으시다면……." 하고 그가 말했다. "그리고 그 커다란 기쁨을 지금도 기억하고 계시다면……. 혹시 당신이 낳으신 아기의 첫 번째 목소리에 미소 지으신 적이 있으시다면……. 인간으로서의 어떤 감정이 억누를 길 없이 당신의 가슴 속에서 솟아오른 적이 있으시다면, 저는 아내로서의, 연인으로서의, 어머니로서의 애정에 의지하여 부탁을 드리고 싶습니다. 부디저의 이 간절한 호소를 물리치지 말아 주십시오. 모쪼록 당신의 비밀을 제게 가르쳐주시기 바랍니다. 당신에게는 이제 하무짝에도 쓸모없는 것 아닙니까? 설령 그 어떤 무서운 벌을받는다 해도, 영원한 신의 구원을 잃는다 해도, 악마와 그 어떤 거래를 해야 한다 해도 저는 결코 물러서지 않겠습니다. ……생각해보십시오. ……당신은 나이를 드셨습니다. 이 세상에 그리 오래 계실 수 있는 몸이 아닙니다. 저는 당신의 죄를 제 영혼으로 받아들일 각오로 왔습니다. 부디 당신의 비밀을 제게 가르쳐주시기 바랍니다. 한 남자의 행복이 당신의 손에 달려 있다는 사실을 생각해주시기 바랍니다. 아니, 저 한사람만이 아닙니다. 제 자손들까지 당신을 축복하고 당신을성자처럼 존경할 겁니다. ……."

부인은 한 마디도 대답을 하지 않았다. 게르만은 자리에서 일어났다.

"늙어빠진 악마 같은 할망구." 하고 그가 이를 갈며 외쳤다. "그래, 어쩔 수 없이 대답을 하게 만들어주지."

그는 주머니에서 권총을 꺼냈다.

그것을 본 부인의 얼굴에 다시 격렬한 감정이 나타났는데 죽기 싫다는 듯 머리를 흔들고 손을 위로 쳐드는가 싶더니 몸을 뒤로 젖힌 채 정신을 잃고 말았다.

"이런 유치한 장난은 그만두기로 합시다."라고 게르만이 그녀의 손을 쥐며 말했다. "부탁을 드리는 것도 이번이 마지막입니다. 부디 당신의 세 장의 카드를 제게 가르쳐주세요. 이래도 싫으신가요?"

부인은 대답을 하지 않았다. 게르만은 그녀가 죽었다는 사실을 깨달았다.

4

리자베타 이바노프나는 무도회 의상을 입은 채 자신의 방에 앉아 깊은 생각에 잠겨 있었다. 저택에 돌아온 리자베타는, 얼굴 가득 귀찮다는 표정을 지으며 그녀를 돌봐주러 온 하녀에게 옷은 혼자서 갈아입겠다고 말해 바로 돌려보냈다.

그리고 게르만이 와 있기를 기대하면서, 또 한편으로는 와 있지 않기를 바라면서 설레는 가슴으로 자기 방으로 올라갔다. 그녀는 그가 오지 않았다는 사실을 단번에 알아차릴 수 있었다. 그리고 그에게 약속을 지키지 못하게 한 자신의 운명에 감사했다. 그녀는 옷도 갈아입지 않은 채 앉아서 잠시 자신을 이렇게까지 복잡하게 만들어버린 일들에 대해서 생각했다.

그녀가 창을 통해서 청년 사관의 모습을 처음 본 뒤로 3주일도 지나지 않았다. 그럼에도 불구하고 그녀는 이미 그와 신비한 관계를 맺고 있으며, 밤에 만날 것을 허락했다. 그녀는 남자의 편지 끝 부분에 적혀 있었기에 그 이름을 알았을 뿐, 아직 그 남자와 이야기를 나눈 적도 없었으며 남자의 목소리는 물론, 오늘 밤까지 그에 대한 소문조차 들은 적이 없었다. 그런데 신기하게도 오늘 밤의 무도회에서 폴린 N공작의 딸이 평소와는 달리 자신과 춤을 춰주지 않았기에 완전히 기분이 상한 톰스키는 너만 여자가 아니라며 복수하는 듯한 태도로 리자베타에게 춤을 청해서 처음부터 끝까지 그녀와 마주르카를 추었다. 그러는 동안 그는 끊임없이 리자베타가 공병 사관만을 편들고 있다고 놀렸으며, 심지어는 그녀가 상상하고 있는 것 이상으로 자신은 깊은 속사정까지 다 알고 있다고 마치 사실인 양 말했다. 실제로 그녀가 몇 번이고 자신의 비밀을 그에게 들켜버린 것이 아닐까 생각했을 정도로 그의 농담 중 일부는 사실과 멋들어지게 맞아떨어졌다.

"어떤 분에게서 그런 소리를 들으셨죠?"라고 미소를 지으며 그녀가 물었다.

"너와 친한 사람의 친구에게서."라고 톰스키가 대답했다. "아주 유명한 사람이지."

"그 유명한 분이란 대체……."

"그 사람의 이름은 게르만이야."

리자베타는 입을 열 수가 없었다. 그녀의 손발은 감각을 잃고 말았다.

"그 게르만이라는 사람은 말이지,"라고 톰스키가 말을 이었다. "낭만적인 인물이야. 옆얼굴은 나폴레옹을 조금 닮았고 영혼은 메피스토펠레스를 닮았어. 그런데 내가 믿고 있는 사실만 봐도 그의 양심에는 세 가지 죄가 있어……. 이봐, 왜 그래? 얼굴이 아주 창백한데."

"머리가 약간 아파서……. 그런데 그 게르만이라는 분이 뭐라고 하셨죠? 들려주세요."

"게르만은 말이지, 자신의 한 친구에게 아주 커다란 불만을 품고 있어. 그는 늘 자신이 그 친구와 같은 지위에 있다면 좀 더 다른 일을 했을 거라고 말하곤 하지……. 아무리 생각해봐도 내가 보기엔 게르만 자신이 네게 관심이 있는 것 같아. 적어도 그는 자신의 친구가 네 얘기를 할 때면 늘 눈을 반짝이며 귀를 기울이니까."

"하지만 그분은 저를 어디서 보셨을까요?"

"아마 교회 아닐까? 아니면 열병식이나……. 어쨌든 어디서 처음 봤는지는 신만이 아실 거야. 어쩌면 네 방에서 네가 자고 있을 때 본 걸지도 몰라. 아무튼 그 사람은……."

바로 그때 여자 세 명이 그에게 다가와서 "잊으셨나요, 아니면 아직도 기억하고 계신가요……."라고 프랑스어로 물었기에 그들의 대화는 리자베타의 마음을 한껏 달뜨게 만든 채 끝나버리고 말았다.

톰스키가 선택한 여자는 다름 아닌 폴린 공작의 딸이었다. 공작의 딸은 몇 번이고 톰스키와 춤을 추는 동안 그와 완전히 화해했고, 춤이 끝나자 그는 공작의 딸을 그녀의 의자로 데리고 갔다. 그런 다음 자신의 자리로 돌아온 그는 게르만에 대해서도, 리자베타에 대해서도 까맣게 잊고 말았다. 리자베타는 중단되었던 얘기를 계속하고 싶었으나 마주르카도 끝나버렸고, 잠시 후 나이 든 백작부인도 집으로 돌아가게 되었다.

톰스키의 말은 춤을 출 때 습관처럼 흔히 오가는 가벼운 잡담에 지나지 않았으나 젊은 몽상가인 리자베타의 마음에 깊이 스며들었다. 톰스키에 의해서 그려진 그의 모습은 그녀 자신이 마음속으로 그리고 있던 것과 완전히 일치했을 뿐만 아니라 그 여러 가지 엉터리 얘기들 덕분에 그녀의 숭배자의 얼굴에 재능이 나타나 있다는 사실을 알게 되었고, 또 그녀의 공상을 황홀한 것으로 만들어줄 만한 장점이 더욱 가미되기 시작했다. 그녀는 맨살이 그대로 드러난 팔로 팔짱을 끼고 머리에 꽃 장식을 꽂고, 그 머리를 역시 맨살이 그대로 드러난 가슴 부근으로 떨어뜨린 채 앉아 있었다.

갑자기 문이 열리더니 게르만이 나타났기에 그녀는 깜짝 놀랐다.

"어디에 계셨었어요?"라고 그녀가 겁먹은 듯 조그만 목소리로 물었다.

"늙은 백작부인의 침실에……" 하고 게르만이 대답했다. "전 지금 백작부인의 방에서 오는 길입니다. 부인은 죽었습니다."

"네? 뭐라고요?"

"그래서 저는 백작부인의 죽음이 저 때문이라 여겨질까 두려워하고 있습니다."라고 게르만이 덧붙였다.

리자베타는 그를 바라보았다. 그리고 톰스키의 말이 그녀의 가슴 속에서 이렇게 울리고 있다는 사실을 깨달았다.

'그 사람은 양심에 적어도 세 가지 죄를 가지고 있어!'

게르만은 그녀 옆의 창가에 앉아 모든 사실을 들려주었다.

리자베타는 두려움에 떨며 그의 이야기를 들었다. 지금까지의 감상적인 편지, 열렬한 애정, 대담하고 집요했던 애욕에 대한 요구, 그것은 전부 사랑이 아니었던 것이다. 돈, 그의 영혼이 동경하던 것은 돈이었던 것이다. 가난한 그녀로서는 그의 애욕을 충족시켜 사랑하는 남자를 행복하게 할 수 없었던 것이다. 이 가엾은 아가씨는 도둑이자, 예전에는 자신의 은인이었던 나이 든 부인을 죽인 사내의 맹목적인 완구에 다름 아니었던 것이다. 그녀는 후회로 몸부림치며 괴로운 눈물을 흘렸다.

침묵 속에서 가만히 그녀를 지켜보던 게르만의 마음에도 역시 격렬한 감정이 솟아오르기 시작했다. 하지만 이 가엾은 아가씨의 눈물도, 슬픔 때문에 한층 더 아름답게 보이기 시작한 그녀의 매력도 그의 싸늘하게 식어버린 마음을 움직일 수는 없었다. 그는 나이 든 백작부인의 죽음에 대해서도 특별히 양심의 가책 따위를 느끼지는 않았다. 단지 그를 슬프게 한 것은 일확천금을 꿈꾸게 해주었던 소중한 비밀을 잃는, 돌이킬 수 없는 짓을 했다는 사실에 대한 슬픔뿐이었다.

"당신은 사람도 아니에요."라고 리자베타가 마침내 외쳤다.

"저도 부인의 죽음을 바라고 있었던 건 아닙니다."라고 게르만이 대답했다. "제 권총에는 총알이 들어 있지 않았으니까요."

둘은 입을 다물어버리고 말았다.

날이 밝기 시작했다. 리자베타가 촛불을 끄자 푸르스름한 빛이 방 안으로 스며들기 시작했다. 그녀는 울어 부은 눈을 비비고 게르만 쪽을 돌아보았다. 그는 팔짱을 끼고 이마에 잔인한 주름을 여덟팔자로 새긴 채 창가에 앉아 있었다. 그러고 보니 그는 나폴레옹을 쏙 빼닮은 듯도 했다. 리자베타도 그것을 분명하게 느꼈다.

"이 저택에서 당신을 어떻게 빠져나가게 하면 좋을까요?"라고 그녀가 마침내 입을 열었다. "저는 당신을 비밀 계단으로 내려가게 할 생각이었지만, 그러려면 아무래도 백작부인의 침실을 지나야 하는데 전 무서워서⋯⋯."

"어떻게 하면 그 비밀 계단으로 갈 수 있죠? 가르쳐주세요. ⋯⋯저 혼자 갈 테니."

자리에서 일어난 리자베타가 서랍에서 열쇠를 꺼내 게르만에게 건네주고 계단으로 가는 길을 가르쳐주었다. 게르만은 그녀의 차고 힘없는 손을 쥐고 수그린 이마에 입맞춤을 한 뒤, 방에서 나갔다.

그는 나선형 계단을 내려가 다시 백작부인의 침실로 들어갔다. 죽은 부인은 화석처럼 굳은 채 앉아 있었는데 그 얼굴에는 깊이를 알 수 없는 고요함이 드러나 있었다. 게르만은 그녀 앞에 서서 마치 이 끔찍한 사실을 확인하듯 오래도록 가만히 그녀를 바라보다 마침내 태피스트리 뒤에 있는 문을 열어 조그만 방으로 들어가더니 강한 감동에 고동치는 가슴을 안고 어두운 계단을 내려가기 시작했다.

'아마…….' 하고 그는 생각했다. '60년 전에도 지금처럼 수놓은 상의를 입고 우아하게 머리를 묶은 그녀의 젊은 연인이 삼각모로 가슴을 누르며 백작부인의 침실에서 몰래 나와 이 비밀 계단으로 내려갔을 거야. 그 연인은 먼 옛날에 이미 무덤 속에서 썩어버렸는데 저 나이 든 부인은 오늘에야 드디어 숨을 거둔 거야.'

그 계단을 내려서자 문이 있었다. 게르만은 리자베타에게서 받은 열쇠로 그 문을 열고 복도를 지나 거리로 나섰다.

5

그 불행한 밤으로부터 사흘이 지난 날의 오전 9시에 게르만은 ×××에 있는 수녀원으로 향했다. 거기서 백작부인의 고별식이 거행될 예정이었다. 아무런 후회의 감정도 일지는 않지만 '네가 그 늙은 부인을 죽인 사람이야.' 라는 양심의 목소리는 도저히 억누를 길이 없었다.

그는 종교에 대한 신앙을 가지고 있지는 않았지만 지금은 매우 미신적인 감정에 사로잡혀 죽은 백작부인이 자신의 삶에 불길한 영향을 줄지도 모른다고 믿게 되었기에 용서를 빌기 위해 그녀의 장례식에 참석하기로 마음먹은 것이었다.

교회는 사람들로 가득했다. 게르만은 간신히 사람들 사이를 비집고 들어갔다. 관은 벨벳 덮개가 있는 멋진 대 위에 안치되어 있었다. 백작부인은 레이스가 달린 모자에 새하얀 비단옷을 입고 가슴에서 합장을 한 채 관 안에 누워 있었다. 관 주위에는 그녀의 가족들이 서 있었다. 하인들은 문장이 들어간 리본이 어깨에 달린 검은 카프탄을 입고, 손에는 촛불을 들고 있었다. 일족―아들들과 손자들과 증손자들―은 모두 깊은 슬픔에 잠겨 있었다.

우는 사람은 아무도 없었다. 눈물이란 하나의 애정이다. 그런데 백작부인은 너무나도 나이를 많이 먹어서 그녀의 죽음에 슬픔을 느끼는 사람은 아무도 없었으며, 가족들도 모두 오래전부터 그녀를 죽은 사람 취급하고 있었던 것이다.

한 유명한 성직자가 장례식의 설교를 시작했다. 그는 단순하면서도 애처로움이 느껴지는 말로, 기독교 신자로서의 죽음을 오래도록 바라왔던 그녀의 평화로운 영면을 이야기했다.

"마침내 죽음의 천사가, 신앙심 깊은 마음으로 저세상의

남편에게 일신을 바쳐오던 그녀를 맞아들였습니다."라고 그
가 말했다.

　장례식은 깊은 침묵 속에서 끝났다. 가족들이 고인에게
영원한 작별을 고하기 위해 앞으로 나갔고, 그 뒤를 이어 수
많은 조문객들이 수년 동안 자기들 오락의 성실하지 못한 관
계자였던 그녀에게 마지막으로 경의를 표했다. 백작부인의
저택에서 일하는 사람들이 그 뒤를 따랐다. 그 마지막에 백작
부인과 동년배쯤으로 보이는 노파가 있었다. 그녀는 두 여자
의 부축을 받았는데 너무 늙어서 바닥에 무릎을 꿇을 기력조
차 없기에 그저 두어 방울의 눈물을 흘리며 여주인의 차가
운 손에 입맞춤만을 했다.

　게르만도 관이 있는 곳으로 가야겠다고 생각했다. 그는
차가운 돌 위에 무릎을 꾼 채 한동안 앉아 있었는데 갑자기
고인이 된 백작부인처럼 창백한 얼굴이 되어 자리에서 일어
나더니 관이 놓인 대의 계단을 올라 시체 위로 몸을 수그렸
다. 그 순간 죽은 부인이 그를 비웃듯 힐끗 노려보면서 한쪽
눈으로 무엇인가 눈짓을 주는 것처럼 보였다. 게르만은 자신
도 모르게 뒷걸음질을 치다 발을 헛디뎌 바닥에 쓰러지고 말
았다. 두어 명이 달려와 그를 부축해 일으켰고, 그와 동시에
실신한 리자베타 이바노프나도 교회의 현관으로 옮겨졌다.

　이런 일들 때문에 음울한 장례식의 장엄함이 잠시 깨졌

다. 일반 문상객들 사이에서도 낮게 중얼거리는 소리가 들리기 시작했다. 근신이자 고인의 친척이라는, 키가 크고 마른 남자가 옆에 서 있던 영국인의 귓가에 대고 "저 청년 사관은 백작부인의 사생아입니다."라고 속삭이자 그 영국인은 자신이 알 바 아니라는 듯한 투로 "그렇군!" 하고 대답했다.

게르만은 그날 하루 종일 이상할 정도의 흥분 상태에 있었다. 후미진 곳의 요릿집에 가서 평소와 달리 그는 적지 않은 술을 마셔 마음의 동요를 씻어내려 했으나 술은 그저 그의 공상을 자극하기만 할 뿐이었다. 집에 돌아온 그는 옷도 갈아입지 않은 채 침대 위에 몸을 던져 깊은 잠에 빠져버리고 말았다.

그가 눈을 떴을 때는 이미 밤이 깊어 있었기에 달빛이 방 안으로 스며들고 있었다. 시계를 보니 3시에서 25분이 지나 있었다. 아무래도 더는 잠이 오지 않았기에 그는 침대에 앉아 나이 든 백작부인의 장례식을 생각했다.

바로 그때 누군가가 거리에서 그 방의 창을 보다가 곧 지나가 버렸다. 게르만은 특별히 신경도 쓰지 않고 있었는데 그로부터 2, 3분쯤 뒤에 대기실의 문이 열리는 소리가 들려왔다. 게르만은 함께 사는 전령 하사관이 언제나처럼 밤늦게까지 놀다 취해서 들어온 것이라 생각했으나, 아무래도 귀에 익지 않은 발소리로 누군가가 슬리퍼를 신고 복도를 가만히 걸어오고 있는 것 같다는 느낌이 들었다. 문이 열렸다.

그리고 새하얀 옷을 입을 여자가 방 안으로 들어왔다. 게르만은 자신의 늙은 유모라고 착각했기에 이 늦은 밤에 무슨 일로 온 걸까 놀랐는데, 그 하얀 옷을 입은 여자가 방을 가로질러 그의 앞에 멈춰 섰다. 게르만은 그것이 백작부인이라는 사실을 깨달았다.

"제 뜻과는 상관없이 여기에 오게 됐어요."라고 그녀가 분명한 목소리로 말했다. "저는 당신의 소원을 들어주려는 마저요. 바았어요. 3, 7, 1 순으로 연달아서 돈을 걸면 당신은 승부에서 이길 거예요. 하지만 승부는 24시간에 한 번씩만 해야 하고, 앞으로는 평생 카드로 내기를 해서는 안 된다는 조건을 지켜야만 해요. 그리고 당신이 제 몸종이었던 리자베타 이바노프나와 결혼한다면 당신이 저를 죽인 죄를 용서하도록 하지요."

이렇게 말한 그녀는 조용히 뒤돌아서 발을 질질 끌듯 문 쪽으로 가더니 곧 모습을 감춰버리고 말았다. 게르만은 현관 문 여닫히는 소리가 들리더니 잠시 후 누군가가 다시 창으로 들여다보는 것을 보았다.

게르만은 한동안 정신을 차리지 못하다 간신히 자리에서 일어나 옆방으로 가보았는데, 전령 하사관이 바닥에 누운 채 잠들어 있었기에 고생고생 끝에 그를 깨워 현관문을 잠그게 했다. 자신의 방으로 돌아온 그는 촛불을 켜고 자신이 본 환영에 대해서 자세히 기록해 놓았다.

6

정신계에 있어서 2개의 고정된 생각이 공존한다는 것은, 물질계에 2개의 물체가 동시에 같은 장소에 존재할 수 없다는 사실과 마찬가지로 불가능한 일이다. '3, 7, 1'의 비법은 곧 게르만의 마음에서 고인이 된 백작부인에 대한 생각을 몰아내고 그의 머릿속을 끊임없이 맴돌며 그의 입으로 쉴 새 없이 그것을 되풀이하게 했다.

만약 젊은 아가씨라도 봤다면 그는 "아아, 어떻게 이렇게 아름다울 수가 있지. 마치 하트 3 같아."라고 말했을 것이다. 또 누군가가 "지금 몇 시입니까?"라고 물었다면 그는 "7시 5분을 지났습니다."라고 대답했을 것이다. 그리고 건강한 사람들을 만났다면 그는 바로 1자를 떠올렸을 것이다. '3, 7, 1'이라는 숫자가 잠든 그의 뇌리에까지 온갖 형태로 나타났다.

그의 눈앞에는 3이라는 숫자의 카드가 만개한 꽃처럼 흐드러지게 피어 있었으며, 7이라는 숫자의 카드는 고딕양식의 반신상이 되었고, 1이라는 숫자의 카드는 커다란 거미가 되어 나타났다. 그리고 하나의 생각, 그렇게 비싼 값을 치르고 얻은 이상 그 비밀을 가장 유효하게 사용해야겠다는 생각만이 그의 마음을 가득 채우고 있었다. 그는 휴가를 이용해 외국으로 나가 파리 곳곳에 있는 공영도박장에서 운을 시험해 봐야겠다고 생각했다. 하지만 그런 귀찮은 일을 할 필요도 없을 만큼 좋은 기회가 그를 찾아왔다.

모스크바에는 유명한 체카린스키가 주관하고 있는 부호들의 도박 모임이 있었다. 이 체카린스키는 자신의 전 생애를 그 데이블 앞에서 보내 수백만의 부를 쌓았다고 알려진 인물이었는데, 자신이 이기면 어음으로, 지면 그 자리에서 현금으로 돈을 건네주었다. 그는 자신의 오랜 경험으로 동료들로부터 신뢰를 얻고 있었을 뿐만 아니라, 누구에게나 개방되어 있는 그의 집과 그 집의 솜씨 좋은 요리사와 타인의 기분을 잘 맞춰주는 그의 태도 덕에 모든 사람들로부터 존경을 한몸에 받고 있었다. 그런 그가 상트페테르부르크에 왔기에 이 수도의 젊은이들은 춤이나 여자를 유혹하는 일 따위는 뒤로한 채, 팔로(일정한 카드들을 뒤집어 나오는 순서를 맞히는 도박의 일종)를 즐기기 위해 모두 그 방으로 모여들었다.

그들은 예의 바른 하인들이 여럿 늘어서 있는 훌륭한 방을 지나갔다. 도박장은 사람들로 가득했다. 장군과 고문관들은 휘스트(넷이서 하는 일종의 내기)를 즐기고 있었다. 젊은 이들은 벨벳을 씌운 의자에 아무렇게나 앉아 아이스크림을 먹기도 하고 담배를 피우기도 했다. 도박을 하는 한 무리의 사람들에 둘러싸여 있는 응접실의 기다란 테이블에는 체카린스키가 리더의 자리에 앉아 있었다.

그는 쉰 살쯤의 매우 품위 있어 보이는 풍채의 사내로 머리는 은처럼 하얗고, 퉁퉁하게 살이 찐 혈색 좋은 얼굴에는 선량함이 묻어 있었으며, 그 눈은 끊임없이 미소를 머금고 있었다. 나루모프가 그에게 게르만을 소개해주었다. 체카린스키는 십년지기처럼 게르만의 손을 쥐며 마음껏 즐기라고 말한 뒤 카드를 돌리기 시작했다.

그 승부에는 약간의 시간이 걸렸다. 테이블 위에는 30장 이상이나 되는 카드가 놓여 있었다. 체카린스키는 카드를 한 장씩 돌릴 때마다 약간 사이를 두어 승부를 겨루는 사람들이 패를 정리하거나 잃은 돈의 액수를 적을 시간을 주었으며, 한편으로는 게임에 참가한 사람들의 요구에 하나하나 정중하게 귀를 기울였고 고요한 침묵을 지키며 참가자 중 누군가가 잘못해서 손으로 구긴 카드의 모서리를 펴곤 했다. 마침내 그 승부가 끝났다. 체카린스키는 카드를 섞어 다시 돌릴 준비를 했다.

"제게도 한 장 주십시오."라고 게르만이 승부를 겨루고 있는 한 남자다운 신사 뒤에서 손을 내밀며 말했다.

체카린스키는 미소를 지어 보인 뒤, 알았다는 신호로 조용히 머리를 숙였다. 나루모프는 웃음 띤 얼굴로 게르만이 오래도록 지켜온, 카드에 손을 대지 않겠다는 맹세를 깬 것을 축복하며 그를 위해서 행운을 빌어주었다.

"돈을 걸겠습니다."라고 게르만이 자신의 카드 뒤에 분필로 무엇인가 표시를 하며 말했다.

"얼마입니까?"라고 리더가 눈을 가느다랗게 뜨며 물었다. "죄송합니다만, 제게는 잘 안 보여서……."라고 체카린스키가 특유의 미소를 지으며 말했다. "당신이 건 돈은 금액이 너무 많은 것 아닙니까? 지금까지 이 자리에서 한 번에 275루블보다 많은 돈을 건 사람은 아무도 없었습니다만……."

"그렇습니까?"라고 게르만이 대답했다. "그렇다면 당신은 제 카드를 받으시겠습니까, 받지 않으시겠습니까?"

체카린스키가 동의한다는 표시로 머리를 숙였다.

"그런데 이 말씀만은 드리고 싶습니다만……." 하고 그가 말했다. "물론 저는 제 친구들을 충분히 믿고 있기는 합니다만, 이 자리에서는 현금으로 돈을 거셨으면 합니다. 솔직히 말씀드려서 저야 당신의 말씀만으로도 아무 상관 없습니다만, 내기의 규정에 따라 말씀드리자면 그리고 계산의 편의를 위해서라도 거신 돈의 액수만큼 당신의 패 위에 올려놓으셨으면 합니다."

게르만은 주머니에서 수표를 꺼내 체카린스키에게 건네주었다. 그는 그것을 슥 살펴본 뒤 게르만의 카드 위에 올려놓았다.

그런 다음 카드를 돌리기 시작했다. 오른쪽에서 카드 9가 나왔고 왼쪽에서는 카드 3이 나왔다.

"내가 이겼군." 하고 말하며 게르만이 자신의 카드를 내보였다.

참가자들 사이에서 놀라 중얼거리는 소리가 일기 시작했다. 체카린스키는 눈썹을 찌푸렸으나 곧 그의 얼굴에는 다시 미소가 감돌기 시작했다.

"그럼 계산을 해드리겠습니다." 하고 그가 게르만에게 말했다.

"그렇게 하십시오." 라고 게르만이 대답했다.

체카린스키가 주머니에서 수표를 여러 장 꺼내 그 자리에서 건네주자, 게르만은 자신이 딴 돈을 들고 테이블에서 물러났다. 나루모프가 아직 영문을 몰라 하고 있을 때 그는 레모네이드를 한 잔 마시고 집으로 돌아왔다.

이튿날 밤, 게르만은 다시 체카린스키의 집으로 향했다. 주인공은 마침 카드를 돌리던 차였는데 게르만이 테이블 쪽으로 다가가자 승부를 겨루고 있던 사람들이 바로 자리를 내주었다. 체카린스키가 정중하게 인사했다.

게르만은 다음 승부까지 기다렸다가 한 장의 카드를 뽑더니 그 위에 어젯밤에 딴 돈과 자신이 가지고 있던 47,000루블을 한꺼번에 걸었다.

체카린스키가 카드를 돌리기 시작했다. 오른쪽에서 조커가 나왔고 왼쪽에서 7이 나왔다.

게르만이 카드 7을 내보였다.

감탄의 목소리가 일제히 터져 나왔다. 체카린스키는 노골적으로 불쾌한 얼굴을 했으나 94,000루블을 헤아려 게르만에게 건네주었다. 게르만은 가능한 한 냉정한 태도로 그 돈을 주머니에 넣은 뒤 바로 집으로 돌아왔다.

다음날 밤에도 게르만은 역시 테이블 앞에 노름돈을 늘어놓았다. 사람들도 그가 나타나기를 기다리고 있던 차였다. 장군과 고문관들도 참으로 비범하기 짝이 없는 게르만의 내기를 구경하기 위해서 자신들의 휘스트를 중단했다. 청년 사관들은 의자에서 일어났으며 하인들까지 그 방으로 들어와 모두가 게르만 주위로 몰려들었다. 승부를 겨루고 있던 다른 사람들도 내기를 중단하고 결과를 지켜보기 위해 초조하다는 듯 구경을 했다.

게르만은 테이블 앞에 서서, 여전히 미소를 짓고 있기는 하나 창백한 얼굴을 하고 있는 체카린스키와의 맞대결을 준비했다. 새 카드의 포장을 뜯었다. 체카린스키가 카드를 섞었다. 게르만은 카드 한 장을 집더니 수표 다발로 그것을 덮었다. 두 사람이 마치 결투를 벌이고 있는 것 같은 긴장감이 감돌았다. 깊은 침묵이 주위를 압도했다.

카드를 돌리기 시작한 체카린스키의 손이 떨고 있었다. 오른쪽에서 여왕이 나왔다. 왼쪽에서는 1이 나왔다.

"1이 이겼습니다."라고 게르만이 자신의 카드를 내보이며 외쳤다.

"당신의 여왕이 졌습니다."라고 체카린스키가 정중하게 말했다.

게르만은 깜짝 놀랐다. 카드 1이라고 생각했던 것이 어느 틈엔가 스페이드의 여왕으로 바뀌어 있질 않은가.

그는 자신의 눈을 믿을 수도, 또 어째서 이런 실수를 한 건지 이해할 수도 없었다. 순간 그 스페이드의 여왕이 비웃는 듯한 냉소를 지으며 자신을 향해 눈짓을 하는 것처럼 보였다. 그 얼굴이 백작부인을 쏙 빼닮았기에 온몸에 소름이 돋았다.

"나이 든 백작부인이다!"라고 그는 너무나도 무서워서 자신도 모르게 소리를 질렀다.

체카린스키는 자신이 딴 돈을 긁어모았다. 게르만은 한동안 얼어붙어 있었는데 마침내 그가 테이블을 떠나자 방 안이 술렁이기 시작했다.

"정말 멋진 승부였어."라고 자리에 있던 사람들이 칭찬

했다. 체카린스키는 다시 카드를 섞으며 평소와 다름없이 승부를 시작했다.

　게르만은 정신이 이상해졌다. 그리고 지금까지도 오브코프 병원의 17호실에 감금되어 있다. 그는 어떤 질문에도 대답을 하지 않지만 끊임없이 아주 빠르게 "3, 7, 1!", "3, 7, 1!" 하고 중얼거렸다.

　리자베타 이바노프나는 예전에 나이 든 백작부인의 집사로 있던 사람의 아들로, 장래가 촉망되는 청년과 결혼했다. 그는 어느 관청에 근무하고 있는데 상당한 수입을 가지고 있으나 리자베타는 여전히 검소한 여자로 사는 데 만족했다.

　톰스키는 대위로 승진했으며 폴린 공작의 딸과 결혼했다.

요물

앰브로즈 비어스(Ambrose Gwinnett Bierce, 1842~?)

미국의 작가, 저널리스트. 대표작으로는 풍자집인 『악마의 사전』, 단편집 『삶의 한가운데서』 등이 있다. 인간의 본질을 냉소적으로 파악, 가차 없는 독설로 묘사했기에 '신랄한 비어스'라 불리기도 했다. 단편의 구성에 있어서 날카로운 필치는 최고라는 평가를 얻고 있다.

1

한 남자가 원목으로 만들어진 테이블의 한쪽 구석에 놓여 있는 초의 빛에 의지하여 책자에 적힌 무엇인가를 읽고 있었다. 그것은 아주 낡고 오래된 것이고 그 남자가 불에 자세히 비춰보기 위해서 때때로 그 페이지를 촛불 옆으로 가져갔기에 불을 가로막는 책자의 그림자가 방의 절반을 흐릿하게 만들어 거기에 있는 몇 사람들의 얼굴과 모습을 어둡게 했다. 책자를 읽고 있는 사내 외에 거기에는 8명의 사내가 있었다.

그 가운데 7명은 움직이지도 말도 하지 않고 통나무를 거칠게 깎아 만든 벽을 향해 앉아 있었는데 방이 좁았기에 어느 사내도 테이블에서 멀리 떨어져 있지는 않았다. 그들이 손을 뻗으면 여덟 번째 사내의 몸에 닿았을 것이다. 그 사내는 얼굴을 천장으로 향하고, 몸의 반을 시트로 덮고, 양팔을 몸 옆으로 늘어뜨린 채 테이블 위에 누워 있었다. 그는 죽은 것이다.

책자를 들여다보는 사내는 소리를 내서 읽지는 않았다. 다른 사람들도 말이 없었다. 모든 사람들이 무엇인가 다가올 일을 기다리고 있는 듯했으며, 죽은 자만이 기다림도 없이 잠들어 있었다. 밖은 새까만 어둠으로, 창문 대신 뚫어놓은 벽의 구멍에서 밤이 내린 황야의 귀에 익지 않은 울림이 전해져 왔다. 멀리서 들려오는 늑대의 뭐라 표현해야 좋을지 모를 정도로 꼬리를 길게 늘이며 울부짖는 소리, 나무들 속에서 쉴 새 없이 우는 벌레들의 조용히 물결치는 것 같은 흐느낌 소리, 낮의 새들과는 전혀 다른 밤새의 이상한 외침, 마구잡이로 날아드는 커다란 갑충의 붕붕거리는 소리, 특히 이 조그만 벌레들의 합창이 갑자기 끊겨 절반 정도밖에 들려오지 않을 때면 어떤 비밀을 깨닫게 해주는 것처럼 느껴지기도 했다.

하지만 여기에 모여 있는 사람 가운데 그런 일에 신경 쓰는 사람은 아무도 없었다. 여기에 있는 무리들이 실제적 필요를 인정하지 않는 일에는 흥미를 갖고 있지 않다는 사실은, 하나밖에 없는 어둑한 촛불에 비친 그들의 거친 인상만 봐도 분명히 알 수 있었다. 그들은 모두 이 부근의 사람들, 즉 농부나 나무꾼들이었다.

책자를 읽고 있는 사람만이 조금 달랐다. 사람들은 그를 가리켜 세상을 널리 경험해온 사람이라고 말했으나, 그럼에도 불구하고 그의 차림새는 주위 사람들과 같은 동료라는 사실을 보여주고 있었다. 그의 윗도리는 샌프란시스코에서는 통용될 것 같지 않은 모양이었으며, 신발도 도회지에서 만들어진 것이 아니었고, 자신의 옆 바닥에 벗어놓은 모자—그들 가운데서 모자를 쓰고 있지 않은 것은 그 한 사람뿐이었다.—는 만약 그것을 단지 인간의 장식품이라고만 생각한다면 커다란 오산이라고 할 만한 물건이었다. 그의 용모는 직권을 가진 사람에게 어울리도록 자연스럽게 익숙해진 것인지, 어쩌면 억지로 그렇게 보이도록 가장하고 있는 것일지도 모르겠으나, 한편으로는 엄정함을 드러냄과 동시에 오히려 사람 좋은 인상을 풍긴다. 왜냐하면 그는 검시관이었기 때문이다. 그가 지금 읽고 있는 책자를 집어 든 것도 그 직권에 의한 것으로, 책자는 이 사건을 취조하던 중에 죽은 자의 오두막에서 발견된 것이었다. 심문은 이 오두막에서 지금 막 실시되고 있었다.

그 책자를 다 읽고 난 검시관은 그것을 자신의 주머니에 넣었다. 그 순간 문이 열리더니 한 청년이 들어왔다. 그는 언뜻 보기에도 이 부근 산속의 집에서 태어난 사람이 아니었으며, 이 부근에서 자란 사람도 아니었고, 도회에서 살고 있는 사람들과 같은 복장을 하고 있었다. 게다가 먼 길을 달려온 듯 그의 옷은 먼지투성이가 되어 있었다. 실제로 그는 심문에 응하기 위해 말을 급히 달려왔다.

그를 보고 검시관은 가볍게 인사를 했으나 다른 사람들은 아무도 인사를 하지 않았다.

"당신이 오시기를 기다렸습니다."라고 검시관이 말했다. "오늘 밤 안으로 이번 사건을 마무리 져야 합니다."

청년이 미소를 지으며 대답했다.

"기다리시게 해서 죄송합니다. 잠깐 외출을 했었습니다. ……당신의 환문을 피하기 위해서가 아니라 그 이야기를 하기 위해서, 그러니까 당신이 저를 부르실 것이라 여겨지는 사건에 대한 원고를 써서 저희 신문사에 보내기 위해서 외출했었습니다."

검시관도 미소를 지었다.

"당신이 신문사에 보낸 기사는 틀림없이 지금부터 선서를 한 뒤 저희에게 들려줄 이야기와는 다른 것이겠지요?"

"그건 알아서 판단하십시오."라고 청년이 약간 화가 난 듯 자신의 얼굴을 붉히며 말했다. "저는 복사지를 이용해 신문사에 보낸 기사의 사본을 가지고 왔습니다. 하지만 그건 믿을 수 없는 사건이기에 일반적인 신문기사처럼은 쓰지 않았습니다. 오히려 소설처럼 썼습니다만 선서를 하고나면 그것을 저의 증언 중 일부라고 생각하서도 상관없습니다."

"하지만 당신은 믿을 수 없는 사건이라고 말씀하시지 않으셨습니까?"

"아니, 그건 당신과 상관없는 일로, 제가 사실이라고 말하고 선서를 하면 그만입니다."

검시관은 그 눈을 바닥 위로 떨어뜨린 채 한동안 말이 없었고, 오두막 안에 있는 다른 사람들은 조그만 목소리로 무엇인가를 이야기하기 시작했으나 그 시선은 역시 시체 위에서 떠나지 않았다. 잠시 후 검시관이 눈을 들어 선고했다.

"그럼 다시 심문을 시작하겠습니다."

사람들이 모자를 벗었다. 증인이 선서를 했다.

"당신의 이름은?" 하고 검시관이 물었다.

"윌리엄 하커."

"나이는?"

"27세."

"당신은 고인이 된 휴 모건 씨를 알고 계십니까?"

"네."

"모건이 죽은 시간에 당신도 같이 있었습니까?"

"그 옆에 있었습니다."

"당신이 보고 있는 동안에 어떤 일이 일어났습니까? 그것을 들려주시기 바랍니다."

"저는 사냥과 낚시를 하기 위해서 이곳으로 모건을 찾아왔습니다. 하지만 그것뿐만 아니라 저는 그에 대해서, 그의 외로운 산촌생활에 대해서 연구할 생각이었습니다. 그는 소설 속 인물로 좋은 모델이 될 듯했습니다. 저는 짬짬이 소설을 쓰고 있습니다."

"저도 짬짬이 읽고 있습니다."

"감사합니다."

"아니, 일반적인 소설을 읽는 것이지……, 당신의 소설을 읽는 건 아닙니다."

배심관 중 어떤 사람이 웃기 시작했다. 음산한 배경 속에서의 유머는 기분을 매우 밝게 만들어주는 법이다. 전투 중인 군인은 아주 잘 웃으며, 죽은 사람의 방에서의 농담은 곧잘 놀라움을 잊게 하곤 한다.

"이 사람이 죽었을 때의 상황을 들려주시기 바랍니다." 라고 검시관이 말했다. "당신 뜻대로 수첩이 됐든, 메모지가 됐든 사용하셔도 상관없습니다."

증인은 그 말을 받아들여 가슴 속 주머니에서 원고를 꺼내 들었다. 그는 그것을 촛불 가까이 가져가 자신이 지금부터 읽으려 하는 부분을 찾아낼 때까지 몇 장인가를 넘겼다.

2

「우리가 이 집을 나설 때까지 해는 아직 뜨지 않았다. 우리는 메추라기를 잡기 위해 각자의 손에 산탄총을 들고 개 한 마리를 데리고 나섰다.

가장 좋은 장소는 밭두렁을 넘어선 곳에 있다고 모건이 손을 들어 가리켰기에 우리는 낮은 떡갈나무 숲을 지나 수풀을 따라 걸었다. 길의 한쪽에는 약간 평평한 땅이 있었는데 야생 메귀리가 무성하게 자라 있었다. 우리가 숲에서 나와 모건이 4, 5m쯤 전진했을 때, 오른쪽 앞으로 약간 떨어진 곳에서 짐승과도 같은 것이 수풀 속으로 돌진해 들어가는 듯한 소리가 들렸다. 그 소리는 갑자기 들렸으며, 초목이 심하게 흔들렸다.

"우리는 사슴을 잡을 수 있었을지도 모릅니다. 이럴 줄 알았으면 라이플을 가져오는 건데……"하고 내가 말했다.

모건은 걸음을 멈추고 흔들리는 숲을 주의 깊게 바라보았다. 그는 아무런 말도 하지 않았다. 게다가 자기 총의 공이치기를 올리고 무엇인가를 조준하는 듯했다. 그는 아무리 다급한 일이 일어났을 때라도 늘 매우 냉정한 태도를 유지하기로 유명했는데 그때는 약간 흥분한 듯한 모습을 보였기에, 나는 놀랐다.

"아, 아."라고 내가 말했다. "메추라기를 잡는 총으로 사슴을 잡을 수는 없을 겁니다. 당신은 사슴을 잡아보실 생각이신가요?"

그는 여전히 대답이 없었다. 게다가 내 쪽으로 약간 돌아보았을 때 낯빛이 완전히 바뀌어 있었기에 나는 적잖이 겁을 먹었다. 그랬기에 나는 뭔가 심상치 않은 일이 우리 앞을 가로막고 있다는 사실을 깨달았다. 처음에는 혹시 회색곰을 잡으려는 것이 아닐까 생각했기에 모건 옆으로 다가가 나도 역시 총의 공이치기를 올렸다.

수풀 속은 이제 조용해져서 아무런 소리도 들려오지 않았지만 모건은 전에처럼 여전히 그곳을 들여다보고 있었다.

"무슨 일이죠? 무슨 일이에요?" 라고 내가 물었다.

"요물?" 이라고 그는 돌아보지도 않고 대답했다. 그 목소리는 이상할 정도로 메말라서 그가 떨고 있다는 사실을 분명히 알 수 있었다.

그가 다시 말을 이으려 한 순간, 근처의 메귀리가 말로 표현할 수 없을 만큼 이상한 모습으로 어지럽게 흔들렸다. 마치 바람이 지나는 길에 있는 것처럼 메귀리는 옆으로 휘었으며 쓰러졌고 부러져 다시는 일어나지 못했다. 게다가 그 바람 같은 운동은 서서히 우리 쪽으로 다가오고 있었다.

그 낯설고 이상한 현상만큼 내게 기이한 느낌을 준 것은 지금까지 없었다. 그리고 나는 그것에 대해서 공포심을 품게 되었다. 나는 다음과 같이 기억하고 있다.

예를 들어 열린 창문을 통해 별다른 생각 없이 보리를 바라볼 때, 가까이에 있는 조그만 나무가 멀리에 있는 숲의 커

다란 나무처럼 보이는 경우가 있다. 그것은 멀리에 있는 커다
란 나무와 같은 크기로 보이지만 그 전체가 됐든 일부분이 됐
든 숲의 커다란 나무와는 전혀 일치하지 않을 것이다. 다시
말해서 대기 속에서의 원근에 의한 착각에 지나지 않으나 일
시적으로는 사람을 놀라게 하고 사람을 두렵게 만든다. 우리
는 가장 익숙한 자연의 법칙과 가장 평범한 자연의 흐름을 신
뢰하여, 그 사이에서 어떤 의심스러운 것을 보면 곧 우리의
안전을 위협하는 것이라고, 혹은 불길한 재앙의 전조라고 인
식하곤 한다. 따라서 수풀이 이유도 없이 흔들리고 그 흔들림
이 서서히, 그러나 분명하게 다가오는 것을 보면 공포까지는
아니라 할지라도 틀림없이 불안감은 느끼지 않을 수 없을 것
이다.

　나의 동반자는 실제로 공포를 느꼈는지 빠른 동작으로
갑자기 그 총을 어깨 부근에 밀착시키더니 흔들리는 곡물을
향해 2발을 쏘았다. 그 총에서 뿜어져 나온 연기가 채 사라지
기도 전에 나는 야수가 울부짖듯 높고 사납게 외치는 소리를
들었다. 모건은 총을 땅바닥에 내던지고 펄쩍 뛰어오르더니
현장에서 달아나기 시작했다. 그와 동시에 나는 무엇인가에
부딪쳐 심한 충격과 함께 땅바닥에 쓰러지고 말았다. 연기에
휩싸여 자세히 보이지는 않았으나 부드럽지만 묵직한 물체
가 커다란 힘으로 내게 부딪친 것으로 기억한다.

다시 일어나 내 손에서 떨어진 총을 집어 들려는 순간, 모건의 마지막 외침이라 여겨질 정도로 고통에 넘치는 절규가 들려왔다. 그리고 그 절규에 섞여서 개가 싸울 때 으르렁거리는 것과 같이 나지막하고 무시무시한 소리도 들려왔다. 알 수 없는 공포심에 휩싸인 채 황급히 일어나 모건이 달려간 쪽을 바라보니, 아아, 두 번 다시 보고 싶지 않은 끔찍한 광경이 눈에 들어왔다. 내 친구는 30m 정도 떨어진 곳에 한쪽 무릎을 꿇은 채 앉아 있었다. 그 머리는 섬뜩한 각도로까지 꺾여 있었으며 그의 기다란 머리카락은 마구 헝클어져 있었고 온몸이 전후좌우로 심하게 흔들리고 있었다. 그는 오른팔을 높이 치켜들고 있었는데 내 눈에는 그 끝 부분이 없는 것처럼 보였다. 왼쪽 팔은 전혀 보이지 않았다. 내 기억에 의하면 그때 나는 그 몸의 일부만을 보았을 뿐, 다른 부분은 마치 어둠 속에 잠겨 있는 것처럼 보였다고 말할 수밖에 없다. 그러다 그 위치의 이동에 의해서 전체의 모습이 내 눈에 다시 들어왔다.

이렇게 길게 설명했지만 그것은 겨우 몇 초 동안에 일어난 일이었다. 그러는 동안에도 모건은 자신보다 묵직하고 커다란 힘에 압도되지 않으려는 듯 필사의 힘을 다하는 모습을 보였다. 하지만 그 외에는 아무것도 보이지 않았으며, 그의 모습도 때때로 잘 보이지 않는 경우가 있었다. 그의 외침과 저주의 목소리가 끊임없이 들려왔는데, 그 목소리는 사람이라고도 짐승이라고도 할 수 없는 흉포하고 영악한 울부짖음에 제압당하지 않으려 하고 있었다.

　나는 한동안 아무런 생각도 할 수 없었으나, 잠시 후 내 총을 집어던지고 친구를 구원하기 위해 달려갔다. 나는 단지 막연하게 화가 난 것이거나 경련을 일으킨 것이라고 생각했다. 하지만 내가 달려가기 전에 그는 쓰러져 움직이지 않게 되었다. 모든 소리가 그쳐버렸다. 그런데 그런 일이 없었다 할지라도 나를 두려움에 빠지게 만드는 것이 있었다.

　순간 나는 그 이상한 운동을 다시 본 것이다. 바람도 없는데 나뭇가지가 어지럽게 흔들렸으며, 눈에 보이지 않는 것에 의해 일어나는 흔들림은 쓰러져 있는 사람을 넘어 어지럽게 짓밟힌 현장에서 숲 쪽으로 조용히, 똑바로 전진해 나갔다. 그것이 숲 속으로 들어가는 것을 지켜보고 난 뒤에 동반자 쪽으로 시선을 돌렸는데, 그는 이미 이 세상 사람이 아니었다.」

3

　검시관이 자리에서 일어나 시체 옆에 섰다. 그가 시트 자락을 잡아, 들어 올리자 시체의 전신이 모습을 드러냈다. 시체는 알몸이었는데 촛불 아래서 진흙빛으로 노랗게 보였다.

그리고 틀림없이 타박상에 의한 출혈로 보이는 크고 검푸른 반점이 곳곳에 남아 있었다. 가슴과 그 주위는 몽둥이로 맞은 것처럼 보였다. 그 외에도 끔찍하게 할퀸 자국도 있어서 실처럼, 혹은 너덜거리는 쓰레기처럼 찢어져 있었다.

검시관이 테이블 끝으로 가서 시체의 턱에서부터 머리 위까지 덮여 있던 비단 손수건을 걷어내자 목 부분이 어떻게 되어 있는지 모습을 드러냈다. 배심관 중 어떤 사람들은 호기심에 휩싸여 그것을 자세히 보려고 자리에서 일어났으나, 그들은 곧 얼굴을 돌려버리고 말았다. 증인으로 참석한 하커는 창을 열러 갔다가 괴롭다는 듯 번뇌하며 창틀에 몸을 기댔다. 죽은 자의 목에 손수건을 내려놓고 검시관은 방 구석으로 갔다. 그는 거기에 쌓여 있던 옷가지를 하나하나 집어 들어 검사했는데 그것은 갈가리 찢어져 있었으며, 말라붙은 피 때문에 딱딱해져 있었다. 배심관들은 그것에 흥미가 없는 듯, 다가가서 면밀히 검사하려 하지 않았다. 그들은 앞서 이미 그것을 보았기 때문이었다. 그들에게 있어서 새로운 것은 하커의 증언뿐이었다.

"여러분." 하고 검시관이 말했다. "제 생각에 다른 증거는 더 없을 듯합니다. 당신들의 직책은 이미 말씀드린 대로이니, 특별히 질문이 없다면 밖으로 나가서 이번 평결을 생각해주시기 바랍니다."

배심장이 자리에서 일어났다. 예순 살쯤으로 검소한 차림에 키가 크고 수염을 기른 남자였다.

"검시관님께 한 가지 여쭙고 싶은 것이 있습니다."하고 그가 말했다. "그 증인은 혹시 얼마 전에 정신병원에서 도망 나온 사람 아닙니까?"

"하커 씨."하고 검시관이 엄숙하게, 하지만 조용하게 말했다. "당신은 얼마 전에 정신병원에서 도망 나왔습니까?"

하커는 얼굴이 시뻘겋게 달아올랐으나 아무런 말도 하지 않았다. 물론 진심으로 물은 것도 아니었기에 7명의 배심관은 그대로 줄줄이 ㅈㄴㅐ ㅂㅐ ㅅㅓㅁ ㅁㅓ ㅂ ㅣ ㅈㄱ버렸다. 검시관과 하커와 시체만이 그 자리에 남게 되었다.

"당신은 저를 모욕하실 생각이십니까?" 라고 하커가 말했다. "저는 그만 돌아가겠습니다."

"그렇게 하십시오."

하커는 밖으로 나가려 문의 고리로 손을 가져가다 말고 다시 멈춰 섰다. 그의 직업상의 습관이 자신의 위엄을 지키려는 마음보다 강했던 것이다. 그가 뒤돌아서 말했다.

"당신이 가지고 있는 책자는 모건의 일기 아닙니까? 당신은 거기에 커다란 흥미를 갖고 계신 모양이더군요. 제가 증언을 하는 동안에도 읽고 계셨으니까요. 저도 잠깐 볼 수 있겠습니까? 틀림없이 세상 사람들도 그 내용을 알고 싶어 할 테니……."

"아니, 여기에 이번 사건과 관련된 내용은 아무것도 적혀 있지 않습니다."라며 검시관은 그것을 상의 주머니에 넣어버렸다. "여기에 적힌 내용은 전부 본인이 죽기 전에 쓴 것입니다."

하커가 나가고 난 뒤, 배심관들이 다시 들어와 테이블 주위에 둘러섰다. 그 테이블 위에는 시체가 시트에 덮인 채 똑바로 누워 있었다. 배심장이 가슴의 주머니에서 연필과 종이를 꺼내 정성껏 다음과 같은 평결문을 쓰자, 다른 사람들도 모두 정성껏 거기에 서명을 했다.

「우리 배심관은 이 피해자가 퓨마의 습격을 받아 목숨을 잃은 것이라 판단했다. 단, 우리 중 몇몇은 피해자가 뇌전증이나 경련과 같은 질병에 걸렸던 것이 아닐까 생각하고 있으며, 다른 사람들도 같은 생각을 가지고 있다.」

4

휴 모건이 남긴 마지막 일기는 틀림없이 흥미로운 기록으로 어떤 과학적 암시를 주는 것이리라. 그 시체검안이 있을 때 일기는 증거물로 제시되지 않았다. 검시관은 아마도 그런 것을 보이는 것은 배심관의 머리를 혼란스럽게 만들 뿐이라고 생각한 모양이었다. 일기의 첫 번째 페이지의 날짜는 분명하지 않았고 그 종이의 윗부분은 찢겨 있었지만 남은 부분에는 다음과 같은 내용이 기록되어 있었다.

「개는 언제나 중심 쪽으로 머리를 향해서 반원형으로 빙글 돌아 달린다. 그리고 다시 조용히 멈춰 서서 요란스럽게 짖어댄다. 그러다 결국에는 있는 힘껏 수풀 쪽으로 달려간다. 처음에는 개가 정신이라도 이상해진 걸까 생각했지만, 집에 돌아온 뒤부터는 내 벌을 두려워하는 것 이외에 특별히 이상한 것처럼 보이지 않았다. 개는 코로 사물을 볼 수 있는 것일까? 사물의 냄새가 뇌의 중추에 느껴지면, 그 냄새를 발산하는 사물의 모습을 상상할 수 있는 것일까?

9월 2일

어젯밤에 별을 보고 있자니 그 별이 우리 집 동쪽에 있는 밭두렁의 경계 위에 나와 있었는데, 왼쪽에서부터 오른쪽으로 연달아 사라져갔다. 사라진 것은 아주 짧은 순간이었고, 또 동시에 사라진 숫자도 얼마 되지는 않았지만 밭두렁 전체의 길이를 따라서 첫 번째 열과 두 번째 열 사이는 흐릿해져 있었다. 나와 별 사이를 무엇인가가 지나간 것 같다는 생각이 들었으나 내 눈에는 아무것도 보이지 않았다. 또한 그 물체의 윤곽을 알아볼 수 없을 정도로 별빛이 흐렸던 것도 아니다.

아아, 이런 일은 썩 기분이 좋지 않다. …….

(일기장이 3장 뜯겨나가 있었기에 그로부터 몇 주일 동안의 기록은 찾아볼 수가 없다.)

9월 27일

그 녀석이 여기에 다시 나타났다. 나는 녀석이 매일 출현한다는 사실에 대한 증거를 가지고 있다. 나는 어젯밤에도 같은 덧옷을 입고 사슴 잡는 데 쓰는 총알을 이중으로 장전한 총을 들고 날이 밝을 때까지 감시를 하고 있었는데 날이 밝은 뒤 살펴보니 새로운 발자국이 앞의 길에 남아 있지 않겠는가? 하지만 나는 맹세코 졸지 않았다. 틀림없이 밤새도록 졸지 않았다.

참으로 무시무시한 일이다. 어떻게 막을 방법이 없는 일이다. 이런 기괴한 경험이 사실이라면 나는 미쳐버리고 말 것이다. 만일 그것이 상상 속의 일이라면 나는 이미 미쳐버린 것이리라.

10월 3일

나는 떠나지 않을 것이다. 녀석은 나를 절대로 쫓아낼 수 없다. 그래, 맞아. 여기는 우리 집이다. 여기는 나의 땅이다. 신께서는 틀림없이 비겁한 자를 싫어하실 것이다.

10월 5일

　나는 더 이상 참을 수가 없다. 나는 하커를 여기로 불러 몇 주일 동안 같이 생활하기로 했다. 하커는 배짱이 두둑한 사람이다. 그 사람이 나를 미치광이 취급할지 어떨지는 모르겠지만, 그건 그의 모습을 살펴보면 대충은 알 수 있으리라.

10월 7일

　나는 비밀을 풀었다. 그 사실을 어젯밤에 알았다. 일종의 시연(示顯)을 받은 것처럼 갑자기 깨닫게 된 것이다. 이 얼마나 단순한 일이란 말인가. 정말 한없이 미묘하구나!

　세상에는 우리의 귀에 들리지 않는 소리가 있다. 음계의 양쪽 끝에는 인간의 귀라고 불리는 불완전한 기계인 고막으로는 진동을 느낄 수 없는 음표가 있다. 그 소리는 너무 높거나 너무 낮은 것이다. 나는 나무 꼭대기에 개똥지빠귀 떼가 가득 앉아 있는 것을 보았다. 한 그루의 나무가 아니라 여러 그루의 나무에 앉아 있었다. 그리고 모두가 소리 높여 지저귀고 있었다. 그런데 갑자기 한순간에 —정말 한 치의 오차도 없이 동시에— 그 새 떼들이 전부 공중으로 오르더니 날아가 버리고 말았다. 어떻게 그럴 수 있었을까? 나무들이 전부 겹쳐져 있어서 시야를 가리기 때문에 새들은 서로가 보이지 않았을 터였다. 또한 그들의 지휘자, 모두가 볼 수 있을 만한 곳에 지휘자가 앉아 있던 것도 아니었다. 그렇다면 거기에는 우리가 일반적으로 이러쿵저러쿵 이야기하는 것 이상으로 좀 더 높고, 좀 더 날카로운 신호나 지휘가 있지 않으면 안 된다. 단지 내 귀에 들리지 않는 것일 뿐.

그리고 나는 그것과 똑같이 수많은 새들이 한꺼번에 날아오르는 예를 알고 있다. 개똥지빠귀뿐만 아니라 예를 들어서 메추라기 같은 새가 수풀 속 넓은 지대에 걸쳐서 앉아 있을 때, 심지어는 멀리 언덕 너머에까지 앉아 있을 때, 아무런 소리도 들리지 않았는데 갑자기 한순간에 날아오르는 경우가 있다.

또한 뱃사람들은 이런 일도 알고 있다. 고래 떼가 바다 위로 떠오르기도 하고 잠기기도 하다가, 그 사이에 불룩한 육지가 있어서 몇 킬로미터나 떨어져 있음에도 불구하고 한순간 동시에 헤엄을 치기 시작해서 눈 깜빡할 사이에 단 한 마리의 그림자조차 보이지 않게 되는 경우가 있다. 돛대 위에 있는 뱃사람이나 갑판에 있는 동료들의 귀에는 너무 낮아 들리지 않지만 그래도 교회의 돌이 오르간의 낮은 소리에 떨리는 것처럼 신호가 울렸다는 사실을 배 안에서는 그 진동으로 느낄 수 있는 것이다.

소리뿐만 아니라 빛깔도 역시 마찬가지다. 화학자들은 태양 빛의 양쪽 끝에 자외선이 존재한다는 사실을 알고 있다.

그 선은 여러 빛깔을 나타내고 있으며, 광선의 성분에 따라서 완전한 색을 띠고 있다고 하지만 우리는 그것을 구별할 수가 없다. 인간의 눈은 귀와 마찬가지로 불완전한 기계여서 그 눈이 볼 수 있는 것은 염색성의 극히 한정된 일부에 지나지 않는다. 나는 미친 것이 아니다. 우리의 눈에 보이지 않는 여러 가지 색이 곳곳에 존재하는 것이다.

그러니 이건 거짓이 아니다. 그 요물은 틀림없이 그런 종류의 색인 것이다!

클라리몽드

테오필 고티에(Theophile Gautier, 1811~1872)

프랑스의 시인, 작가, 비평가. 문예비평, 회화평론, 여행기 등도 남겼

다. 대표작으로는 『모팽 양』, 문예비평인 『낭만주의의 역사』 등이 있

다. 예술의 공리성을 배격하고 유미적 작풍을 수립하여 후의 고답

파 시인들에게 영향을 주었다.

1

저도 예전에 사랑을 해본 적이 있냐고요? 있습니다. 제 이
야기는 아주 기이하고 또 무서운 이야기입니다. 저는 66세가
되었지만 아직 그 기억이 재를 흩어놓고 싶지는 않습니다.

저는 아주 어린 소년 시절부터 성직자가 되는 것을 저의
천직처럼 생각하고 있었기에 저의 모든 공부는 그와 관련된
것으로만 향해 있었습니다. 24세 무렵까지의 제 생활은 오랜
초학자(初學者)로서의 생활이었습니다. 신학 과정을 마치고
뒤이어 온갖 잡무에 종사했는데 목사님들께서 아직 젊은 저
를 인정해주셨기에 결국에는 성직에 종사하는 것을 허락해
주셨습니다. 그리고 그 성직 수여식을 부활절 주간에 행하기
로 결정했습니다.

저는 그때까지 세상에 나간 적이 없었습니다. 저의 세상
은 학교의 벽과 신학교와 관계된 사회에만 한정되어 있었습
니다. 따라서 세상에서 말하는 여자에 대해서 저는 매우 막연

한 생각밖에 가지고 있지 않았을 뿐만 아니라, 또 그런 문제에 대해서 생각하는 일도 결코 없었기 때문에 아주 순진하게 살아가고 있었습니다. 저는 1년에 2번, 나이 들고 병약한 제 어머니를 만나러 갔는데, 저와 다른 세상과의 관계는 오직 그것밖에 없었습니다.

저는 그런 생활에 아무런 불만도 없었습니다. 제 자신의 평생을 고스란히 바쳐야 하는 성직에 종사하게 되었다는 데 대해서는 한 치의 아쉬움도 느끼지 못했습니다. 저는 단지 마음속 기쁨과 가슴 설렘만을 느끼고 있었습니다. 그 어떤 약혼을 한 연인이라 할지라도 저만큼 커다란 기쁨에 잠겨 답답할 정도로 천천히 흘러가는 시간의 흐름을 헤아린 사람은 없었을 겁니다. 잠을 잘 때면 성찬식에서 제가 설교하는 모습을 꿈꾸며 잠자리에 누웠습니다. 저는 이 세상에 성직자가 되는 기쁨보다 더 큰 기쁨은 어디에도 없다고 믿고 있었습니다. 시인이 되라고 해도 황제가 되라고 해도 저는 그것을 거절했을 것이며, 그 정도로 저의 야심은 이미 성직자 이외에 그 어디에도 없었습니다.

마침내 제게 있어서 중요한 날이 찾아왔습니다. 저는 제 어깨에 마치 날개라도 돋은 양 설레는 기분으로 발걸음도 가볍게 교회로 향했습니다. 저 자신이 마치 천사가 된 듯한 기분이 들 정도였습니다. 그리고 수많은 친구 중에 어둡고 근심스러운 얼굴을 한 사람이 있다는 사실을 이상하게 생각할 정도였습니다. 저는 기도로 그 전날 밤을 새워 완전한 기쁨의 상태에 있었던 것입니다. 자애로운 주교님은 영원히 계시는 아버지, 신처럼 보였으며, 교회의 둥근 천장 너머로 천국을 보고 있었습니다.

이 의식에 대해서 자세히 알고 계실 테지만, 우선 축복의 기도가 행해진 뒤, 성찬식, 그리고 손바닥에 기름을 바르는 도유식, 그것이 끝나고 나면 주교와 한목소리로 행하는 신성한 헌신의 의식이 끝납니다.

아아 하지만 욥(구약성경 욥기의 주인공)이 '눈과 함께 서약하지 않는 자는 어리석은 사람이다.'라고 말한 것은 진리를 잘 표현한 말이었습니다. 제가 그때까지 숙이고 있던 얼굴을 문득 들어보니, 손에 닿을 듯 가까운 곳이라 여겨졌으나 사실은 저와는 상당히 떨어진 곳에 위치한 성당의 난간 끝에 매우 아름답고 젊은 여자가 눈이 번쩍 뜨일 것처럼 고귀한 복장으로 서 있는 것이 보였습니다. 순간 제 눈에는 세상이 뒤바뀐 것처럼 보였습니다. 저는 마치 어두웠던 눈을 다시 뜬 듯한 기분이었습니다. 조금 전까지만 해도 영광으로 빛나던 주교의 모습은 순식간에 사라졌으며, 황금 촛대에서 불타오르던 촛불은 새벽별처럼 희미해졌고, 주위의 어둠이 건물 안으로 온통 퍼져나간 것처럼 여겨졌습니다. 그 사랑스러운 여자는 그 어둠을 배경으로 천사의 출현처럼 뚜렷하게 도드라져 보였습니다. 그녀는 빛나고 있었습니다. 빛나는 것처럼 보였을 뿐만 아니라 실제로 빛을 발하고 있었습니다.

저는 다른 것에 마음을 빼앗겨서는 안 된다고 생각했기에 두 번 다시 눈을 뜨지 않겠다고 결심하고 눈을 감았습니다. 왜냐하면 저의 번민이 점점 더 깊어져 제가 지금 무엇을 하고 있는지 알 수 없게 되었기 때문이었습니다. 그랬음에도 불구하고 다음 순간에는 다시 눈을 떠 눈썹 사이로 그녀를 보고 있었습니다. 그러자 태양을 바라볼 때면 반투명한 보라색 그림자가 원을 그리듯, 그녀가 무지갯빛으로 반짝였습니다.

아아, 어떻게 저렇게 아름다울 수 있는 건지. 위대한 화가들은 이상적인 아름다움을 천상에서 추구하며 지상에서 성녀의 참모습을 그리려 했으나, 지금 제 눈앞에 있는 자연의 참된 아름다움에 가까운 묘사는 아직 없었습니다. 그 어떤 시도, 어떤 그림도 그녀의 아름다움을 묘사하지는 못했습니다. 그녀는 키가 약간 크고, 여신과도 같은 모습과 태도를 가지고 있었습니다. 하늘하늘한 금색 머리카락을 한가운데서 양쪽으로 나누었는데 그것이 금빛으로 물결치는 2개의 강을 이루며 양쪽 뺨으로 흘러내리고 있는 모습은 왕관을 쓴 여왕과도 같았습니다. 이마는 아치를 그리고 있는 2개의 눈썹 위에 맑고 푸른빛이 감도는 흰색으로 펼쳐져 있었는데 쾌활한 빛으로 반짝이는 바다색 눈동자를 더욱 눈에 띄게 해주었습니다. 약간 이상하게 여겨진 것은 그 눈썹이 거의 검은 색이었다는 점이었습니다. 그야 어쨌든 정말 놀라운 눈이었습니다. 단 한 번의 깜빡임만으로도 한 남자의 운명을 결정할 수 있는 눈입니다. 지금까지 제가 인간에게서는 본 적이 없을 정도로 맑고 밝고, 열정으로 넘쳐나고, 촉촉한 빛을 발하고, 생생하게 살아 있는 눈이었습니다.

2개의 눈이 화살처럼 빛을 쏘았습니다. 그것이 제 심장으로 스며드는 것을 분명히 보았습니다. 그 반짝이는 눈의 불이 하늘에서 또 떨어지며 지옥에서 온 것인지는 잘 모르겠지만, 그 중 한 군데서 온 것이라고 저는 생각했습니다. 그녀는 천사 아니면 악마였습니다. 아마도 양쪽 모두였을 것이라 생각됩니다. 틀림없이 그녀는 평범한 여자에게서, 그러니까 이브의 배에서 태어난 사람이 아니었습니다. 사랑스럽게 미소 지을 때면 진주같이 반짝이는 이가 빛났습니다. 그녀가 조금이라도 입술을 움직이면 빛나는 장미 같은 뺨에 조그만 보조개가 나타났습니다. 부드럽고 오뚝한 콧날이 고귀한 신분임을 이야기해주고 있었습니다.

반쯤 드러난 부드럽고 윤기 넘치는 2개의 어깨에는 마노와 커다란 진주로 장식된 목걸이가 목선과 같은 아름다움으로 빛나며 가슴 부근으로 늘어져 있었습니다. 때때로 그녀가 넘쳐날 것 같은 웃음을 머금은 채 놀란 뱀이나 공작처럼 얼굴을 들면 그 보석들을 감싸고 있는 은 격자 같은 옷깃의 주름이 그에 따라서 흔들렸습니다. 그녀는 붉은빛이 감도는 주황색 벨벳으로 만들어진, 낙낙한 옷을 입고 있었습니다. 담비 가죽으로 가장자리를 두른 넓은 소매 끝으로는 빛도 그대로 통과할 것 같은, 새벽의 여신의 손가락처럼 참으로 이상적이고 투명하고 한없이 부드럽고 귀족적인 손이 드러나 있었습니다.

당시 저는 매우 번민하고 있었으나 이런 세세한 부분까지 무엇 하나 놓치지 않고, 마치 어제 본 것처럼 분명하게 떠올릴 수 있습니다. 턱 부근과 입술 끝에 있던 매우 희미한 그림자, 이마 위에 벨벳처럼 자라 있던 솜털, 뺨에 어린 떨리는 눈썹의 그림자, 이 모든 것을 놀랄 만큼 분명하게 이야기할 수 있습니다.

그 모습을 보고 있자니 저는 지금까지 닫혀 있던 제 안의 문이 열린 것 같다는 느낌이 들었습니다. 오랫동안 닫혀 있던 문이 열리고 모든 것이 밝아져 지금까지 알지 못했던 내부의 모습이 보이게 된 것이었습니다. 인생 자체가 제 앞에 신기한 국면을 펼쳐놓았습니다. 저는 새로운 별세계, 모든 것이 바뀌어버린 곳에 다시 태어난 것 같다는 생각이 들었습니다. 무시무시한 고뇌가 벌겋게 달구어진 가위로 제 심장을 괴롭히기 시작했습니다. 끊임없이 계속되는 시간이 단 1초처럼 여겨지기도 하고, 또 100년처럼 길게 느껴지기도 했습니다.

그러는 동안에도 의식은 계속되었습니다. 순간 저는 산이라도 들어올릴 수 있을 것 같은 강한 의지의 힘을 발휘하여 성직자가 되지 않겠다고 외치려 했으나, 아무래도 그 말만은 할 수가 없었습니다. 헛바닥이 입천장에 들러붙은 것처럼 단한마디도 할 수가 없었습니다. 그것은 마치 꿈에 시달리는 사람이 목숨을 잃을 듯하여 소리를 지르고 싶으나 아무래도 소리가 나오지 않는 것처럼, 저는 현실 세계에서 눈을 뜨고 있으면서도 소리를 지를 수가 없었습니다.

█████ ████ ████ ████ ████ 빠져 들어가려 한다는 사실을 알고 제게 용기를 심어주는 듯한, 간절하게 애원하는 듯한 얼굴을 보였습니다. 그 눈은 시와 같고, 그 눈의 움직임은 노래와 같다고 생각했습니다.

그녀는 그 눈으로 제게 말했습니다.

'만약 당신이 저의 것이 되어주신다면 신의 나라인 천국에 계신 것보다 더 행복하게 해드릴게요. 천사들조차 당신께 질투를 느끼도록 해드릴게요. 당신을 감싸려 하고 있는 그 상복을 벗어버리도록 하세요. 저는 아름다워요. 저는 젊어요. 제게는 생명이 있어요. 제게 오세요. 서로 사랑하도록 해요. 여호와 하나님이 당신께 무엇을 줄 수 있죠? 아무것도 주시지 않을 거예요. 저희들의 목숨은 단 한 번의 입맞춤을 하는 사이에 꿈처럼 지나가 버리고 말 거예요. 그 성찬의 잔을 던져 버리세요. 그리고 자유의 몸이 되세요. 제가 당신을 멀리 섬으로 데리고 갈게요. 당신은 은으로 지붕을 얹은 건물 안, 커다란 황금의 침대 위, 제 품속에서 잠드실 수 있으실 거예요. 저는 당신을 사랑해요. 저는 당신을 신에게서 빼앗고 싶어요. 지금까지 얼마나 많은 고귀한 사람들이 사랑의 피를 흘렸는지 알 수 없지만, 신의 곁으로 다가간 사람은 아무도 없었어요.'

이런 말들이 한없이 부드러운 리듬을 타고 제 귓가로 흘러들었습니다. 그녀의 얼굴은 그야말로 노래 같았으며, 그 눈으로 모든 것을 말하고 있었습니다. 그리고 그것이 진짜 입술 사이에서 흘러나오는 것처럼 제 가슴속을 울렸습니다.

저는 성직자가 되기를 거부하고 싶다는 마음으로 가득했으나 어떻게 된 일인지 제 혀는 의식에 필요한 말만 하고 있었습니다. 아름다운 사람은 다시 제 가슴을 꿰뚫을 것처럼 날카로운 비수 같은 절망의 얼굴과, 애원하는 듯한 얼굴을 보였습니다. 그것은 그 어떤 '슬픔의 성모' 보다 훨씬 더 강한 칼날로 꿰뚫는 듯한 표정이었습니다.

그러는 사이에 모든 의식이 순조롭게 끝나 저는 일개 승려가 되어버리고 말았습니다.

그때 그녀의 얼굴에 어린 고민의 빛보다 더 깊은 고민의 빛은 본 적이 없었습니다. 약혼자의 죽음을 눈앞에서 보고 있는 소녀도, 죽은 아이를 그리워하며 빈 유모차를 들여다보는 어머니도, 천상의 낙원에서 쫓겨나 그 문 앞에 선 이브도, 자신의 보석과 뒤바뀐 돌덩이를 바라볼 때의 인색한 사내도, 영혼을 담아 쓴 하나밖에 없는 원고를 어떤 이유로 불태우려 할 때의 시인도, 그때 그녀가 보인 한없는 절망의 얼굴을 보이지는 않을 것이라고 생각했습니다. 그녀의 사랑스러운 얼굴에서 핏기가 완전히 가시고 대리석처럼 하얗게 변해버렸습니다. 아름다운 두 팔은 근육이 풀어진 것처럼 몸의 양쪽으로 맥없이 늘어뜨려 있었습니다. 부드러운 다리도 지금은 말을 듣지 않아 그녀는 어딘가 기댈 곳을 찾고 있는 듯했습니다.

저 역시도 죽은 자처럼 창백한 얼굴로 교회의 문 쪽으로 비틀비틀 걸어갔는데, 십자가에 달린 그리스도의 상보다도 더한 피땀에 젖어 마치 목을 졸리고 있는 사람 같다는 생각이 들었습니다. 원형 천장이 제 어깨 위로 단번에 떨어져 내려 제 머리만으로 그 원형 천장의 모든 무게를 떠받치고 있는 것 같았습니다.

제가 교회의 문턱을 넘어서려던 순간이었습니다. 손 하나가 갑자기 제 손을 쥐었습니다. 그것은 여자의 손이었습니다. 그 전까지 저는 여자의 손을 잡아본 적이 없었으나, 그때 제가 느낀 것은 뱀의 살갗이 닿은 것처럼 써늘한 느낌으로,

그때의 느낌은 달군 철로 낙인을 찍은 것처럼 아직도 제 손에 남아 있습니다. 그것은 그녀의 손이었습니다.

"불행한 분이시네요. 정말 불행한 분……. 어쩌면 좋아."
라고 그녀는 낮은 목소리로 힘주어 말한 뒤 바로 사람들 속으로 사라져버렸습니다.

나이 든 주교가 제 곁으로 지나갔습니다. 그는 저를 냉소하듯 엄한 눈빛을 던지고 지나갔습니다. 저는 매우 혼란스러운 표정을 짓고 있었던 듯하며, 현란한 빛이 눈앞에서 번쩍이는 것 같다는 느낌이 들었습니다. 그때 한 친구가 저를 동정하여 제 팔을 잡고 밖으로 데려가 주었습니다. 저는 누군가의 도움 없이는 기숙사로 돌아갈 수 없을 정도였습니다.

거리의 모퉁이에서 제 젊은 친구가 다른 데 정신이 팔려 잠깐 돌아본 순간, 이상한 차림을 한 검은 피부의 하인이 제 곁으로 다가와 옆으로 걸어가며 금색 테두리의 조그만 수첩을 슬쩍 건네주고 그것을 숨기라는 신호를 보낸 뒤 멀어져갔습니다. 저는 그것을 소매 안에 넣은 뒤, 제 방에서 혼자가 될 때까지 숨겼습니다.

혼자 있을 때 그 수첩의 고리를 벗겨보니 안에는 편지 한 장이 들어 있었는데 「콘치니 궁전에서, ……클라리몽드」라고만 적혀 있었습니다.

2

당시 저는 세상에 대해서 아무것도 몰랐습니다. 유명한 클라리몽드에 대해서도 아는 바가 없었습니다. 콘치니 궁전이 어디에 있는지 전혀 짐작조차 할 수 없었습니다. 저는 여러 가지로 상상을 해보았는데 실제로 그녀를 다시 한 번 만날 수만 있다면 그녀가 고귀한 여자이든, 혹은 창부 같은 여자이든 그런 건 상관없다는 생각이 들었습니다.

저의 사랑은 아주 짧은 순간에 태어났지만 지울 수 없을 정도로 깊이 뿌리를 내린 상태였습니다. 저는 완전히 이성을 잃어서 그녀가 잡은 제 손에 입을 맞추기도 하고 몇 시간이고 되풀이해서 그녀의 이름을 부르기도 했습니다. 저는 그녀의 모습을 눈가에 보다 선명히 그려보고 싶었기에 눈을 감아보곤 했습니다.

저는 교회의 문가에서 제 귓가에 속삭인 그녀의 말을 몇 번이고 되새겨보았습니다. '불행한 분이시네요. 정말 불행한 분⋯⋯. 어쩌면 좋아.'

그러는 사이에 저는 드디어 제 지위의 끔찍함을 알게 되었습니다. 어둡고 답답한 속박, 제가 그 생활 속으로 들어갔다는 사실을 깨닫게 되었습니다.

성직자로서의 생활, 그것은 몸을 순결하게 지키는 것, 사랑해서는 안 되는 것, 남녀의 성별이나 노소를 구분해서는 안 되는 것, 모든 아름다운 것에서 눈을 돌리는 것, 인간으로서의 눈을 빼버리는 것, 낯선 시체 곁을 지키는 것, 상복과 다름없는 성직자의 옷을 자기 혼자서 입고 마지막에는 그 상복이 그 사람 자신의 관을 덮는 것이었습니다.

클라리몽드를 다시 한 번 만나려면 어떻게 해야 하는지 생각해보았습니다. 마을에는 아는 사람이 아무도 없었기에 기숙사에서 나갈 구실이 없었습니다. 저는 이제 한시도 이런 곳에서는 머물 수 없다고 생각했습니다. 거기에 있어봐야 저는 그저 앞으로 종사해야 할 일에 대한 새로운 임명을 기다리고 있어야만 할 뿐이었습니다.

창문을 열어야겠는 생각에 걸쇠로 손을 뻗어보았으나 그것은 상당히 높은 곳에 있었기에 특별히 사다리를 찾아내지 않는 한 그 방법으로는 빠져나갈 수 없다는 사실을 깨달았습니다. 게다가 밤이 아니면 그곳으로는 도저히 빠져나갈 수 있을 것 같지 않았습니다. 거기에 또 한 가지, 그 미궁처럼 복잡한 거리의 모습도 저는 잘 알고 있지 못했습니다. 다른 사람에게 이런 어려움은 그다지 커다란 문제가 아닐지 모르겠으나, 제게는 아주 커다란 문제였습니다. 왜냐하면 저는 태어나서 어제 처음으로 사랑에 빠진 학생으로 경험도 없고, 돈도 없고, 옷도 없는 가엾은 몸이기 때문이었습니다.

저는 장님이나 다를 바 없는 저 자신을 향해서 혼잣말을 중얼거렸습니다.

"아아, 만약 내가 성직자가 아니었다면 매일이라도 그 여자를 만날 수 있었을 텐데. 그러면 그 여자의 연인이 되고, 그 여자의 남편이 될 수도 있었을 텐데……. 이런 우울한 상복 대신 비단이나 벨벳으로 지은 옷을 몸에 두르고 금으로 만든 사슬과 검을 몸에 차고, 다른 젊은 기사들처럼 아름다운 깃털로 장식을 했을 텐데……. 머리도 이렇게 꼴사나울 정도로 짧게 깎고서 없기, 네 게게 이 이곳 머리를 찰랑이며 거기에 수염까지 멋지게 길러 우아한 모습으로 꾸밀 수 있었을 텐데……."

하지만 그 성단 앞에서의 1시간, 그 짧은 시간 동안의 분명한 말이 저를 이 세상의 사람들 속에서 영원히 제외시켜버렸으며, 저는 제 손으로 자기 무덤의 뚜껑을 덮고 제 손으로 자기 감옥의 문을 닫아버린 것이나 다를 바 없었습니다.

제가 다시 창가로 가보니 창문은 화창하고 파랗게 맑았으며, 모든 나무들이 봄단장을 마쳤고 자연은 얄밉게도 환락의 행진을 계속하고 있었습니다. 거기에는 많은 사람들이 오가고 있었는데 멋지게 꾸민 젊은 신사와 아름다운 숙녀들이 짝을 지어 숲이나 화원 쪽으로 한가로이 걷고 있었습니다. 기운 넘치는 청년이 술에 취해 즐겁다는 듯 노래를 부르고 있었습니다. 모든 것이 쾌활함, 생명, 약동을 그린 한 폭의 그림으로 저의 비애와 고독에 비하면 참으로 지독한 대조를 이루고 있는 것들뿐이었습니다. 문의 계단 부근에서는 젊은 어머니가 자기 아이와 놀고 있었습니다. 어머니는 아직 젖의 방울이 남아 있는 사랑스러운 장밋빛 입술에 입을 맞추기도 하고, 아이를 즐겁게 해주기 위해 여러 가지로 얼러보기도 하고, 어머니밖에 모르는 온갖 존귀한 동작을 해보이기도 했습니다. 그 아이의 아버지는 팔짱을 긴 채 싱글벙글 미소를 머금은 얼굴로 약간 떨어진 곳에 서서 그 사랑스러운 친구를 바라보고 있었습니다.

저는 더 이상 그 즐거운 풍경을 지켜보고 있을 수 없었기에 창문을 거칠게 닫고 서둘러 방 가운데 쪽으로 자리를 옮겼습니다. 제 마음은 격렬한 질투와 혐오로 가득 차서, 열흘이나 굶주린 호랑이처럼 제 손톱을 물어뜯었습니다.

그 뒤로 저는 언제까지고 침대에 누워 있었는데 저도 모르는 사이에 방바닥 위에서 발작적으로 몸부림치며 괴로워하다, 문득 수도원장인 세라피온 신부가 방 한가운데 똑바로 서서 나를 유심히 살펴보고 있다는 사실을 깨달았습니다.

저는 한없이 부끄러워서 나도 모르게 머리를 가슴 쪽으로 떨어뜨리고 두 손으로 얼굴을 덮어 가렸습니다. 한동안 말없이 서 있던 세라피온 신부가 드디어 입을 열었습니다.

"르무알도. 뭔지는 모르겠다만, 아주 커다란 변화가 네 몸에 찾아온 것 같구나. 네 모습은 아무래도 이해할 수가 없다. 너는 언제나 침착하고 경건하고 온순한 사람이었는데 어째서 그렇게 야수처럼 사납게 몸부림을 치는 거지? 정신 차려라. 악마의 목소리에 귀를 기울여서는 안 된다. 두려워해서는 안 된다. 용기를 잃어서는 안 된다. 그런 유혹이 찾아왔을 때는 무엇보다도 확고한 신념과 주의에 의지해야 한다. 자, 마음을 가라앉히고 차분히 생각해보기 바란다. 그러면 틀림없이 나쁜 생각이 네 머리에서 떠날 테니."

세라피온 신부의 말씀에 정신을 차린 저는 어느 정도 마음이 가라앉기 시작했습니다. 그가 다시 말을 이었습니다.

"너는 C라는 곳의 사제로 가게 되었기에 그 소식을 전하러 온 게다. 그곳의 사제께서 돌아가셨으니 너를 그쪽으로 보내라고 주교님께서 명령하셨다. 내일 바로 출발할 수 있도록 준비를 해주었으면 좋겠구나."

그녀를 다시 만나지 못하고 내일 이곳을 떠나, 지금까지 두 사람 사이를 갈라놓았던 장애물이 있는 상태에서 다시 둘 사이를 갈라놓는 관문을 두게 된다면 기적이라도 일어나지 않는 한 영원히 그녀를 만날 수 없을 것입니다. 편지를 써서 건넨다는 것은 애초부터 불가능한 일이었습니다. 누구에게 부탁해서 그 편지를 전해주면 되는 건지, 그것조차 알지 못했습니다. 성직에 있는 몸이 누구에게 이런 사실을 털어놓으면 좋을지, 누구를 믿으면 좋을지. 제게는 그것이 견딜 수 없을 정도의 고통이었습니다.

이튿날 아침, 세라피온 신부가 저를 데리러 왔습니다. 초라한 여행용 가방 등을 실은 노새 두 마리가 문 앞에서 기다리고 있었습니다. 세라피온 신부가 한쪽 노새에 올랐고, 정해진 사실처럼 제가 다른 노새에 올랐습니다.

도회의 거리를 지나며 저는 혹시 클라리몽드를 볼 수 있지 않을까 싶어 집들의 창문과 발코니를 조심스럽게 살펴보았습니다. 이른 아침이었기에 사람들도 아직은 거의 일어나지 않았습니다. 저는 제가 지나온 모든 저택들의 창에 달린 덧문과 커튼을 꿰뚫어보겠다는 듯 눈을 반짝였습니다.

세라피온 신부는 제 태도에 특별히 의심을 품지 않았으며, 단지 제가 그 저택들의 건축양식을 신기하게 여기고 있는 것이라 생각한 듯, 제가 조금 더 자세히 볼 수 있도록 일부러 당신이 탄 노새의 발걸음을 늦춰주셨습니다. 저희는 마침내 도시의 관문을 지나 앞쪽에 있는 언덕을 오르기 시작했습니다. 그 언덕의 정상에 올랐을 때, 저는 클라리몽드가 사는 도시에 마지막 인사를 하기 위해 뒤를 돌아봤습니다.

도시 위에는 커다란 구름이 하늘 가득 드리워져 있었습

니다. 그 구름의 푸르스름한 빛과 빨간 지붕의 서로 다른 두 가지 색이 하나의 색으로 녹아들고, 새로이 피어오르는 거리의 연기가 하얀 거품처럼 빛나며 곳곳에 떠다니고 있었습니다. 눈에 보이는 것은 단 하나의 커다란 건물뿐으로, 주위의 건물을 훌쩍 뛰어넘어 높다랗게 솟아 있었는데 수증기에 휩싸여 뽀얗게 보이기는 했으나 그 탑은 높고 맑은 햇살을 받아 아름답게 반짝이고 있었습니다. 그것은 5㎞쯤 떨어져 있었음에도 제 기분 탓인지 아주 가까이에 있는 것처럼 보였습니다. 그 뾰족한 탑도 그렇고, 회랑도 그렇고, 창틀의 장식은 물론 제비 꼬리처럼 생긴 중앙에서 박아 이끼까지 저부가 눈에 띄는 특징을 가지고 있었습니다.

"저기 햇빛에 반짝이고 있는 건물은 어떤 건물입니까?"

제가 세라피온 신부에게 물었습니다. 그가 손차양을 하고 내가 가리킨 곳을 바라보며 대답했습니다.

"저건 콘치니 공이 창부인 클라리몽드에게 준 옛 궁전이다. 저기서는 끔찍한 일이 벌어지고 있지."

그 순간이었습니다. 그것이 환상이었는지, 혹은 사실이었는지는 모르겠으나 그 건물의 뜰에 깔린 돌 위로 하얀 사람의 그림자 같은 것이 미끄러져 가는 것을 본 듯한 느낌이 들었습니다. 아주 짧은 순간 반짝이듯 지나가 곧 사라져버리고 말았지만, 그것은 틀림없이 클라리몽드였습니다.

아아, 바로 그때, 멀리 떨어진 험한 길의 정상, 두 번 다시 그 길을 내려갈 일은 없을 것이라 여겨지는 곳에서 차분하지 못하게 흥분된 마음으로 그녀가 살고 있는 궁전 쪽을 바라보았는데 구름 탓인지 그 저택이 아주 가깝게 보였으며, 나를 그곳의 왕으로 살게 하기 위해 부르는 것 같다는 생각이 든 그때의 제 마음을 그녀는 알고 있었던 걸까요?

그녀는 틀림없이 알고 있었다고 생각됩니다. 저와 그녀의 마음은 한 치의 빈틈도 없을 정도로 깊이 연결되어 있어서 그녀의 깨끗한 사랑이, 비록 잠옷을 입은 채이기는 하나, 아직 아침 이슬이 차가운 가운데 그 돌의 높은 곳에 그녀를 서게 한 것임에 틀림없었습니다.

구름의 그림자가 궁전을 덮었습니다. 풍경 전체가 지붕과 박공의 바다처럼 보였으며, 그 가운데 산처럼 하나의 기복이 뚜렷하게 눈에 들어왔습니다.

세라피온 신부가 노새를 몰기 시작했습니다. 저도 비슷한 속도로 노새를 몰기 시작했는데 잠시 후 길이 급격하게 꺾어져, S마을은 두 번 다시 그곳으로 돌아갈 수 없는 운명과 함께 제 눈에서 영원히 사라져버리고 말았습니다.

시골의 어둑한 들판만을 지나 3일 동안의 지루한 여행 끝에 제가 맡기로 되어 있는, 수탉 장식이 달려 있는 교회의 첨탑이 나무 사이로 보이기 시작했습니다. 그리고 이영으로 지붕을 인 집과 조그만 정원이 있는 구불구불한 길을 지나 그다지 멋지지도 않은 교회의 현관 앞에 다다랐습니다.

입구에는 얼마간의 조각이 새겨져 있기는 했으나 나머지는 사암석을 거칠게 깎은 기둥 두어 개와 그 기둥과 같은 돌로 만든 부벽을 가진 기와지붕이 있을 뿐이었습니다. 왼쪽에는 묘지가 있고 잡초가 무성하게 자라 있었는데 한가운데 철제 십자가가 서 있었습니다. 오른쪽에 사제관이 서 있었는데 마침 교회의 그림자가 거기로 드리워져 있었습니다. 그것은 극단적일 정도로 단순하고 소박한 건물이었는데 울타리 안으로 들어가 서니 닭 두어 마리가 거기에 흩어져 있는 곡식을 쪼고 있었습니다. 닭은 성직자의 음침한 습관에 익숙해져 있는 듯, 저희가 다가가도 특별히 도망치려고 하지는 않았습니다. 어딘가에서 짖는 소리가 들리는가 싶더니, 늙어서 뼈만 앙상하게 남은 개 한 마리가 다가왔습니다.

그것은 전임 사제의 개로 짓무른 눈, 회색 털, 그보다 더 나이 먹은 개는 없을 것이라 여겨질 정도로 쇠약해져 있었습니다. 제가 개를 가볍게 토닥여주자 꽤나 만족스럽다는 듯한 모습으로 곧 제 옆을 지나쳐 갔습니다. 그러는 사이에 전임 사제 때부터 이곳의 관리를 맡고 있다고 하는 아주 나이 든 할멈이 나왔습니다. 할멈은 뒤쪽의 조그만 객실로 우리를 데려가더니 앞으로도 자신을 써줄 수 있겠느냐고 물었습니다.

그녀도, 개도, 닭도, 전임 사제가 남기고 간 것은 무엇이든 전부 그대로 돌봐주겠다고 대답했더니 그녀는 매우 기뻐했습니다. 세라피온 신부는 이 단출한 식구를 유지하는 데 필요하다고 그녀가 말한 만큼의 금액을 바로 꺼내 건네주었습니다.

　그 후로 만 1년 동안 저는 자신의 직무에 임하여 세심하고 충실하게 일했습니다. 기도와 정진은 물론, 병든 자는 제 몸이 야윌 정도로 보살폈으며, 그 외에도 제 자신의 생활이 어려울 정도로 남을 돕기에 힘썼습니다. 하지만 제 속에는 메워지지 않는 커다란 부분이 있었습니다. 제게 신의 은혜는 주어지지 않을 것 같다는 생각이 들었습니다. 이처럼 신성한 포교에 힘쓰는 자에게 샘솟기 마련인 행복이라는 것을 조금도 느낄 수가 없었습니다. 제 마음이 멀리 다른 곳에 있었기 때문입니다. 클라리몽드의 말이 지금도 제 입술에 의해 되풀이되고 있었던 것입니다.

　아아, 여러분. 이 사실을 잘 생각해보시기 바랍니다. 저는 단 한 번 눈을 들어 한 여인을 보았고, 그 후 몇 년 동안이나 가장 비참한 고뇌를 계속해왔으며 제 평생의 행복이 영원히 파괴되었다는 사실을 생각해보시기 바랍니다. 하지만 저는 이 패배 상태에 대해서, 그리고 영적으로는 승리한 것처럼 보이지만 사실은 더욱 무시무시한 파멸의 구렁텅이에 떨어진 상태에 대해서 장황하게 이야기할 마음은 없습니다. 뒤이어

바로 사실을 솔직하게 이야기하도록 하겠습니다.

3

어느 날 밤의 일이었습니다. 제 사제관의 문에 달린 벨이 길고 세차게 울리기 시작했습니다. 할멈이 나가 문을 열어보니 한 남자의 그림자가 서 있었습니다. 그 남자는 구릿빛 얼굴을 하고 있었는데 몸에는 값비싼 외국 옷을 입고, 허리에는 ~~칼을 차고 있는~~ 모습이 바바라 할멈이 들고 있는 등에 비쳐 보였습니다. 처음에는 할멈도 놀라 ~~십싱 ㅐㅅ ㅇ ᄀ햬으나~~, 사내가 그녀를 안심시키고 저의 신성한 일에 대해서 부탁드릴 것이 있어 왔으니 저를 만나게 해달라고 말했습니다.

제가 2층에서 내려가려 한 순간, 할멈이 그를 안내해 올라왔습니다. 그 사내가 제게 매우 고귀한 자신의 여주인이 중병에 걸려 임종 직전에 신부님을 뵙고 싶어 한다고 말했기에 저는 바로 함께 가겠다고 대답하고 임종에 필요한 도구들을 챙겨 서둘러 2층에서 내려갔습니다.

밤의 어둠과 구별이 되지 않을 정도로 검은 말 2마리가 문 밖에 대기하고 있었습니다. 말은 조바심을 내며 몸부림치고 있었는데 커다랗게 숨을 내쉬자 하얀 연기 같은 수증기가 가슴 부근을 뒤덮었습니다. 남자는 등자를 잡아 우선 제가 말에 오르는 것을 도와준 뒤 말 안장 위에 손을 대는가 싶었는데, 순식간에 다른 말로 옮겨 앉더니 무릎으로 말의 양쪽 옆구리를 누르고 고삐를 늦추었습니다.

말은 씩씩하게 쏜살처럼 달리기 시작했습니다. 제 말은 그 남자가 고삐를 쥐고 있었기에 그의 말과 나란히 달렸습니다. 저희는 잠시의 머뭇거림도 없이 똑바로 달려나갔습니다. 마치 길고 검푸른 선으로 보일 정도로 지면은 뒤쪽으로 빠르게 흘러갔으며, 저희가 달려나가는 길의 양 옆에 있는 검은 나무들의 그림자는 혼란에 빠진 군대처럼 술렁였습니다. 새카만 어둠에 잠긴 숲을 달려나갈 때는 일종의 미신적 공포에 사로잡혀 온몸에 한기가 느껴졌습니다. 또 어떤 때는 말의 발굽이 돌을 차서 사방으로 흩어지는 불꽃이 마치 불의 길을 만드는 것처럼 보이기도 했습니다.

한밤중의 늦은 시각에 저희 두 사람이 그렇게 질풍처럼 달려나가는 모습을 보았다면 누구나 악마에 올라탄 두 요괴라고 생각했을 것입니다. 저희가 달려나가는 길 앞으로 때로는 이상한 불빛이 반짝이며 떠다니기도 했고, 멀리 숲에서는 밤새가 사람을 위협하듯 울어댔으며, 또 때로는 도깨비불처럼 번뜩이는 들고양이의 눈빛이 보이기도 했습니다.

말의 갈기는 점점 더 어지러워졌으며, 옆구리에서는 땀을 뚝뚝 흘렸고, 코로 내뱉는 숨결도 매우 거칠어지기 시작했습니다. 그래도 말의 속도가 떨어지면 안내인은 기괴한 외침을 올려 다시 빠른 속도로 달려나가게 했습니다.

마침내 쏜살과도 같은 질주가 끝나고 나자, 수많은 사람들의 검은 그림자가 수많은 등불에 비추더니 곧 저희들 앞에 나타나기 시작했습니다. 저희는 소리를 울리며 나무로 만든 커다란 현수교를 건넌 뒤, 2개의 커다란 탑 사이로 검고 커다란 입을 벌린 채 둥근 지붕을 얹고 있는 문 안으로 들어섰습니다. 저희가 안으로 들어서자 성 안이 갑자기 술렁이기 시작했습니다. 횃불을 든 하인들이 사방에서 나왔기에 그 횃불이 여기저기서, 높고 낮게 흔들렸습니다. 저의 눈은 그저 이 한없이 커다란 건물에 현혹되어 있었을 뿐입니다. 수많은 원형 기둥, 회랑, 계단의 교차, 장엄하고 호화로운 모습, 환상적이고 장려한 모습, 전부 옛날이야기에나 나올 법한 광경이었습니다.

잠시 후 검은 피부의 하인, 언젠가 클라리몽드의 편지를 제게 건네주었던 하인이 눈에 들어왔습니다. 그가 저를 말에서 내리기 위해 다가오자, 목에 금목걸이를 걸고 검은 벨벳 옷을 입은 집사인 듯한 사람이 상아로 만든 지팡이를 짚으며 제게 인사를 하기 위해 다가왔습니다. 그를 보니 눈물이 눈에서 뺨으로 흘러내려 그의 하얀 수염을 적시고 있었습니다. 그가 정중하게 머리를 숙이며 슬프다는 듯 외쳤습니다.

"너무 늦었습니다, 신부님. 너무 늦게 오셨습니다. 신부님께서 너무 늦게 오셨기에 신부님께 영혼의 구원을 부탁드릴 수가 없었습니다. 가엾은 여주인을 위해 하다못해 장례식이라도 치러주시기 바랍니다."

그 노인이 제 팔을 잡고 시체가 놓여 있는 방으로 안내해주었습니다. 저는 그보다 더 격렬하게 울었습니다. 죽은 사람이 다름 아닌, 제가 그토록 깊이 그리고 열렬하게 사랑하던 클라리몽드였기 때문이었습니다.

침대 아래에 기도를 위한 테이블이 놓여 있었습니다. 구리 촛대 위에서 빛나고 있는 창백한 불꽃이 희미한 불빛을 어두운 실내에 던지고 있었는데, 그 불빛이 여기저기에 놓인 가구와 주름 장식의 벽을 비추고 있었습니다.

책상 위의 조각이 들어간 단지 안에는 빛바랜 백장미가 단 하나의 잎만을 남긴 채 꽂혀 있을 뿐, 꽃과 잎 모두 향기로운 눈물처럼 꽃병 아래에 떨어져 있었습니다. 깨진 검은 가면과 부채, 그리고 여러 가지 신기한 가장무도회 의상이 팔걸이의자 위에 놓여 있는 것을 보니, 죽음이 아무런 전조도 없이 갑자기 이 호화로운 주택으로 들어왔다는 사실을 알 수 있었습니다.

저는 침대 위를 바라볼 용기가 없었기에 무릎을 꿇고 고인의 명복을 열심히 빌기 시작했습니다. 신께서 그녀의 영과

나 사이에 무덤을 놓아, 앞으로 기도를 할 때마다 죽음으로 영원히 깨끗해진 그녀의 이름을 마음껏 부를 수 있게 해주셨다는 사실에 저는 뜨겁게 감사했습니다.

하지만 저의 열정은 점점 약해졌으며 언제부턴가 공상에 빠져들기 시작했습니다. 그 방에는 죽은 자의 방 같지 않다고 느껴지는 부분이 있었습니다. 저는 지금까지 죽은 자의 집을 종종 방문했는데 그때마다 늘 기분이 가라앉는 것 같은 냄새를 맡곤 했으나, 그 방에는 —사실 저는 여자의 향기로운 냄새를 알지 못했지만— 어딘가 따뜻하고, 동양적이고, 몸이 나른해지는 것 같은 냄새가 드리워 가득고 있었습니다. 그리고 그 창백한 등의 불은 물론 환락을 위해서 켠 것일 테지만, 시체 옆에 놓는 마지막 밤의 노란 촛대 대신 사용되고 있었던 만큼 그것은 황혼을 떠오르게 하는 빛을 내뿜고 있었습니다.

저는 클라리몽드가 목숨을 잃어 제 곁을 영원히 떠나려 하기 직전에 그녀를 다시 만나게 되었다는 신기한 운명에 대해서 생각했습니다. 그리고 애석함에 괴로운 한숨을 내쉬었습니다. 그 순간 누군가가 제 뒤에서 저와 같은 한숨을 내쉬는 것이 느껴졌습니다. 놀라서 뒤를 돌아보았으나 아무도 없었습니다. 제 한숨 소리가 울려 그런 생각이 든 것이었습니다. 저는 보지 않겠다고 생각했기에 그때까지는 마음을 억누르고 있었으나 결국에는 죽음의 침상 위로 시선을 가져갔습니다. 끝자락에 커다란 꽃무늬가 있고 금실은실의 술이 달려 있는 새빨간 단자(緞子)로 된 가림막을 올려 아름다운 고인을 바라보니, 그녀는 손을 가슴에 모은 채 몸을 곧게 펴고 누워 있었습니다.

그녀는 반짝반짝 빛나는 하얀 삼베로 몸을 감싸고 있었는데 그것이 가림막의 짙은 보라색과 참으로 좋은 대조를 이루었으며, 그 하얀 삼베는 그녀의 우아하고 아름다운 몸의 형태를 조금도 감추지 않고 그대로 보여주고 있는 아름다운 천이었습니다. 그 몸의 부드러운 선은 백조의 목과 같았는데, 제아무리 죽음이라 할지라도 그 아름다움을 앗아갈 수는 없었던 것입니다. 그녀가 누워 있는 모습은 솜씨 좋은 조각가가 여왕의 무덤 위에 놓기 위해서 조각한 하얀 석고상 같기도 했고, 또 조용히 내리는 눈에 온몸이 뒤덮인 채 잠들어 있는 소녀 같기도 했습니다.

저는 더 이상 기도를 바치기 위해 온 사람으로서의 엄숙한 태도를 지킬 수 없게 되어버렸습니다. 침대에 놓인 장미는 반쯤 시들어 있기는 했으나 그 강렬한 냄새가 제 머리로 스며들어 취한 듯한 기분이 되었기에 도저히 가만히 있을 수가 없어서 방 안을 이리저리 걸어 다니기 시작했습니다. 그렇게 서성이다 침대 앞에 멈춰 서서 그 수의를 통해 보이는 아름다운 고인에 대해서 생각하는 동안 정말 터무니없는 공상이 제 머릿속에 떠올랐습니다.

사실 클라리몽드는 죽은 것이 아닐지도 모른다, 어쩌면 나를 이 성 안으로 불러들여 사랑을 고백할 목적으로 일부러 죽은 척하는 걸지도 모른다고까지 생각했습니다. 또 어떤 때는 그 하얀 덮개 밑에서 그녀가 발을 움직여 물결치는 기다란 시트의 주름을 살짝 흩어놓은 것 같다는 생각조차 들기도 했습니다.

저는 제 자신에게 물어보았습니다.

"이 사람이 정말 클라리몽드일까? 이 사람이 클라리몽드 라는 증거가 어디에 있지? 그 검둥이 하인은 그때 다른 부인 의 심부름으로 길을 가던 것이었을지도 몰라. 사실 나는 혼자 만의 착각으로 이런 미치광이 같은 괴로움을 맛보고 있는 걸 지도 몰라."

그래도 제 가슴은 격렬한 두근거림으로 대답했습니다.

"아니, 이 사람은 틀림없이 클라리몽드야. 그녀가 틀림없 어."

저는 다시 침대가 있는 곳으로 다가가 의문의 시체를 조 심스럽게 바라보았습니다. 아아, 이렇게 된 이상 솔직하게 말 씀드릴 수밖에 없습니다. 그녀의 완벽하게 균형 잡힌 몸매, 그것은 죽음의 그림자에 의해 더욱 깨끗해지고 더욱 신성해 졌다고는 하나 세상에 있을 때보다 더욱 육감적으로 느껴져

누가 보더라도 그저 잠들어 있는 것처럼 보였을 겁니다. 저는 장례식을 위해서 여기에 온 것이라는 사실도 잊은 채, 마치 신랑이 신부의 방으로 들어왔을 때처럼 신부가 수줍음 때문에 얼굴을 가리고 또 자기 몸 전체를 가릴 베일을 찾고 있는 장면을 상상했습니다.

비탄에 잠겨 있었다고는 하나 다른 한편으로는 희망에 잠겨 슬픔과 기쁨으로 몸을 떨며 그녀 위로 몸을 숙여 덮개 끝자락을 가만히 잡고 그녀가 눈을 뜨지 않도록 숨을 죽인 채 그 덮개를 들췄습니다. 저는 가슴의 격렬한 두근거림과 피가 머리로 치솟는 것을 느꼈으며, 무거운 대리석을 들었을 때처럼 이마에 땀이 흐른다는 사실을 깨달았습니다.

거기에 누워 있는 것은 틀림없이 클라리몽드였습니다. 저의 성직 수여식 때 교회에서 본 모습과 조금도 달라진 것이 없는 사랑스러운 그녀였습니다. 죽음으로 인해 그녀는 더욱 아름다운 마지막 매력을 발산하고 있었습니다. 창백한 그녀의 뺨, 약간 빛이 바랜 살색 입술, 밑으로 처진 기다란 눈썹, 하얀 피부 때문에 더욱 눈에 띄는 풍성한 금색 머리, 그것은 고요한 순결과 정신의 고난을 드러내고 있었으며 말로 표현할 수 없는 고혹의 일면을 나타내고 있었습니다. 그녀는 길게 풀어헤친 머리에 조그맣고 창백한 꽃을 꽂아 그것을 빛나는 베개 대신으로 삼았으며, 풍성한 곱슬머리는 그대로 드러난 어깨를 감싸고 있었습니다. 그녀의 아름다운 두 손은 천사의 손보다도 더 맑았으며 경건한 휴식과 정숙한 기도의 자세를 나타내고 있었는데, 그 손에는 아직도 진주 팔찌가 그대로 남아 있어서 상아처럼 미끈한 피부와 그 동글동글 아름다운 모습이 죽은 뒤에도 여전히 요염함을 드러내고 있었습니다.

저는 그때부터 말로 표현하기 어려울 정도로 긴 사색에 잠겼는데 그녀의 모습을 바라보면 바라볼수록 그녀가 이 아름다운 몸을 영원히 버린 것 같지는 않다는 생각이 들었습니다. 한참 바라보고 있자니 그것은 제 마음 탓인지, 혹은 램프의 불빛 때문인지는 모르겠으나 핏기 없던 그녀의 얼굴에 피가 돌기 시작한 것처럼 느껴졌습니다. 그녀의 팔을 가볍게 살짝 만져보니 차갑다는 느낌이 들기는 했으나 언젠가 교회의 문가에서 제 손에 닿았을 때만큼 차갑지는 않다는 생각이 들었습니다. 저는 다시 원래의 위치로 돌아가 그녀 위로 몸을 수그렸는데 제 뜨거운 눈물이 그녀의 뺨을 적셨습니다.

아아, 이 무슨 절망과 무기력한 슬픔인지요. 도저히 말로 표현할 수 없는 고통을 느끼며 저는 언제까지고 그녀를 바라보고 있었습니다. 저는 내 모든 생애의 생명을 모아 그녀에게 주고 싶다, 내 온몸에서 타오르고 있는 불꽃을 그녀의 차가운 몸에 쏟아 붓고 싶다는 헛된 소망을 품어보기도 했습니다.

밤은 점점 깊어갔습니다. 마침내 그녀와의 영원한 이별

이 얼마 남지 않았음을 깨달은 순간, 저는 유일한 연인이었던 그녀에게 마지막 슬픈 마음을 담아 단 한 번의 입맞춤을 하지 않고는 견딜 수가 없었습니다.

오오, 기적입니다. 저의 숨결에 섞여 클라리몽드의 입술에서 새어나온 희미한 숨결을 뜨겁게 맞닿은 저의 입술로 느낄 수 있었습니다. 그녀가 눈을 뜨기 시작했습니다. 그것은 예전과 같은 빛을 머금고 있었습니다. 그리고 깊은 한숨을 내쉰 뒤 두 팔을 뻗어 말로 표현할 수 없는 기쁨의 빛을 얼굴에 띄운 채 제 목을 끌어안았습니다.

"아아, 당신은 르무알도……."

그녀는 하프의 소리가 사라져가는 듯한 부드러운 목소리로 천천히 속삭였습니다.

"어디 몸이라도 안 좋으셨나요? 저는 오랫동안 당신을 기다렸지만 당신이 오지 않으셔서 목숨을 잃었어요. 하지만 지금은 이미 결혼을 약속했어요. 저는 당신을 만날 수 있게 됐어요. 당신을 만나러 갈 수도 있게 됐어요. 안녕, 르무알도 님. 안녕. 저는 당신을 사랑해요. 제가 드리고 싶었던 말씀은 오직 이것뿐이었어요. 저는 당신이 지금 입맞춤해주신 몸을 다시 살려서 당신께로 돌아가겠어요. 저희는 머지않아 다시 만날 수 있을 거예요."

그녀의 머리는 뒤로 쓰러졌지만 그 팔은 저를 놓지 않으려는 듯 아직 목에 감겨 있었습니다. 갑자기 세찬 바람이 창문 부근에서 일더니 방 안으로 불어 들어왔습니다.

백장미에 남아 있던 잎 한 장이 가지 끝에서 나비처럼 잠깐 떨다가 곧 가지에서 떨어져 클라리몽드의 영을 태워 창밖으로 날아가 버리고 말았습니다. 램프의 불은 꺼졌습니다. 저는 자신도 모르게 시체의 가슴 위에 얼굴을 묻었습니다.

4

제가 정신을 차렸을 때, 저는 시체 ~~~~~ 가 아에 누워 있었습니다. 전임 사제 때부터 기르던 개가 이불 밖으로 늘어져 있는 제 손을 핥고 있었습니다. 나중에 안 사실인데, 저는 그대로 3일 동안이나 잠을 잤고 그 사이에 숨을 조금도 쉬지 않았으며 살아 있는 기색이 조금도 없었다고 합니다. 바바라 할멈의 말에 의하면 제가 사제관을 출발한 날 밤에 왔던 그 구릿빛 사내가 이튿날 아침에 아무런 말도 없이 저를 업고 왔다가 바로 돌아갔다고 합니다. 하지만 제가 클라리몽드를 다시 본 그 성에 대해서 아는 사람이 이 부근에는 아무도 없었습니다.

어느 날 아침 세라피온 신부님께서 제 방으로 찾아오셨습니다. 그는 제 건강에 대해 위선으로 가득 찬 부드러운 목소리로 물으며 끊임없이 사자처럼 크고 노란 눈으로 저울추 같이 제 마음속 깊은 곳까지 들어왔으나, 갑자기 맑고 또렷한 목소리로 이야기하기 시작했습니다. 그것이 제 귀에는 마치 최후의 심판 날의 나팔소리처럼 들렸습니다.

"그 유명한 창부인 클라리몽드가 이삼일 전에 8일 밤낮으로 주연을 펼치다 마침내 세상을 떠나고 말았다네. 그건 악마의 세계라고 할 만한 대향연으로, 벨사살이나 클레오파트라의 향연을 그대로 재연한 난행이 거기서 되풀이 되었다네. 아아, 우리는 왜 이런 시대에 태어난 건지. 무슨 말을 하는 건지도 모르겠는 검둥이 노예가 손님의 시중을 들었는데 아무리 봐도 내 눈에는 악마로밖에 보이지 않더군. 그중 어떤 사람들이 입고 있는 옷은 제왕의 파티복으로도 손색이 없을 정도로 훌륭한 것이었어. 그 클라리몽드에 대해서는 여러 가지 이상한 소문이 무성하지만, 그 애인은 모두 끔찍하고 비참한 최후를 맞은 것 같더구나. 세상에서는 그 여자를 구울(ghoul)이라 부르기도 하고 여자 흡혈귀라고 부르기도 하는 모양이다. 나는 역시 악마라 생각하고 있다."

세라피온 신부는 여기서 이야기를 멈추고 그 이야기가 제게 어떤 효과를 발휘했는지 이전보다 훨씬 더 주의해서 살피기 시작했습니다. 저는 클라리몽드의 이름을 듣고 놀라지 않을 수 없었습니다. 그녀가 죽었다는 소식보다, 그 사건이 그날 밤 제가 본 광경과 조금도 다르지 않은 우연의 암호와도 같다는 사실이 저를 더 괴롭혔기 때문이었습니다. 저는 그 번민과 공포를 숨기고 가능한 한 태연한 척하려 했으나 아무래도 그것을 얼굴에서 완전히 숨길 수는 없었습니다. 미덥지 못하다는 듯, 불안한 눈으로 저를 바라보던 세라피온 신부가 다시 이렇게 말했습니다.

"자네에게 경고하겠네만, 자네는 지금 나락의 가장자리에 발을 얹고 있는 걸세. 악마의 손톱은 길어. 그리고 그들의 ᄀᄀᄀᄀ 진짜 무덤이 아닌 경우도 있다네. 클라리몽드의 무덤의 덮개는 3중으로 해ᄂᄂᄂᄂᄂ ᄂ ᄂᄂᄂᄂ, ᄂᄂᄂ며 만약 세상에 떠도는 이야기가 사실이라면 그녀가 죽은 것은 이번이 처음이 아니니. 르무알도, 모쪼록 네게 신의 가호가 있기를 빌겠다."

이렇게 말하고 세라피온 신부는 조용히 문 쪽으로 갔습니다. 잠시 후 그는 S로 돌아갔습니다만, 저는 그를 배웅조차 하지 않았습니다.

그 후 저는 건강을 회복하여 전과 다름없이 직무를 시작했습니다. 클라리몽에 대한 기억과 세라피온 신부의 말씀이 늘 제 마음에 남아 있기는 했으나 세라피온 신부가 말한 불길한 예언이 현실로 나타날 것 같은 특별한 사건은 일어나지 않았습니다. 그랬기에 세라피온 신부와 저의 공포에는 역시 과

장된 부분이 있다고 생각하게 되었습니다. 그러던 어느 날 밤, 신기한 꿈을 꾸었습니다.

그날 밤 저는 아직 깊이 잠들기 전에 침실의 커튼이 열리는 소리를 들었습니다. 커튼 위쪽의 고리가 봉 위를 격렬하게 미끄러져 나갔다는 사실을 깨닫고 서둘러 팔꿈치로 침대를 짚고 일어나보니 제 앞에 한 여자가 똑바로 서 있었습니다.

그녀는 손에 무덤에서 흔히 볼 수 있는 조그만 램프를 들고 있었는데 그 손가락은 장밋빛으로 비치고 있었으며, 손가락 끝에서 팔로 갈수록 점점 어둡고 허옇게 보였습니다. 그녀의 몸에 걸치고 있는 것은 오직 하나, 죽음의 침상에 누워 있을 때 두르고 있던 하얀 삼베였습니다. 그녀는 그렇게 간단한 차림을 하고 있는 것이 부끄럽다는 듯 가슴 부근을 가리려 했으나 부드러운 손으로는 그것을 충분히 가릴 수가 없었습니다. 램프의 푸르스름한 불빛에 비쳐 그녀의 몸과 몸에 두르고 있는 것까지 전부 새하얗게 보였는데 한 가지 색에 둘러싸여 있는 만큼 그녀의 몸 전체의 윤곽이 더욱 잘 드러나 살아 있는 사람이라기보다는 목욕을 하고 있는 옛 미녀의 대리석 조각 같다는 느낌이 들었습니다.

생사와는 상관없이, 조각이든 살아 있는 여자든, 그녀의 아름다움에는 변함이 없었으나, 단 그 녹색 눈의 광채가 약간 흐려진 것과 예전에는 새빨간 색이었던 입술이 지금은 뺨의

색과 같이 옅은 장밋빛을 하고 있다는 점만이 전과 달랐습니다. 그녀는 머리에 파란 색깔의 조그만 꽃을 꽂고 있었는데 그 잎은 거의 떨어졌으며 꽃도 시들어 있었습니다. 하지만 그것은 그녀의 우아함을 조금도 해치지 않았으며, 이런 모험을 하면서까지, 이상한 차림새로 방에 들어왔지만 그것 역시 조금도 저를 두려움에 떨지 않게 할 정도로 아름다운 매력을 갖추고 있었습니다.

그녀는 램프를 책상 위에 놓고 제 침대 밑에 앉아 저를 향해 머리를 숙였습니다. 그리고는 다른 여자에게서는 아직 한 번도 들어본 적이 없는 사랑스럽고 부드러우면서도 때로는 은처럼 맑은 목소리로 말했습니다.

"르무알도 님. 저는 오래도록 당신을 기다렸어요. 당신은 제가 당신을 잊은 줄 아셨겠지요? 하지만 저는 멀리, 아주 멀어서 누구도 두 번 다시는 돌아올 수 없는 곳에서 돌아왔어요. 거기에는 태양도 없고 달도 없어요. 거기에는 오로지 공간과 그림자만 있을 뿐, 길도 없고 땅도 없고 날개로 날 수 있는 공기도 없어요. 그래도 저는 여기에 왔어요. 사랑은 죽음보다 강한 것으로, 결국에는 죽음까지도 정복해야 하니까요……. 아아, 여기에 오기까지 얼마나 많은 슬픈 얼굴과 무시무시한 것들을 만났는지 몰라요. 제 영혼이 오로지 의지의 힘만으로 이 지상에 돌아와 제 원래의 몸을 찾아내 그 안으로 들어가기까지 얼마나 많은 어려움이 있었는지 몰라요. 제 위를 덮고 있는 무거운 돌을 들어 올리기 위해서 이루 말할 수 없는 노력이 필요했어요. 제 손을 좀 보세요. 이렇게 상처투성이가 되어버렸어요. 이 위에 입맞춤을 해주세요. 이 상처가 낫도록……."

그녀는 차가운 손을 번갈아가며 제 입에 댔습니다. 저는 몇 번이고, 몇 번이고 입맞춤했습니다. 그동안 그녀는 말로 표현할 수 없는 애정을 담아 저를 바라보았습니다.

부끄러운 이야기입니다만, 저는 세라피온 신부의 충고도 또 제가 신성한 직무에 임하고 있다는 사실도 완전히 잊고 있었습니다. 저는 그녀의 첫 번째 습격에 아무런 거절도 하지 않고 복종했을 뿐만 아니라 그 유혹을 떨치기 위한 아무런 노력조차 하지 않았습니다. 클라리몽드의 살갗의 차가움이 제 몸으로 스며들어 제 전신은 오싹할 정도로 떨렸습니다. 한심하게 들릴지 모르겠으나 그 후로도 저는 여러 가지 일들을 겪었지만 아직까지도 그녀가 악마라고는 믿고 싶지 않습니다. 적어도 그녀는 악마다운 모습을 가지고 있지 않았을 뿐만 아니라 악마가 그렇게 교묘하게 자신의 손톱과 뿔을 감출 수 있으리라고는 여겨지지 않기 때문입니다.

그녀는 뒤로 물러나더니 매혹적인 모습으로 아주 피곤하다는 듯 기다란 의자 끝에 앉았습니다. 그런 다음 그녀는 제 머리카락 속으로 조그만 손을 넣어 이리저리 모양을 바꿔가며 새로운 머리 모양이 제 얼굴에 어울리는지 시험해보곤 했습니다.

저는 이 죄 깊은 환락에 취해 그녀가 하는 대로 내버려두었는데, 그러는 사이에도 그녀는 다정한 어린아이처럼 이런저런 이야기를 했습니다. 무엇보다 이상한 사실은 이처럼 평범하지 않은 일을 하면서도 제 자신이 조금도 놀라지 않았다는 점입니다. 그것은 마치 꿈을 꿀 때 아주 환상적인 일이 일어나도 그것이 당연한 일처럼 여겨져 특별히 이상하다고는 생각지 않는 것처럼 당시의 모든 일도 제게는 매우 자연스럽게 여겨졌습니다.

"르무알도 님. 저는 당신을 뵙기 전부터 당신을 사랑했어요. 그래서 당신을 찾고 있었어요. 당신은 제가 꿈에 그리던 분이에요. 그런데 교회 안에서, 그것도 운명의 갈림에 섰을 때 비로소 당신을 뵙게 된 거예요. 저는 그 순간 바로 '저분이다.' 라고 자신에게 말했어요. 저는 그때까지 가지고 있던 모든 사랑, 당신을 위해서 간직하고 있던 미래의 모든 사랑, 주교의 운명을 바꾸고 왕마저도 제 발밑에 무릎을 꿇게 만들 정도의 사랑을 담아서 당신을 바라봤어요. 그런데도 당신은 제게 오시지 않고 신을 선택하셨어요……. 아아, 저는 신께 질투를 느껴요. 당신은 저보다도 신을 사랑하고 계세요. 그 생각을 하면 답답해요. 저는 불행한 여자에요. 저는 당신의 마음을 저만의 것으로 만들 수가 없어요. 당신은 단 한 번의 입맞춤으로 저를 이 세상에 되살아나게 해주셨어요. 목숨을 잃었던 이 클라리몽드를……. 그 클라리몽드가 당신을 위해서 지금 무덤의 문을 열고 온 거예요. 당신에게 생의 기쁨을 바치고 싶다, 당신을 행복하게 해주고 싶다는 생각에서 온 거예요."

이런 열정적인 사랑의 말들이 제 감정과 이성을 현혹했습니다. 저는 그녀를 달래기 위해서 아무렇지도 않게, "신을 사랑하는 것만큼 사랑한다."는 등의 불경한 말을 참으로 아무렇지도 않게 했습니다.

그녀의 눈이 다시 불타오르기 시작하더니 녹색 구슬처럼 반짝였습니다.

"정말이세요? 신을 사랑하는 것만큼 저를 사랑하고 계신가요?"라고 그녀는 아름다운 손으로 저를 안으며 외쳤습니다. "그렇다면 저와 함께 가주시겠죠? 제가 가자는 곳으로 함께 가주시겠죠? 이제 꺼림칙하고 음울한 일은 그만두도록 하세요. 당신을 기사 중에서도 가장 훌륭하고 모두가 존경하는 사람으로 만들어드릴게요. 당신은 저의 연인이에요. 클라리몽드의 마음을 사로잡은 연인, 로마 교황마저 거부했을 정도의 이 클라리몽드의 연인. 그 정도면 남자의 자랑이 될 거예요. 아아, 나의 사람……. 저는 말로 표현할 수 없을 만큼 행복해요. 지금부터 황금처럼 아름다운 생활을 함께 하기로 해요. 저희 언제 출발할까요?'

"내일, 내일……." 하고 저는 앞뒤 가리지 않고 외쳤습니다.

"내일……. 그럼 그렇게 해요. 그 사이에 저는 화장을 할 수 있을 거예요. 이대로는 너무 초라해서 여행을 할 수가 없어요. 저는 지금부터 바로 나가서 제가 죽었다고 생각하며 아주 슬퍼하고 있는 친구들에게 소식을 전할게요. 돈도, 옷도, 여자는 모두 그대로 제게 있으니까 같은 시간에 다시 올게요. 안녕히 계세요."

그녀는 제 이마에 가볍게 입맞춤을 했습니다. 그런 다음 그녀가 들고 있는 램프가 멀어지는가 싶더니 커튼이 원래대로 닫히고 주위는 새카만 어둠에 잠겼습니다. 저는 깊은 잠에 빠져 이튿날 아침까지 아무것도 기억하지 못했습니다.

5

저는 평소보다 늦게 일어났으나 이 신기한 일이 자꾸만 떠올라 하루 종일 괴로웠습니다. 결국 어젯밤의 일은 제 상상력이 빚어낸 공상에 지나지 않는다고 생각하기로 했습니다.

그럼에도 불구하고 그때의 감격이 너무나도 생생했기에 전날 밤의 일이 허상이 아닌 것 같다는 생각이 들기도 했고, 다음에 다시 그런 일이 일어날 것 같다는 예감을 지울 수 없었기에 저는 악마적 생각을 전부 내몰아 달라고 신께 기도하고 잠자리에 누웠습니다.

저는 곧 깊은 잠에 빠져들었습니다. 그러자 그 꿈이 다시 계속되었습니다. 커튼이 열리자 클라리몽드가 전과는 달리, 수의에 둘러싸여 푸르스름한 색을 띠거나 뺨에 죽음의 보랏빛을 띠거나 하지 않고, 화사하고 밝고 쾌활한 얼굴빛으로 들어왔습니다. 그녀는 옷깃에 금색 테를 두르고 비단 속치마가 보일 정도로 묶어 올린, 녹색 벨벳으로 만들어진 여행복을 입고 있었습니다. 금발은 검은색 펠트로 만든 커다란 모자 안에 풍성하게 묶여 있었고, 그 모자 위에는 하얀 깃털이 여러 가지 형태로 붙어 있었습니다. 그녀는 한쪽 손에 금으로 만든 호루라기가 달린 조그만 채찍을 들고 있었는데 그 호루라기로 가볍게 나를 두드리며 말했습니다.

"어머, 잠꾸러기시네요. 당신은 이렇게 준비를 하고 계셨군요. 벌써 일어나 옷을 입고 계실 줄 알았는데……. 얼른 일어나세요. 이제 시간이 없어요."

저는 침대에서 벌떡 일어났습니다.

"자, 당신이 직접 옷을 갈아입으세요. 어서 가요."라고 그녀는 자신이 가져온 조그만 짐을 보이며 말했습니다. "우물 쭈물하시니까 말이 답답해서 문을 바삭바삭 씹기 시작했어요. 지금이면 벌써 50㎞는 달려갔을 텐데……."

서둘러 옷을 입기 시작하자 그녀는 옷을 하나하나 건네주며 저의 허둥지둥하는 손놀림을 보고 웃기도 하고, 제가 잘못 입으면 그것을 가르쳐주기도 했습니다. 또 그녀는 제 머리를 서둘러 빗기고 품속에서 가장자리를 금은의 선으로 장식을 한 베니스풍의 조그만 수정 거울을 꺼내 장난기 가득한 표정으로, "마음에 드세요? 당신의 시녀로 삼아주세요."라고 말했어요."

저는 이미 예전과 같은 사람이 아니라 스스로도 알아볼 수 없을 정도로 변해 있었습니다. 훌륭하게 만들어진 석상과 돌멩이만큼의 차이가 느껴질 정도로 변해 있었습니다. 완벽한 미남으로 변해 있었기에 왠지 겸연쩍다는 생각까지 들었습니다. 고급스러운 옷, 화려하게 꾸민 조끼가 저를 완전히 다른 사람을 바꾸어놓았기에, 줄무늬가 들어간 2, 3m의 천으로 치장한 것만으로도 사람이 모습이 이렇게 바뀐다는 데 놀라지 않을 수 없었습니다. 옷이 바뀌자 제 피부의 빛깔까지 바뀌어 겨우 10분 만에 상당한 멋쟁이가 되었습니다.

저는 그 새 옷에 익숙해지기 위해 방 안을 돌아다녔습니다. 클라리몽드는 어머니와도 같은 기쁨으로 저를 바라보았는데 자신이 한 일에 만족하는 것처럼 보였습니다.

"그럼 이만 나가도록 해요. 멀리까지 가야 하니……. 아니면 시간에 맞춰서 가지 못할 거예요."

그녀는 제 손을 잡고 나갔습니다. 그녀가 손을 대면 모든 문이 열렸습니다. 저희는 개의 잠을 깨우지 않고 그 옆을 지나쳤습니다. 전에 저를 데리러 왔던 구릿빛 피부의 남자인 마르게리타가 문에서 기다리고 있었습니다. 그는 세 마리 말의 고삐를 쥐고 있었는데 말은 전부 전에 성으로 갈 때처럼 흑마로 한 마리는 저, 한 마리는 그, 나머지 한 마리는 클라리몽드가 타기 위한 것이었습니다. 그 말들은 서풍에 의해 암말에게서 태어난 스페인의 사향고양이가 아닐까 여겨질 만큼 바람처럼 빠르게 질주했습니다. 마침 출발할 때 떠오른 달이 저희가 가는 길을 비추며 전차의 한쪽 바퀴가 마차에서 떨어져 나갔을 때처럼 하늘 위를 굴러갔습니다. 저희 오른쪽으로는 클라리몽드가 나는 듯이 말을 달리며 저희에게서 뒤떨어지지 않기 위해 숨을 헐떡일 정도로 노력하고 있는 모습이 보였습니다. 잠시 후, 저희는 평평한 들판으로 접어들었는데 그곳의 숲 깊은 곳에서 커다란 네 마리 말을 매단 마차 한 대가 저희를 기다리고 있었습니다.

저희가 그 마차에 오르자 마부가 말을 재촉하여 미친 듯이 달려나가게 했습니다. 저는 한쪽 팔로 클라리몽드의 가슴을 감쌌으며, 그녀도 역시 한쪽 팔로 저를 안고 머리를 제 어깨에 기댔습니다. 저는 그녀의 반쯤 드러난 가슴이 가볍게 제 팔을 누르고 있다는 사실을 깨달았습니다. 저는 이처럼 뜨거운 행복을 맛본 적이 없었습니다. 저는 모든 일을 잊고 말았습니다. 어머니의 뱃속에 있었을 때의 일을 잊은 것처럼 제가 성직자라는 사실을 잊고 악마에게 홀릴 정도로 황홀한 기분이 들었습니다.

그날 밤 이후부터 저의 성격은 반씩 두 개로 갈라진 듯, 제 안에 낯선 이야기이 존재하는 것 같다는 느낌이 들었습니다. 어떤 때는 성직자에서 신사가 된 꿈을 꾸는 것 같다는 생각이 들었으며, 또 어떤 때는 산사에서 승려가 된 것 같다는 생각이 들기도 했습니다. 저는 이제 현실과 꿈의 경계를 구분할 수 없게 되어 어디부터가 사실이고 어디서 꿈이 끝난 건지조차 알 수 없게 되었으며 고귀하고 젊은 귀족과 방탕한 자는 성직자를 욕했고 성직자는 젊은 귀족의 불경한 생활을 혐오하고 싫어했습니다.

이처럼 저는 이 두 가지 서로 다른 생활을 인식하며 참으로 강렬하게 그것을 지속하고 있었습니다. 단, 제가 이해할 수 없었던 불합리한 점은 같은 한 인간의 의식이 서로 성격이 다른 2개의 인간 속에 존재한다는 사실이었습니다. 저는 조그만 O마을의 사제인지, 혹은 클라리몽드의 애인 신분인 르무알도인지 그 두 가지 사이의 변화를 아무래도 이해할 수가 없었습니다.

그야 어찌 됐든 저는 베니스에서 생활하고 있었습니다. 적어도 저는 그렇게 믿고 있었습니다. 저의 이 환상적인 여행은 어디까지가 현실의 세계고 어디까지가 환영인지 분명히 알 수는 없었지만, 저희 두 사람은 카나레이오 강변의 커다란 저택에서 살았습니다. 저택 안에는 벽화와 조각상이 가득했는데 클라리몽드의 방에는 대가인 티치아노(15~16세기에 걸쳐서 활동한 베니스의 화가)의 명작 2점이 걸려 있었습니다. 그곳은 왕궁과 조금도 다를 바 없는 곳이었습니다. 두 사람 모두 곤돌라를 가지고 있었으며 우리 집 고유의 제복을 입은 선장이 딸려 있었고, 또 음악실도 있었으며 따로 보살펴주는 시인도 있었습니다.

클라리몽드는 언제나 호화로운 생활을 했기에 자연스럽게 클레오파트라와도 같은 느낌을 주었으며, 저 역시 공작의 아들을 심부름하는 아이로 삼아 마치 12사도 중 한 사람의 일족이나 혹은 이 조용한 공화국(베니스)의 네 포교사의 가족이라도 되는 양 존경을 받아 베니스의 총독조차 길을 비켜줄 정도였습니다. 악마가 이 세상에 내려온 이후, 저만큼 방약무인했던 동물도 없었을 겁니다. 게다가 저는 리도로 가서 도박을 해보았는데, 그곳은 그야말로 아수라의 거리라고 해도 좋을 정도였습니다. 저는 온갖 계급 즉, 몰락한 옛 명문가의 자제, 극장의 여자, 교활한 악한, 광대, 난폭하게 굴며 자신의 힘을 자랑하는 자 등을 불러 놓았습니다.

이처럼 방탕한 생활을 하면서도 저는 클라리몽드에게 충실했으며 또 그녀를 열렬히 사랑했습니다. 클라리몽드도 매우 만족하여 사랑이 변하는 일은 없었습니다. 클라리몽드를 가지고 있다는 것은 20명의 여자, 아니 모든 여자를 가지고 있는 것과 다를 바 없는 일이었습니다. 그녀는 참으로 예민한 감수성과 여러 가지 독특한 풍모, 싱싱하고 새로운 매력을 한 몸에 신부 기지고 씨씨기 마다 끼께게요 까드 같은 여자였습니다. 만약 어떤 사람이 다른 여자의 아름다움에 취해서 음탕한 마음을 품었다면, 그녀는 곧 그 미녀의 성격과 매력과 용모를 완전히 몸에 갖추어 그 사람에게 같은 음탕한 생각을 품게 만드는 여자였습니다.

그녀는 저의 사랑을 백배로 해서 돌려주었습니다. 이 세상의 젊은 귀공자나 법관으로부터도 화려하게 청혼을 받았으나 그것은 전부 실패로 끝나고 말았습니다. 포스카리(베니스 총독의 일가) 사람으로부터도 청혼을 받았으나 그녀는 그것도 거절했습니다. 돈은 얼마든지 가지고 있었기에 그녀는 사랑 외에는 아무것도 바라지 않았습니다. 단지 사랑, 청춘의 사랑, 순진한 사랑, 자신의 마음속에서 불타오르는 사랑, 그것이 처음이자 마지막인 열정 외에는 아무것도 바라지 않았습니다. 저는 더할 나위 없이 행복했습니다. 하지만 유일한 괴로움은 매일 밤 저주스러운 악몽에 시달려, 가난한 마을의 사제로서 하루 종일 자신의 난잡한 행동을 참회하고 또 죗값을 치르기 위한 고행을 하는 꿈을 꾼다는 것이었습니다.

언제나 그녀와 함께 있었기에 저는 클라리몽드의 이상한 모습에 대해서 깊이 생각하지도 않고 안심을 했으나, 세라피온 신부가 그녀에 대해서 하신 말씀이 종종 떠올라 불안한 마음을 완전히 떨칠 수는 없었습니다.

때로는 그녀의 건강이 예전처럼 썩 좋지 않아지는 경우도 있었습니다. 그녀의 피부는 나날이 창백해져 갔으며, 불려온 의사들도 그 병명을 알 수 없어 도저히 치료할 방법을 찾지 못하는 경우도 있었습니다. 의사들은 하나같이 뭔지 모를 약을 건네주었는데 그 어느 것도 그녀에게는 효과가 없었기에 다시 불려 온 사람은 아무도 없었습니다. 그녀는 눈에 보일 정도로 창백해져 갔으며 몸이 점점 차가워져서, 예전에 그 낯선 성 안에 있었을 때처럼 하얗게 죽어가고 있었습니다. 저는 그렇게 시들어 죽어가는 모습을 보고 말로 표현할 수 없는 괴로움을 느꼈습니다. 그녀는 저의 괴로움에 감동하여 죽음을 앞둔 인간이 느끼는 운명적 미소를 아름답고 슬프게 지어 보였습니다.

어느 날 아침의 일이었습니다. 저는 그녀의 침대 옆에 놓인 조그만 식탁에서 아침을 먹은 뒤, 한시도 떨어져 있기 싫었기에 그녀 옆에 앉아 있었습니다. 그때 과일을 깎고 있었는데 잘못해서 제 손을 깊이 베고 말았습니다. 자줏빛 조그만 피가 바로 뿜어져 나와 일부가 클라리몽드에게도 튀었는데 그 얼굴빛이 갑자기 바뀌어 이전까지는 그녀에게서 볼 수 없었을 정도로 야만스럽고 잔인한 기쁨의 표정을 띠기 시작했습니다. 그녀는 동물과도 같이 가벼운 몸놀림으로, 마치 원숭이나 고양이처럼 가볍게 뛰어내려 제 상처로 달려들더니 아 ▪▪▪▪▪▪▪▪▪ 기 피를 빨기 시작했습니다

그녀는 조그만 입 가득, 마치 술주정뱅이가 셰리주나 시러큐스를 맛보는 것처럼 천천히, 음미하며 제 피를 빨았습니다. 그 눈은 점점 반쯤 감기고 녹색 눈의 동그란 동공이 타원형으로 바뀌기 시작했습니다. 그녀는 때때로 제 손에 입맞춤하기 위해 피 빨기를 그만두었는데, 빨간 피가 더욱 배어 나오기를 기다렸다가 다시 상처로 입술을 가져갔습니다. 피가 더 이상 나오지 않는다는 사실을 깨달은 순간, 그녀의 눈은 아름답게 반짝였으며 5월의 새벽보다 더 붉은빛으로 자리에서 일어났습니다. 얼굴빛도 생기가 넘쳤고 손에서도 온기가 느껴졌으며, 예전보다 훨씬 더 아름답고 건강한 몸이 된 것처럼 보였습니다.

"저는 죽지 않아요. 죽지 않을 거예요."라고 그녀가 반미치광이처럼 제 목에 매달리며 외쳤습니다. "저는 아직 오래도록 당신을 사랑할 수 있어요. 제 목숨은 당신 것이에요. 제 몸은 전부 당신에게서 받은 거예요. 당신의 존귀하고 값비싼, 이 세상의 그 어떤 영약보다도 뛰어나고 값비싼 피 몇 방울이 제 목숨을 원래대로 되돌려주었어요."

이 광경은 오래도록 저를 두렵게 했으며 클라리몽드에 대해 이상한 의심을 품게 했습니다. 그날 밤, 제가 침대에 눕자 잠이 저를 예전의 사제관으로 데려갔습니다. 저는 세라피온 신부가 평소보다 훨씬 더 엄숙하고 불안한 표정을 짓고 있는 것을 보았습니다. 그가 저를 가만히 바라보다 마침내 슬프다는 듯 외쳤습니다.

"너는 혼을 잃었을 뿐만 아니라 이제는 그 몸마저 잃으려 하고 있다. 타락한 젊은이는 실로 끔찍한 일을 겪게 되는 법이다."

그 말이 저를 강하게 움직였습니다. 하지만 그때의 인상이 그토록 생생했음에도 불구하고 그것도 곧 제게서 사라져 갔으며 다른 여러 가지 생각들도 전부 제 마음에서 떠나버리고 말았습니다.

6

그러던 어느 날 밤의 일이었습니다. 제가 거울을 보고 있자니, 그 거울에 자신의 모습이 비친다는 사실도 모른 채, 클라리몽드는 두 사람이 식사 후면 늘 마시기로 되어 있는, 가미를 한 포도주를 따른 잔 안에 무엇인가 가루를 넣고 있었습니다. 그 모습이 거울에 비쳤기에 저는 잔을 들어 입으로 가져가는 시늉을 하다 옆에 있는 찬장 위에 올려놓았습니다. 그 사이 미르몽드의 때 되는 그 잔 안에 있던 내용물을 테이블 밑으로 살짝 쏟아버린 다음 제 방으로 돌아가 침대에 누웠지만, 오늘 밤에는 무슨 일이 있어도 잠을 자지 않겠다, 이 모든 이상한 일에 대해서 무엇인가를 발견하고 말겠다고 결심했습니다.

잠시 후 클라리몽드가 나이트가운을 입고 들어왔는데 옷을 벗더니 제 침대로 올라와 제 옆에 누웠습니다. 그녀는 제가 잠들었는지 확인한 뒤, 제 소매를 걷어 올렸습니다. 그리고 머리에서 황금 핀을 뽑아 낮은 목소리로 말했습니다.

"한 방울……, 그저 한 방울이면 돼요. 이 바늘 끝에 루비만큼……. 당신이 아직 사랑해주신다면 저는 죽어서는 안 돼요. ……아아, 슬픈 사랑……. 저는 당신의 자줏빛으로 빛나는 아름다운 피를 먹어야만 해요. 편안히 잠을 자세요, 나의 소중한 보물……. 편안히 주무세요, 나만의 신, 나만의 사람……. 저는 당신께 나쁜 짓을 하는 게 아니에요. 제가 영원히 살기 위해서는 당신의 생명을 마셔야만 해요. 저는 당신을 한없이 사랑했기에 다른 연인의 피를 빨기로 했었어요. 하지만 당신을 알고 난 뒤부터 다른 사람들은 싫어졌어요……. 아아, 아름다운 팔……. 이 얼마나 둥글고, 이 얼마나 새하얀 팔이란 말인가. 이렇게 아름답고 파란 혈관을 어떻게 찌르라는 건지."

그녀는 혼잣말처럼 중얼거리며 흑흑 흐느껴 울었습니다. 저는 그 눈물이 제 팔을 적시는 것을 느꼈으며, 그녀가 그 손으로 힘껏 쥐는 것을 느꼈습니다. 그러다 그녀는 마침내 결심한 듯 핀으로 제 팔을 가볍게 찌르더니 배어 나오는 피를 빨기 시작했습니다. 두어 방울밖에 빨지 않았으나 제가 잠에서 깨어날 것을 두려워하여 상처를 문지른 뒤 연고를 바르고 제 팔에 조그만 붕대를 조심스럽게 감아주었기에 그 통증은 곧 사라져버리고 말았습니다.

더 이상 의심의 여지가 없었습니다. 세라피온 신부의 말씀은 틀리지 않았습니다. 그 사실을 분명히 알았음에도 불구하고 저는 여전히 클라리몽드를 사랑하지 않을 수 없었습니다. 저는 그녀의 부자연스러운 건강을 지키게 하기 위해 원하는 만큼 피를 마시게 해주었습니다. 그리고 그녀를 두려워하지도 않았습니다. 그녀도 자신을 흡혈귀라고 생각하지 말아 달라고 애원하는 듯했습니다. 저도 지금까지 보고 들은 바에 의해서 그녀를 의심하지 않게 되었기에 한 방울씩의 피를 그렇게 아깝다고는 생각지 않았습니다. 오히려 저는 제 팔의 혈관을 열어, "자, 마시도록 해. 나의 사랑이 내 피와 함께 당신의 피 속으로 스며들어 간다면, 그건 내가 바라던 일이야."라고 말했습니다. 그래도 저는 그녀에게 늘 주의를 주어 마취가 될 정도로 술을 마시게 하거나 핀으로 찌르는 것만은 하지 못하게 했기에 ~~저는 더 이상 나쁘게 구하게 그런~~ 생활을 유지할 수 있었습니다.

하지만 성직자로서의 양심의 가책이 이전보다 훨씬 더 저를 괴롭히기 시작했습니다. 저는 어떤 방법으로 제 육체를 억제하고 정화시킬 수 있는지, 그 방법을 전혀 알지 못했습니다. 그처럼 많은 환각이 무의식중에 생긴 것이라 할지라도, 내가 그것을 직접 행한 것은 아니라 할지라도, 또 그것이 꿈이든, 사실이든, 그처럼 음탕하고 더러운 마음과 더러운 손으로 그리스도의 몸을 만질 수는 없었습니다.

저는 그 불쾌한 환각에 빠지지 않기 위해 잠을 자지 않으려 노력했습니다. 저는 손가락으로 제 눈꺼풀을 누르고 벽에 똑바로 기댄 채 몇 시간이고 서 있기도 하는 등 있는 힘껏 잠과 싸웠습니다. 하지만 졸음이 쉬지 않고 제 눈을 공격해 왔기에 참을 수 없었으며, 절망적인 불쾌감 속에서 두 팔은 저절로 늘어졌고 졸음의 물결이 저를 다시 불성실의 해안으로 데려갔습니다.

세라피온 신부는 가장 세차게 훈계를 해서 저의 나약함과 열의 부족을 엄하게 꾸짖었습니다. 그러던 어느 날, 제가 평소보다 더 괴로워하고 있을 때 그가 말했습니다.

"네가 이 그칠 줄 모르는 고뇌에서 벗어날 수 있는 방법은 오직 하나, 비상수단을 쓰는 수밖에 없겠구나. 커다란 병은 대대적인 치료를 필요로 하는 법이다. 나는 클라리몽드가 묻힌 곳을 알고 있어. 우리는 그녀의 시체를 꺼내볼 필요가 있을 것 같다. 그러니 너의 애인이 얼마나 가엾은 모습을 하고 있는지를 잘 보기 바란다. 그렇게 하면 그 벌레 먹은 부정한 시체, 완전히 흙이 되어버린 시체 때문에 네 혼을 잃는 일은 없을 게다. 틀림없이 너를 원래대로 되돌려놓을 수 있을 거야."

저도 비록 한때는 만족을 얻었으나 이중생활에 지쳐 있던 차였습니다. 저는 제가 과연 공상의 희생물이 되어버린 신사인지, 혹은 성직자인지 분명히 확인하고 싶었습니다. 저는 제 안에 있는 두 사람에 대해서 어느 한쪽을 죽이고 다른 한쪽을 살리거나 혹은 둘 모두를 죽여야지, 그렇게 하지 않고 지금처럼 끔찍한 상태로는 그리 오래 견딜 수 있을 것 같지 않다고 생각했습니다.

세라피온 신부가 곡괭이와 지렛대와 등을 준비해 왔습니다. 그리고 저희는 한밤중에 묘지의 길을 걸어갔습니다. 신부는 그 부근과 묘지의 상태를 잘 알고 있었습니다. 곳곳의 묘비를 희미한 등으로 비춰본 끝에 두 사람은 기다란 잡초에 숨겨져 있고 이끼로 덮여 있으며, 기생식물이 자란 돌 판이 있는 곳에 이르렀습니다. 그곳의 묘비에는 이런 글이 새겨져 있었습니다.

「클라리몽드 여기에 묻히다.
생전에
가장 아름다운 여자로 알려짐.」

"여기가 틀림없다."라고 세라피온 신부가 중얼거리며 등을 땅바닥에 내려놨습니다.

그는 지렛대를 돌 판 끝의 아래쪽에 넣고 그것을 들어 올리기 시작했습니다. 돌이 들어 올려지자 이번에는 곡괭이로 파기 시작했습니다. 밤보다 더 어두운 침묵 속에서 저는 그가 하는 행동을 가만히 지켜보고만 있었는데, 그는 어두운 무덤 위로 몸을 구부려 땀을 흘리며 무덤을 파고 있었습니다. 그는 죽음에 직면한 사람처럼 끊어질 듯 숨을 헐떡이고 있었습니다. 참으로 기이하고 무시무시한 광경으로, 만약 사람들에게 이 모습을 보여줬다면 틀림없이 신에게 봉사하는 성직자가 아니라 부정한 악한이나 도굴꾼이라고 생각했을 겁니다.

열심히 작업하는 세라피온 신부의 엄숙하고 난폭한 모습은, 사도나 천사라기보다는 오히려 일종의 악마처럼 여겨졌습니다. 그 놀란 듯한 얼굴을 비롯하여 모든 가혹한 모습이 등불에 의해 더욱 강조되어, 그러한 경우의 불쾌한 상상력을 한층 더 강하게 해주었습니다. 제 얼굴에서는 얼음 같은 땀이 커다란 방울이 되어 흘러내렸고, 머리카락은 섬뜩함에 곤두서 있었습니다. 가혹한 세라피온 신부는 실제로 증오해야 할 신성모독 행위를 저지르고 있는 것이라 여겨졌기에, 우리 위에서 무겁게 소용돌이치고 있는 검은 구름 속에서 번뜩이는 번개를 내려 그를 재로 만들어달라고 저는 마음속으로 기도했습니다.

근처 측백나무 가지 끝에 둥지를 틀고 있던 올빼미가 불빛에 놀라 날아올라서는 잿빛 날개를 등불의 유리에 부딪치며 구슬프게 울었습니다. 여우도 멀리 어둠 속에서 울부짖고 있었습니다. 그 외에도 여러 섬뜩한 소리들이 고요함 속으로 울려 퍼졌습니다. 마지막으로 세라피온 신부의 곡괭이가 관을 때리자 관에서 요란한 소리가 났습니다. 그는 그것을 비틀어 뚜껑을 열었습니다. 그 안의 클라리몽드는 대리석상처럼 푸르스름한 모습으로 두 손을 모은 채 머리부터 발끝까지 하얀 수의 하나만 입고 있을 뿐이었습니다. 그녀의 빛을 잃은 입술의 한쪽 끝에서 조그맣고 새빨간 것이 한 방울 이슬처럼 반짝이고 있었습니다. 그것을 본 세라피온 신부는 크게 화를 냈습니다.

"오오, 악마가 여기에 있구나. 더러운 창부! 피와 황금을 빠는 놈!'

그런 다음 그는 시체와 관 위에 성수를 뿌리고, 다시 성수에 적신 솔로 뿌리며 □ □□□□□□ 그렸습니다. 클라리몽드, 그녀의 아름다운 오체는 성수 방울이 뿌려지자마자 흙이 되었으며 재와 거의 석회가 되어버린 뼈와 거의 형체도 없는 덩어리로 변해버리고 말았습니다.

냉정한 세라피온 신부가 가엾은 시체를 가리키며 외쳤습니다.

"르무알도, 너의 애인을 보기 바란다. 이렇게 됐는데도 너는 아직 이 미인과 함께 리도 강변이나 푸시나 강변을 산책하고 싶은 게냐?'

저는 두 손으로 얼굴을 가린 채 커다란 파멸감을 맛보았습니다. 저는 사제관으로 돌아갔습니다.

그날 이후, 클라리몽드의 애인으로 신분이 높았던 르무

알도 경은, 오랫동안 신기한 길동무였던 성직자의 몸에서 떠나가 버리고 말았습니다. 하지만 딱 한 번, 그것은 무덤을 파헤친 다음 날 밤이었는데 저는 클라리몽드의 모습을 보았습니다. 그녀는 처음 교회의 문가에서 제게 했던 것과 같은 말을 했습니다.

"불행한 분, 참으로 불행한 분······. 당신은 어째서 그렇게 어리석은 신부의 말씀을 들으신 거죠? 당신은 불행하지 않으신가요? 제가 당신께 저의 참혹한 무덤을 모욕하고 공허한 것을 끄집어내게 할 만한 짓을 한 적이 있었나요? 당신과 저 사이의 영적, 육체적 교통은 이제 영원히 끊어져 버리고 말았어요. 안녕히 계세요. 당신은 틀림없이 제게 한 일을 후회하게 될 거예요."

연기처럼 사라져버린 그녀는 두 번 다시 모습을 드러내지 않았습니다.

아아, 그녀의 말은 사실이 되어 나타났습니다. 저는 그녀에게 한 일을 얼마나 한탄했는지 모릅니다. 아직도 그녀에게 한 일을 후회하고 있습니다. 그 후 저의 마음은 안정을 되찾았으나 신의 사랑도 그녀의 사랑을 대신할 만큼 크지는 않았습니다.

여러분, 이것이 제 젊은 시절의 이야기입니다. 결코 그녀를 봐서는 안 됩니다. 거리를 걸을 때는 언제나 땅바닥에 시선을 굳게 고정시킨 채 걸어야만 합니다. 제아무리 깨끗한 마음으로 주의 깊게 자신을 지키려 해도 일순간의 실수로 영원히 되돌릴 수 없는 일을 겪게 되는 법입니다.

신호수

찰스 디킨스(Charles John Huffam Dickens, 1812~1870)

영국 빅토리아 왕조 시대를 대표하는 소설가. 주로 하층계급을 주

인공으로 약자의 시점에서 사회를 풍자한 작품을 발표했다. 대표작

으로는 『올리버 트위스트』, 『크리스마스 캐럴』, 『위대한 유산』 등이

있다.

1

"이봐요, 밑에 있는 양반!"

이렇게 부른 내 소리를 들은 순간, 신호수는 짧은 막대기에 감은 깃발을 들고 마침 조그만 신호소 건물 앞에 서 있었다. 이 부근의 지형을 ▨▨ ▨▨▨▨이며 이 목소리가 어느 쪽에서 들려온 것인지 틀릴 리 없을 텐데도 그는 자기 머리 바로 위의 험준한 절벽 위에 서 있는 나를 올려다보지 않고 주위를 둘러보다 다시 선로 위를 내려다보았다.

어떤 이유에서인지는 모르겠으나 그 돌아보는 모습이 조금은 이상하게 여겨졌다. 사실을 말하자면 나는 높은 곳에서 강렬한 저녁 햇살 쪽을 향한 채 손으로 빛을 가리며 그를 보고 있었기 때문에, 깊은 골짜기에 그림자를 드리우고 있는 신호수의 모습은 잘 보이지 않았으나 어쨌든 그의 돌아보는 모습은 틀림없이 이상하다는 느낌을 주었다.

"이봐요, 밑에 있는 양반!"

그는 선로 쪽에서 고개를 돌려 다시 주위를 둘러보다가

비로소 머리 위의 높은 곳에 있는 나의 모습을 보았다.

"어디 내려갈 만한 길 없나요? 당신에게로 가서 이야기를 하고 싶은데……."

그는 대답도 하지 않고 그저 올려다보기만 했다. 나도 거듭 묻는 집요함은 보이지 않고 그저 아래만 내려다보고 있었는데, 바로 그때였다. 처음에는 희미하게 느껴지는 대지와 공기의 동요에 지나지 않던 것이 마침내 격렬한 진동으로 바뀌기 시작했다. 나는 앞으로 넘어질 것 같았기에 당황해서 서둘러 뒷걸음질을 쳤는데 열차가 빠른 속도로 달려와 내 높이에서 증기를 내뿜더니 멀리 풍경 속으로 사라져갔다.

다시 내려다보니 열차가 통과하는 동안 치켜들고 있던 신호기를 다시 말고 있는 신호수의 모습이 보였다. 내가 다시 묻자 그는 나를 멀거니 바라보다 잠시 후, 말아 쥐고 있던 기를 들어 내가 서 있는 높은 곳에서 이삼백 미터쯤 떨어진 곳을 가리켰다.

"고맙습니다."

이렇게 말하고 그가 가리킨 쪽을 둘러보니 거기에 기복이 심한 오솔길이 있었기에 우선은 그 길을 따라 내려갔다. 절벽이 꽤나 높았기에 자칫 잘못했다가는 아래로 떨어질 것만 같았다. 게다가 축축한 바위들뿐이어서 밟을 때마다 물이 배어 나와 미끄러질 것만 같았다. 그랬기에 나는 그가 가르쳐준 길을 내려가기가 끔찍이도 싫었다.

　내가 그 험한 길을 내려가 낮은 곳에 접어들었을 때 신호수는 조금 전에 열차가 지나간 레일 사이에 서서 내가 오기를 기다리고 있는 듯했다.

　신호수는 왼쪽 손으로 턱을 받치고 마치 팔짱을 낀 듯한 자세로 그 팔꿈치를 오른쪽 손 위에 올려놓았는데 그 태도가 무엇인가 기대를 하고 있는 것처럼, 그리고 매우 주의를 하고 있는 것처럼 보였기에 나도 이상하다는 생각이 들어 잠시 멈춰 섰다.

　나는 다시 길을 내려가 마침내 선로와 닿는 지점에 이르러서야 비로소 그에게 다가갈 수 있었다. 그는 거뭇한 수염을 길렀으며 눈썹이 길고 창백한 얼굴에서 음울함이 느껴지는 사내였다. 게다가 그곳은 내가 앞서 본 것보다 더 황량하고 음침하다고 할 수 있을 만한 곳으로 거칠고 눅눅한 암석들이 우뚝 솟아 주변의 경치를 가리고 있었기에 하늘만을 간신히 올려다볼 수 있을 뿐이었다. 한쪽으로는 커다란 교도소라고밖에 여겨지지 않는 구불구불한 돌길이 길게 이어져 있을 뿐이었으며, 다른 한쪽으로는 어둡고 빨간 등불이 밝혀져 있었는데 거기에는 칠흑같이 어두운 터널보다 한층 더 어두운 터널의 입구가 있었다. 거기에 깔린 둔중한 돌은 어딘가 거칠면서도 사람을 압도하는 듯한 답답한 느낌을 주었으며, 햇빛이 거의 들어오지 않았기에 흙냄새가 섞인 독한 냄새가 그곳에 감돌았고, 어디선가 불어오는 차가운 바람이 몸에 스몄다. 나는 이 세상에 있는 것 같지 않다는 느낌이 들었다.

그가 몸을 움직이기 전까지 나는 그의 몸을 만질 수 있을 만큼 가까이 다가갔는데 그래도 그는 내게서 시선을 떼지 않았으며 한발 살짝 뒤로 물러나며 손을 들어 인사를 했을 뿐이었다. 앞서도 이야기한 것처럼 거기는 매우 외진 곳으로 멀리서 보았을 때도 내 주의를 끌었을 정도였다. 아마도 찾아오는 사람이 거의 없으며, 또 찾아오는 사람도 그다지 환영하지 않는 듯했다.

내 느낌에 그는 내가 오랫동안 어딘가 좁고 한정된 곳에 갇혀 있다가 얼마 전에 자유의 몸이 되었고, 철도 사업이라는 중대한 일에 대해서 새로이 눈을 떠 흥미를 느꼈기에 찾아온 사람이라 여기고 있는 듯했다. 나도 그럴 생각으로 그에게 말은 건 것이기는 했으나, 실제로는 상황이 그것과 크게 달라서 차라리 그와 이야기를 나누지 않는 것이 행복할 것이라 여겨졌을 뿐만 아니라 어딘가 나를 위협하는 듯한 느낌까지 받았다.

그는 터널 입구의 빨간 등불 쪽을 이상하다는 듯 바라보다 시야에서 무엇인가를 놓친 듯 주위를 둘러보았고, 마침내 내 쪽으로 시선을 돌렸다. 그 등불은 그의 업무 중 일부인 것처럼 여겨졌다.

"저를 모르시겠습니까?"라고 그가 낮은 목소리로 말했다.

그 움직임이 없는 두 개의 눈과 어두운 얼굴을 본 순간 그는 인간이 아니라 어쩌면 유령일지도 모르겠다는 이상한 생각이 가슴속에서 피어올랐기에 나는 그 후 끊임없이 그의 마음에 감수성이라는 것이 있는지를 주의 깊게 살펴보았다.

그는 한 걸음 뒤로 물러났다. 그리고 가만히 나를 두려워하고 있는 그의 눈빛을 보니까 그것으로 그를 이상히 여겼던 생각도 자연히 사라지고 말았다.

"당신은 저를 두려운 눈빛으로 바라보고 있는 것 같군요."하고 내가 미소 지으며 말했다.

"아무래도 당신을 전에 본 것 같습니다만……."하고 그가 대답했다.

"어디서……."

그는 조금 전에 바라보았던 빨간 등불을 가리켰다.

"저기서?"라고 내가 물었다.

그는 매우 주의 깊게 나를 바라보며 소리조차 들리지 않을 만큼 낮은 목소리로 "네."라고 대답했다.

"무슨 말씀이신지? 제가 무슨 일로 저런 곳에 갔었다는 거죠? 설령 갈 일이 있다 해도 조금 전에는 결코 저기에 있지 않았습니다. 그럴 리가 없습니다."

"저도 그렇게 생각합니다. 네, 틀림없이 가지는 않으셨으리라 생각합니다만……."

그의 태도는 나와 마찬가지로 분명했다. 그는 내 질문에도 정확히 대답했으며 잘 생각한 뒤에 말을 했다. 그가 여기서 어느 정도의 일을 하고 있는가 궁금하다면, 매우 책임 있는 일을 하고 있다고 말하지 않을 수 없을 것이다. 우선 첫 번째로 정확성과 세심함이 무엇보다 요구되는 일이었으며, 실무라는 면을 놓고 봐도 그를 따를 자는 아무도 없었다. 신호를 바꾸는 것도, 등불을 켜는 것도, 포인트의 핸들을 돌리는 것도 전부 그의 두뇌의 작용에 의지하지 않으면 안 되었다.

그런 일을 하면서 그는 여기서 길고 쓸쓸한 시간을 보내고 있는 듯 보였으나, 그의 입장에서 생각하자면 자신의 생활습관이 자연스럽게 그런 형식을 만들어 언제부턴가 거기에 익숙해져버린 것에 불과하리라. 이런 계곡 같은 곳에서 그는 자신의 말을 배운 것이다. 단순히 무엇인가를 보았을 뿐, 그것을 조잡하기는 하나 말로 옮긴 것이니 배웠다고 한다면 배웠다고 할 수 있을 것이다. 그 외에도 분수와 소수를 배웠으며, 대수도 약간은 배웠으나 그 글씨는 어린아이가 쓴 것처럼 서툰 것이었다.

아무리 직무라고는 하지만 이런 계곡의 축축한 곳에 언

제나 머물지 않으면 안 되는 걸까? 그리고 햇볕을 쬐기 위해
이 높다란 석벽 사이에서 나갈 수는 없는 걸까? 그러기에는
시간과 사정이 여의치 않은 것이다. 어떤 경우에는 선로 위가
아닌 다른 곳에 있는 경우도 있기는 했으나, 밤과 낮 가운데
일정한 시간만은 역시 일을 하지 않으면 안 되었다. 날씨가
좋을 때면 기회를 봐서 약간 높은 곳에 오를 계획을 세우는
경우도 있기는 했으나 언제나 전기 벨이 울렸기에 몇 배나 더
걱정을 하며 거기에 귀를 기울이지 않으면 안 되었다. 그랬기
에 그가 쉴 수 있는 시간은 내 상상 이상으로 적었다.

그는 나를 깨위의 오두막으로 데리고 갔다. 거기에는 불
이 피워져 있었으며, 책상 위에는 무엇인가 기입하지 않으면
안 될 직무상의 장부와 나침반이 달린 전신기와 그가 조금 전
에 이야기했던 조그만 전기 벨이 놓여 있었다. 내 느낌에 의
하면 그는 상당한 교육을 받은 사람인 듯했다. 적어도 자신의
지위 이상으로 교육을 받은 사람이라 여겨졌는데, 그는 다수
속에 우연히 약간 영리한 사람이 있다 할지라도 그런 사람은
필요하지 않다고 말했다. 그런 말은 공장에서나, 경찰관들 사
이에서나, 군인들 사이에서도 종종 듣는 말로, 어느 철도국
안에서나 어느 정도는 면하기 어려운 일이라고 그는 다시 말
했다.

그는 젊었을 때 학생으로 자연철학을 공부했으며 그 강

의에 출석한 적도 있었으나 도중부터 난행을 시작했고 세상에 나올 기회를 잃어 점차 몰락했으며, 결국에는 다시 두각을 나타낼 기회를 얻지 못했다. 하지만 그는 거기에 불만을 품고 있지는 않았다. 전부가 자업자득으로 지금부터 방향을 전환하기에는 이미 늦었다는 것이었다.

대략 이와 같은 이야기를 그는 그 깊은 눈으로 나와 불을 번갈아 바라보며 조용히 들려주었다. 그는 대화를 나누는 중에 가끔 귀하라는 경어를 썼다. 특히 자신의 청년 시절에 관한 이야기를 할 때 많이 썼는데 그것은 내가 상상한 것처럼 그가 상당한 교육을 받은 사람이라는 사실을 증명해주는 것인 듯했다.

이렇게 이야기를 나누는 동안에도 그는 조그만 벨이 울리는 소리에 방해를 받았다. 그는 통신을 받기도 하고 답신을 보내기도 했다. 또 어떨 때는 문 밖으로 나가 열차가 통과할 때 신호기를 보이기도 하고, 혹은 기관사를 향해 무엇인가 입으로 통보하기도 했다. 그가 직무를 수행할 때는 매우 정확하고 주의 깊은 태도를 보였는데, 설령 이야기 중이었다 할지라도 분명하게 매듭을 지은 뒤, 자신이 해야 할 일을 마무리할 때까지는 결코 입을 열지 않았다.

한마디로 말해서 그는 이러한 일을 하는 사람으로서는 그 자격에 있어서 충분히 안심할 수 있는 인물이었으나 한 가지 이상하게 여겨진 점은—그것은 그가 나와 이야기를 나누던 중이었는데— 그가 두 번이나 대화를 중단했으며 울리지도 않는 벨 쪽으로 시선을 돌려 낯빛을 바꾸었다는 사실이었다. 그때 그는 바깥의 축축한 공기를 막기 위해 닫아두었던 문을 열고 터널 입구 근처의 그 빨간 등을 바라보았다. 이 두 번의 일 이후 그는 말로 표현할 수 없이 복잡한 표정을 지으며 불 옆으로 돌아왔는데 그 사이에 특별히 이상한 일이 일어난 것 같지는 않았다.

그와 인사를 한 뒤 자리에서 일어날 때 내가 말했다.

"당신은 이곳의 이 외진 생활에 아주 만족하고 계신 것 같습니다."

"그렇게 믿고는 있습니다만……."하고 말한 뒤 그가 지금까지와는 달리 낮은 목소리로 이렇게 덧붙였다. "하지만 저는 약간 어려움을 겪고 있습니다. 실제로 어려움을 겪고 있습니다."

"어째서……. 어떤 어려움을 겪고 계십니까?"

"그건 설명이 그렇게 쉽지 않습니다. 그게 참으로……, 참으로 말로 표현하기가 어려워서……. 다음에 다시 오신다면 그때 말씀드리도록 하겠습니다."

"저도 다시 왔으면 합니다만……. 언제쯤이 좋겠습니까?"

"저는 아침 일찍 여기를 떠날 겁니다. 그리고 내일 밤 10시쯤이면 다시 여기에 있을 겁니다."

"그럼 11시 무렵에 오겠습니다."

"네……." 하고 그는 나와 함께 밖으로 나갔다. 그리고 아주 낮은 목소리로 말했다.

"낯선 길에서 벗어날 때까지 제 하얀 등을 비추고 있겠습니다. 아는 길이 나와도 소리를 내지 마십시오. 위에 도착한 뒤에도 저를 부르지는 마십시오."

그 모습이 나를 더욱 으스스하게 했으나 나는 특별히 아무런 말도 하지 않고 그저 네, 네, 하고만 대답해두었다.

"내일 밤 오실 때도 부르지 말아 주십시오. 그리고 한 가지 잠깐 여쭙겠는데, 당신은 오늘 밤 오실 때 어째서 '이봐요, 밑에 있는 양반!' 하고 부르신 겁니까?"

"네? 제가 그런 식으로 불렀었나요?"

"그런 식이 아닙니다. 그렇게 부르는 걸 제가 틀림없이 들었습니다."

"제가 그렇게 불렀다면 그건 당신이 아래쪽에 있었기 때문입니다."

"다른 이유는 없었습니까?"

"다른 이유가 있을 리 있겠습니까?"

"어떤 초자연적인 힘이 당신에게 그렇게 부르도록 한 것

이라는 생각은 들지 않으십니까?'

"아니요."

그는 조심해서 가라는 인사 대신 들고 있던 하얀 등불을 들어 올렸다.

나는 뒤에서 열차가 쫓아올 것 같다는 불안함을 느끼며 하행 열차의 선로 옆을 지나 내가 가야 할 길을 찾았다. 조금 전 내려올 때보다는 쉽게 그 길을 오를 수 있었기에 나는 그 다지 커다란 모험도 하지 않고 숙소로 돌아올 수 있었다.

다음 날 밤, 나, 시간에 세기요 정확히 지켜 다시 그 기 복이 심한 언덕길로 발길을 향했다. 멀리서 시계가 11시를 알 리고 있었다. 그는 하얀 등불을 들고 그 낮은 장소에 서서 나 를 기다리고 있었다. 그의 곁에 이르렀을 때 내가 물었다.

"저는 당신을 부르지 않았습니다만……. 이제는 얘기를 해도 괜찮은가요?'

"괜찮습니다. 안녕하세요."라며 그가 손을 내밀었다.

"안녕하세요."라며 나도 손을 내밀어 인사했다. 그리고 우리 둘은 그의 오두막으로 들어가 문을 닫고 불가에 앉았다.

의자에 앉자마자 그가 몸을 앞으로 숙이더니 속삭이듯 낮은 목소리로 말했다.

"저의 난처한 상황을 듣기 위해 당신께서 다시 와주시리라고는 생각지 않았습니다. 사실 어젯밤에는 당신을 다른 사람이라고 생각했었습니다만……, 그것이 저를 난처하게 만들고 있습니다."

"그건 착각입니다."

"물론 당신이 아닙니다. 그 어떤 사람이 저를 난처하게 만들고 있기에……."

"그게 누굽니까?"

"모르겠습니다."

"저랑 비슷하게 생겼나요?"

"모릅니다. 저는 아직 그 얼굴을 본 적이 없습니다. 왼팔을 얼굴에 대고 오른손을 흔들며……, 세차게 흔들며……. 이런 식으로……."

나는 그의 동작을 지켜보고 있었는데, 그것은 격렬한 감정을 드러내는 것 같은 팔의 동작으로 '제발 비켜주세요.' 라고 외치고 있는 듯했다. 그리고 다시 이야기를 시작했다.

"달이 밝은 어느 날 밤의 일이었습니다. 제가 여기에 앉아 있자니 '이봐요, 밑에 있는 양반!' 하고 부르는 소리가 들려왔습니다. 바로 일어난 제가 저 문을 통해서 보니 터널 입구의 빨간 등 옆에 서서 지금 보여드린 것처럼 손을 흔드는 자가 있었습니다. 그는 외치는 듯한, 신음하는 듯한 목소리로, '이봐요, 이봐.' 라고 말했습니다. 뒤이어 다시 '이봐요, 밑에 있는 양반! 이봐요, 이봐.' 라고 말했습니다. 저는 제 램프를 빨간색으로 바꾸고 그 사람이 부르는 쪽으로 달려가며 '왜 그러시죠? 무슨 일이라도 생겼나요? 대체 어딘가요?' 라고 물었는데 그 사람은 터널의 어둠 바로 앞에 서 있었습니다. 제가 더욱 다가가서 바라보니 이상하게도 그 사람은 소매를 자신의 눈 앞에 대고 있었습니다. 제가 곧바로 다가가 그 소매를 치우려 손을 내밀자 그 모습은 이미 사라지고 없었습니다."

"터널 안으로 들어간 건가요?" 라고 내가 말했다.

"그렇지 않습니다. 제가 터널 안으로 이어서 달려 들어가 제 머리 위로 램프를 들어 올렸지만 전에 보았던 그 사람의 그림자는 역시 같은 거리에 있었습니다. 그리고 터널 벽을 적시고 있던 물방울이 위에서 뚝뚝 떨어졌습니다. 저는 직무라는 관념이 있었기에 처음보다 더 빠른 속도로 거기서 나와 제 빨간 램프로 터널 입구의 빨간 등 주위를 둘러본 뒤, 그 빨간 등의 철 사다리를 올라 정상의 전망대로 갔습니다. 그리고 다시 내려와 거기까지 달려 돌아갔습니다만, 아무래도 마음에 걸리기에 상행선과 하행선에 전신을 쳐서 '경계 통보가 왔다. 무슨 사고가 있었는가?' 라고 물었으나 양쪽 모두에서 '이상 없음.' 이라는 같은 대답이 돌아왔습니다."

이 이야기를 듣고 등골이 오싹해지는 기분이 들었으나

나는 그것을 참으며 "그처럼 이상한 사람의 모습은 일종의 착시 현상입니다. 있지도 않은 사람의 모습을 보는 것은 신경의 작용에 의해서 일어나는 것으로 병든 사람들에게서 흔히 예를 찾아볼 수 있습니다."라고 말했다. 그리고 "그런 사람들 가운데는 그런 고뇌를 자각하여 그것을 스스로 실험하는 사람들까지 있습니다."라고 다시 말했다.

"그 외침이라는 것도⋯⋯."라고 내가 말했다. "잠깐 들어 보시기 바랍니다. 이렇게 평범하지 않은 계곡과도 같은 장소에서는 저희가 조그만 목소리로 이야기를 할 때면, 전신선이 바람에 우는 소리가 마치 하프를 거칠게 울리는 소리처럼 들리니까요."

그는 내 말에 따랐다. 우리 둘이 한동안 귀를 기울이고 있자니 바람과 전선의 소리가 실제로 이상하게 들려왔다. 그는 수년 동안 여기서 긴 겨울밤을 보내며 혼자서 쓸쓸하게 그것을 듣고 있었던 것이다. 하지만 그는, 자신의 이야기는 그것이 전부가 아니라고 말했다.

내가 도중에 말을 끊은 것을 사과하고 그의 다음 이야기를 들으려 하자 그가 내 팔을 잡으며 조용히 이야기를 다시 시작했다.

"그 사람이 나타난 지 6시간 뒤에 이 선로 위에서 끔찍한 사고가 일어났습니다. 그리고 10시간 뒤에는 사망자와 중상자가 터널 안에서 그 사람이 있던 바로 그 장소로 옮겨졌습니다."

나는 오싹한 전율이 느껴졌으나 애써 그것을 참았다. 이 이야기를 꾸며낸 것이라고는 할 수 없을 듯했다. 참으로 놀랄 만한 암시로, 그의 마음에 강렬한 인상을 남긴 것도 당연한 일인 듯했다. 게다가 그처럼 놀라운 암시가 계속해서 일어나니, 그것을 의심할 것이 아니라 그런 경우도 종종 일어날 수 있다는 사실을 미리 염두에 두어야만 한다. 물론 상식을 중요시하는 세상의 많은 사람들은 우리 삶에서 일어나는 암시를 믿지 않기는 하지만……

그의 이야기는 거기서 끝이 아니라는 것이었다. 나는 그의 이야기를 가로막은 점을 다시 사과했다.

"이건 1년 전의 일입니다만……" 하고 그가 내 팔에 손을 얹고 공허한 눈으로 자신의 어깨를 내려다보며 말했다. "그로부터 6, 7개월쯤 지나서 저도 예전의 놀라움과 두려움을 잊었을 때쯤이었습니다. 어느 날 아침……, 날이 샐 무렵에 문가에 서서 빨간 등 쪽을 별생각 없이 바라보고 있자니 그 이상한 물체가 다시 보였습니다."

여기까지 말한 그는 잠시 말을 끊고 나를 가만히 바라보았다.

"그것이 당신을 불렀나요?"

"아니요, 아무런 말도 하지 않았습니다."

"손도 흔들지 않았나요?"

"흔들지 않았습니다. 등불의 기둥에 기대서서 두 손을 이렇게 얼굴에 대고 있었습니다."

나는 그의 동작을 다시 보았는데 그것은 내가 예전에 무덤에서 본 석상의 모습 그대로였다.

"그곳으로 가보셨나요?"

"아니요, 저는 안으로 들어와 자리에 앉아 제 마음을 가라앉히려 노력했습니다. 그로 인해서 저는 얼마간 동요를 했기 때문입니다. 그런 다음 다시 밖으로 나가보니 벌써 햇살이 비추고 있었고 유령은 어디론가 사라지고 없었습니다."

"그 뒤로 아무런 일도 일어나지 않았나요?"

그는 손가락으로 내 팔을 두어 번 눌렀다. 그때마다 그는 두렵다는 듯 고개를 끄덕였다.

"그날 열차가 터널에서 나올 때 제가 서 있는 쪽의 열차 창에서 사람의 머리와 손이 어지럽게 나와서 정신없이 흔들어대는 것 같이 보였기에 저는 기관사에게 바로 정지 신호를 보냈습니다. 기관사가 브레이크를 걸어 운전을 멈췄습니다. 열차는 500m쯤 지나서 멈췄습니다. 저는 바로 달려갔는데 그 동안에 끔찍한 절규가 들려왔습니다. 아름답고 젊은 여자가 열차의 객실 안에서 갑자기 숨을 거둔 것이었습니다. 그녀는 이 오두막으로 옮겨져 바로 당신과 제가 마주앉아 있는 여기에 눕혀졌습니다."

그가 이렇게 말하며 손가락으로 가리킨 곳을 내려다본 순간, 나는 자신도 모르게 내가 앉아 있던 의자를 뒤로 물리고 말았다.

"거짓말이 아닙니다. 정말입니다. 지금 제가 말씀드린 대로입니다."

나는 아무런 말도 할 수가 없었다. 내 입은 바싹 말라버리고 말았다. 밖에서는 이 이야기에 호응하듯 바람과 전선이 길고 슬프게 울음소리를 높이고 있었다.

"조금 더 들어보십시오."라고 그가 말을 이었다. "그리고 제가 얼마나 어려움을 겪고 있는지 생각해보십시오. 그 유령이 일주일 전에 다시 나타났습니다. 그리고 계속해서 불쑥불쑥 나타나고 있습니다."

"그 등불이 있는 곳······?"

"그 위험 신호등이 있는 곳입니다."

"어떤 모습으로 있었습니까?"

그는 격렬한 공포와 전율이 더욱 심해져 가는 듯한 모습으로 '거기서 비켜줘!'라고 말하는 듯한 동작을 해 보였다. 그리고 다시 말을 이었다.

"저는 그것 때문에 이미 평화도 안식도 잃고 말았습니다.

그 유령은 아주 괴로운 모습으로 몇 분 동안이고 계속해서 저를 부릅니다. …… '밑에 있는 양반! 이봐요, 이봐.' …… 그렇게 저를 손짓해서 부릅니다. 그리고 작은 벨을 울립니다."

내가 그의 말을 받아 말했다.

"그럼 제가 어젯밤에 왔을 때도 그 벨이 울렸었나요? 당신은 그것 때문에 문 밖으로 나갔던 건가요?"

"그렇습니다. 두 번이나 울렸습니다."

"그건 좀 이상한데요."라고 내가 말했다. "그 상상은 사실과 다른 듯합니다. 그때 제 눈은 벨을 보고 있었고 귀도 벨 쪽으로 향하고 있었으나, 제 몸에 이상이 없는 한 그때 벨은 한 번도 울리지 않았다고 생각합니다. 그때 외에도 울리지 않았습니다. 물론 당신이 정차장과 통신을 할 때를 제외하면……."

그는 머리를 흔들었다.

"저는 지금까지 벨 소리를 잘못 들은 적이 한 번도 없습니다. 저는 유령이 울리는 벨과 인간이 울리는 벨을 혼동한 적이 한 번도 없습니다. 유령이 내는 벨 소리는 참으로 이상하게 울리고, 벨이 인간의 눈에 보이게 움직이지는 않습니다. 그것이 당신의 귀에는 들리지 않았을지도 모르겠지만, 제게는 들렸습니다."

"그럼 밖을 내다봤을 때 이상한 것이 거기에 있었나요?"

"저기에 있었습니다."

"두 번 다?"

"두 번 다……."라고 그는 분명하게 말했다.

"그럼 지금부터 함께 가보기로 합니다."

그는 아랫입술을 깨물며 별로 가고 싶어 하지 않는 듯했으나 그래도 반대하지 않고 자리에서 일어났다. 나는 문을 열고 계단 위에 섰으며, 그는 문가에 섰다. 거기에 서면 위험 신호등이 보였다. 어두운 터널 입구가 보였다. 젖은 바위로 이루어진 높다란 절벽이 보였다. 그 위에서는 별 몇 개가 반짝이고 있었다.

"보이나요?"라고 내가 그의 얼굴을 주의 깊게 살피며 물었다.

그의 눈은 커다랗게—그것은 아마 그곳을 둘러봤을 때의 내 눈만큼은 아닐 터였으나— 긴장한 듯 반짝이고 있었다.

"아니요, 안 보입니다."

"저도 안 보입니다."

두 사람은 다시 안으로 들어가 문을 닫고 의자에 앉았다. 나는 지금의 이 기회를 어떻게 이용해야 좋을지를 생각하고 있었다. 설령 누군가 그를 부르는 사람이 있었다 할지라도 거의 진지하게 논할 가치조차 없는 사실을 들어 그가 그것을 당연한 일처럼 주장할 경우에는 어떻게 말해서 그를 설득하면 좋을지. 그렇게 되면 내가 아주 곤란한 입장에 서게 될 것이라고 생각했기 때문이었다.

"이로써 제가 얼마나 어려움을 겪고 있는지 당신도 아셨으리라 믿습니다만, 대체 왜 그 유령이 나타나는 걸까요?"

내가 그에게 나는 아직 충분히 이해하지 못했다고 대답하자 그는 난롯불 위로 시선을 떨어뜨리고 때때로 내 쪽을 돌아보며 잠긴 목소리로 이렇게 말했다.

"무엇을 알리려는 걸까요? 어떤 사건이 일어나려는 걸까요? 그 사건은 어디에서 일어날까요? 선로 위 어디에 위험이 숨어 있어서, 끔찍한 재앙이 일어나게 되는 걸까요? 지금까지의 일을 생각해보면 이번이 세 번째입니다. 하지만 이건 틀림없이 저를 잔혹할 정도로 괴롭히는 일입니다. 어떻게 하면 좋겠습니까?"

그는 손수건을 꺼내 그 뜨거운 이마에서 떨어지는 땀을 닦았다. 그리고 다시 손등을 닦으며 말했다.

"제가 상하행선의 어느 한쪽이나 양쪽 모두에 위험신호를 보낸다 해도, 그 이유는 도저히 설명할 길이 없습니다. 저만 더 난처해질 뿐, 무슨 도움이 되겠습니까? 모두들 저를 미친 사람 취급할 겁니다. 이렇게 될 게 뻔합니다. ……제가 '위험, 경계를 요함.'이라고 신호를 보내면, '어떤 위험인가? 장소는 어디인가?'라는 대답이 올 겁니다. 거기에 대해서 제가

'그것은 불명, 철저한 경계를 요함.' 이라고 대답하면 어떻게 될 것 같습니까? 결국 저는 면직 처분 당하고 말 겁니다."

그가 고민하는 모습은 보기에도 안쓰러울 정도였다. 이처럼 분명하지 않은 책임감 때문에 그 생활까지도 엉망이 되어버린다는 것은, 성실한 사람에게는 틀림없이 정신적 고통일 터였다. 그는 검은 머리를 뒤로 쓸어 넘기고, 극도의 고뇌에 얼굴을 비비며 말을 이었다.

"그 이상한 그림자가 처음 위험 신호등 아래에 섰을 때 어디서 사건이 일어날지, 왜 제게 가르쳐주지 않은 걸까요? 그것이 벨에 비ᄆ 저라 피할 수 없었다면…… 그리고 그것이 피할 수 있는 일이었다면 왜 제게 어떻게 해야 피할 수 있는지 가르쳐주지 않은 걸까요? 두 번째 나타났을 때는 얼굴을 가리고 있었는데, 왜 그 대신 '여자가 죽는다. 밖에 나오지 못하도록 해라.' 라고 말하지 않은 걸까요? 앞선 두 번의 사건에 대한 암시가 사실로 나타났다는 점을 보여 제게 세 번째에 대한 준비를 시키려는 것이라면 어째서 좀 더 분명하게 설명해주지 않는 걸까요? 안타깝게도 저는 이 적막한 정거장에 있는 일개 가련한 신호수에 불과합니다. 그는 왜 저 이상으로 신용도 있고 힘도 있는 사람을 찾아가지 않는 걸까요?"

그 모습을 본 순간 나는 이 가엾은 사내를 위해서, 그리고 다음으로는 여러 사람들의 안전을 위해서 어떻게 해서든 그의 마음을 달래보지 않으면 안 되겠다고 생각했다. 그랬기에 그의 말이 사실인가 아닌가 하는 문제는 뒤로 하고 누구나, 그 의무를 다하려는 사람은 자신의 일에 최선을 다해야 한다고 이야기하자 그는 이상한 그림자의 출현에 대해서 여전히 그 의문을 풀지는 못했지만 자신의 직무를 다하려 한다는 사실에서 일종의 위로를 얻은 듯했다. 나의 그러한 노력이 그가 믿고 있는 괴담을 이론적으로 설명해주는 것보다 훨씬 더 좋은 결과를 맺은 것이었다.

그는 점점 안정을 되찾기 시작했다. 밤이 깊어감에 따라 그는 자신이 관리하고 있는 곳에서 우연히 일어날 사고에 대해 한층 더 주의를 기울이고 있는 듯했다. 나는 오전 2시에 그와 헤어져 숙소로 돌아왔다. 아침까지 같이 있겠다고 했으나 그는 그럴 필요까지는 없다며 거절했다.

나는 언덕길을 오를 때 몇 번이고 그 빨간 등을 돌아보았다. 그 등이 아주 꺼림칙하게 느껴졌다. 만약 그 밑에 내 침대가 있었다면 나는 틀림없이 잠들지 못할 것이다. 정말 그랬다. 또한 나는 철도사고와 죽은 여자, 두 가지 사건에 대해서도 좋지 않은 생각이 들었다. 양쪽 모두에 대해서 그랬다. 하지만 그런 일들보다 더 내 마음에 걸린 것은, 그의 이야기를 들은 나의 입장에서, 그것을 어떻게 처리하면 좋을까 하는 점이었다.

그 신호수는 상당한 교육을 받았으며, 조심스럽고 세심
하고 견실한 사람임에는 틀림없었으나 지금과 같은 생각을
품고 있다면, 그러한 성격들도 언제까지 계속될지는 알 수 없
는 일이었다. 그의 지위는 낮지만, 누구보다도 중요한 일을
맡고 있었다. 그리고 나 역시, 그가 끝까지 그 사건에 대해서
파헤치려 한다 해도, 언제까지고 내 시간을 할애해서 그와 함
께 있을 수는 없는 일이었다.

나는 그가 소속한 회사의 윗사람에게 서면을 보내 그에
게서 들은 이야기를 전해줄까도 생각해봤으나 그에게 아무
런 말도 하지 않고 그래서의 위치에 서는 것은 왠지 그를 배
신하는 것 같다는 생각이 강하게 들었기에 나는 마지막으로
결심하여 그 방면에서 이름이 있고 경험이 많은 의사에게 그
를 데려가 일단 그 의사의 의견을 들어보기로 했다. 그가 신
호수의 교대 시간은 다음 날 밤에 돌아오기 때문에 자신은 해
가 뜬 지 한두 시간쯤 뒤에 돌아갔다가, 일몰 후부터 다시 일
을 시작해야 한다고 했기에, 나도 일단은 숙소로 돌아갔다.

다음 날은 상쾌함이 느껴지는 저녁으로 나는 산책 삼아
일찍 숙소를 출발했다. 그 절벽의 정상에서 가까운 밭길을 가
로지를 무렵, 저녁 해가 아직 완전히 넘어가지 않았기에 앞으
로 1시간쯤 더 산책을 해야겠다고 나는 생각했다. 30분 동안

갔다가 30분 동안 돌아오면 신호수의 오두막에 가기 딱 좋은 시간이 될 터였다.

그럴 마음으로 산책을 계속하기에 앞서 절벽 끝, 예전에 처음으로 신호수를 봤던 지점까지 가서 별생각 없이 밑을 내려다보고 나는 말로 표현할 수 없을 정도의 섬뜩함을 느꼈다. 터널 입구 부근에서 한 남자가 왼손 소매로 눈을 가리고 오른손을 세차게 흔들며 서 있었기 때문이었다.

나를 압박하던 그 말로 표현할 수 없는 공포는 한순간에 사라져버리고 말았다. 다음 순간에 그 남자가 진짜 사람이라는 사실을 알았기 때문이었다. 거기서 조금 떨어진 곳에 몇몇 사람들이 모여 있고, 그 남자는 그 무리를 향해서 뭔가 손짓을 하는 중이었다. 위험 신호등에는 아직 등불이 켜져 있지 않았다. 나는 그제야 처음으로 보았는데 신호등의 기둥 너머에 조그맣고 낮은 오두막이 하나 세워져 있었다. 그것은 나무와 기름천으로 만들어졌는데 침대가 간신히 들어갈 수 있을 정도의 크기였다.

'무슨 사건이 벌어진 게 아닐까? 내가 신호수 혼자 저기에 남겨두고 돌아간 탓에 어떤 치명적인 재난이 일어난 게 아닐까? 그의 행동을 지켜보는 사람이 아무도 없고, 또 거기에 신경을 쓴 사람이 아무도 없었기에 어떤 사건이 일어난 게 아닐까?

이런 자책감을 느끼며 나는 가능한 한 빨리 언덕길을 내려갔다.

"무슨 일이 있었나요?"라고 내가 거기에 있던 사람들에게 물었다.

"오늘 아침에 신호수가 목숨을 잃었습니다."

"이 신호소에서 일하는 사람인가요?"

"그렇습니다."

"그럼 제가 아는 사람일지도 모르겠습니다."

"아는 사람이라면 금방 알아보실 수 있을 겁니다."라고 한 사람이 그 말을 대신에게 공손하게 모자를 벗으며 대답했다. 그런 다음 기름천의 끝을 들어 올리며, "얼굴은 아직 조금도 변하지 않았습니다."

"아아, 무슨 일이 있었던 거죠? 왜 이렇게 된 겁니까?"

오두막이 다시 닫히고 난 뒤, 내가 사람들을 번갈아 바라보며 물었다.

"기관차에 치였습니다. 영국에서 이 사람만큼 자신의 일을 잘 알고 있는 사람도 없었습니다만, 전선에 대해서는 약간 어두운 면이 있었던 듯합니다. 그때는 시퍼런 대낮이었는데 이 사람은 신호등을 끈 채, 손에 램프를 들고 있었습니다. 기관차가 터널에서 나왔을 때, 이 사람은 기관차 쪽으로 등을 향하고 있었기에 순식간에 치이고 말았습니다. 저 사람이 기관사인데 지금 그때의 상황을 이야기하고 있습니다. 이봐, 톰. 이분에게도 이야기를 해드려."

검은색 수수한 옷차림의 사내가 조금 전에 서 있던 터널 입구 쪽으로 돌아와 이야기했다.

"터널의 곡선까지 왔을 때 그 끝 부분에 저 사람이 서 있는 모습이 망원경을 들여다보는 것처럼 보였지만 속도를 줄일 여유가 없었습니다. 또 저 사람도 차가 온다는 사실을 알고 있을 것이라 생각했습니다. 그런데 저 남자는 기적 소리도 전혀 듣지 못하는 것 같았기에 저는 기적을 멈추고 있는 힘껏 커다란 소리로 외쳤습니다만 그때는 이미 저 사람을 치고 난 뒤였습니다."

"뭐라고 외치셨나요?"

"밑에 있는 양반! 이봐요, 이봐. 거기서 물러나요……, 라고 말했습니다."

나는 깜짝 놀랐다.

"정말로 끔찍했습니다. 저는 계속해서 소리를 질렀습니다. 더는 보고 있을 수가 없었기에 제 한쪽 팔을 눈에 대고 한쪽 손을 마지막까지 흔들었습니다만, 역시 소용없었습니다."

이 이야기의 신기한 사정을 자세히 설명하는 것은 다음 기회에 하기로 하고, 마지막으로 내가 지적하고 싶은 것은 불

행한 신호수가 자신을 위협한다며 내게 들려준 이야기뿐만
아니라, 내가 '밑에 있는 양반!' 하고 그를 부른 것, 그가 흉내
내 보인 손동작, 그 모든 것이 그 기관사가 경고를 위해 한 말
과 동작을 암시하는 것이었다는 사실이다.

빌 부인의 망령

대니엘 디포(Daniel Defoe, 1660~1731)

영국의 작가, 저널리스트. 대표작으로는 『로빈슨 크루소』, 『해적 싱

글턴』, 『몰 플랜더스』 등이 있다. 『빌 부인의 망령』으로 소설가의 인

생을 걷기 시작했으며, 그의 작품 가운데는 '악당소설'이 많은데 사

실적 묘사 때문에 영국 최초의 근대적 소설로 여겨지고 있다.

이 이야기는 사실이며, 그와 동시에 이성적인 사람들도 고개를 끄덕일 만한 내용이 포함되어 있다. 이 이야기는 여기에 적힌 대로 켄트 주 메이드스톤의 치안판사로 있는 매우 총명한 한 ~~~~~ 그의 친구에게 편지로 보낸 사연인데, 이 이야기에도 등장하는 캔터베리의 버그레이브 부인의 집에서 두어 채 떨어진 곳에 살고 있는, 앞서 말한 판사의 친척으로 냉정한 이해력을 가지고 있는 한 부인도 역시 틀림없는 사실이라고 분명히 말했다.

따라서 치안판사는 자신의 친척인 부인도 망령의 존재를 틀림없이 인정한다고 믿고 있으며, 또 그의 친구에게도 이 이야기의 전부가 거짓 없는 사실이라고 단호하게 말하고 있다. 그리고 그 망령을 보았다고 하는 버그레이브 부인의 입을 통해서 들은 대로 치안판사에게 이야기한 그 부인은, 정직하고 선량하고 경건한 여성인 버그레이브 부인이 이 사실담을 하나의 황당무계한 이야기로 꾸며낼 만한 부인이 아니라는 점을 굳게 믿고 있다.

내가 이 사실담을 여기에 인용한 것은, 이 세상에서 사는 우리의 인생에는 또 다른 하나의 생활이 있고 평등하신 신은 우리가 살아 있는 동안의 행위에 따라서 심판을 하시기 때문에 우리는 자신이 현세에서 행해온바, 과거를 반성하지 않으면 안 된다. 또한 현세에서의 우리의 생명은 짧아서 언제 죽을지 모르니, 만약 믿지 않는 죄에서 벗어나 신앙에 대한 보답으로써 내세에서의 영원한 행복을 붙들고 싶다면 속히 회개하여 신에게 귀의하고, 악을 행하지 않기 위해 노력하고, 선을 행하기에 힘써야 할 것이다. 다행스럽게도 신께서 우리를 돌봐주셔서 신 앞에서 즐겁게 생활할 수 있는 내세를 위해 현세에서의 신앙생활을 인도해주신다면, 곧 신을 구해야 한다는 사실을 모두가 생각해봐야 하기 때문이다.

이 이야기는 그러한 종류의 일 가운데서도 아주 진귀한 것으로, 사실을 이야기하자면 내가 지금까지 책에서 읽거나 사람들에게서 들은 것 가운데서도 이 사실담만큼 내 마음을 끈 것은 없었다. 따라서 이 이야기는 호기심 왕성하고 진지하게 사건을 추구하는 사람들을 만족시키기에 충분할 것이다. 버그레이브 부인은 지금도 살아 있는 사람인데, 죽은 빌 부인의 망령이 그녀 앞에 나타난 것이다.

버그레이브 부인은 나의 친한 친구로 내가 처음으로 알
게 된 이후부터 15, 16년이 지난 지금까지도 세상의 평판이 좋
은 부인이라는 사실, 또 내가 처음 알게 되었을 때도 어렸을
때와 다름없이 순결한 성격의 소유자였다는 사실을 확신하
고 있다. 그럼에도 불구하고 이 이야기 이후, 그녀는 빌 부인
동생의 친구들로부터 비방을 받고 있다. 그 사람들은 이 이야
기를 미치광이의 잠꼬대라고 생각하여 그녀의 명성을 극력
떨어뜨리려 함과 동시에, 한편으로는 당황하여 그 이야기를
일소에 부치려 노력하고 있다. 하지만 이러한 비방을 받고 있
으나, 시기에 빠빠에 따르게 무거 바꺄요 로부터는 학대를 받
고 있음에도 불구하고 쾌활한 성격인 그녀는 조금도 실망의
빛을 보이지 않았을 뿐만 아니라, 이러한 처지에 놓인 부인에
게서 흔히 볼 수 있는 종일 혼자 중얼거리는 것 같은 우울증
에 빠졌다는 얘기도 아직 들어본 적이 없고, 남편의 야만스러
운 행위 가운데서도 언제나 쾌활했다는 사실은 나를 비롯하
여 다른 수많은 명망 있는 사람들도 한목소리로 증언하는 바
다.

어쨌든 빌 부인은 30세 정도의 중년 여성치고는, 아가씨
처럼 온화한 부인이었는데 몇 년 전에 어떤 사람과 담소를 나
누던 중 갑자기 이상을 보였고 이후 경련적 발작에 시달려왔
다는 사실을 여러분들이 알아주셨으면 한다. 그녀는 하나밖

에 없는 남동생의 집에서 살았는데 그 집은 도버에 있었다. 그녀는 신앙심이 매우 깊은 부인이었다. 그녀의 동생은 매우 차분하게 보이는 사람인데 지금은 이 이야기를 극력 부인하고 있다. 빌 부인과 버그레이브 부인과는 어렸을 때부터 친구였다.

어렸을 때 빌 부인은 가난했다. 그녀의 아버지는 나날의 생활에 쫓겼기에 아이들을 돌볼 시간이 없었다. 그 당시의 버그레이브 부인도 역시 불친절한 아버지를 가지고 있기는 했으나 빌 부인처럼 먹을 것과 입을 것이 부족하지는 않았다.

빌 부인은 버그레이브 부인에게 곧잘 "너는 제일 좋은 친구고, 또 세상에 단 하나밖에 없는 친구이니 무슨 일이 있어도 너와의 우정은 영원히 잃지 않을 거야."라고 말했다.

그녀들은 종종 서로의 불행을 한탄하며 드레린코트(17세기 프랑스의 신학자)의 '죽음'에 관한 책이나 그 외의 책을 함께 읽었고, 두 기독교인 친구처럼 자신들의 슬픔을 서로 위로해주었다.

그러다 그녀는 빌이라는 사람과 결혼했다. 친구가 소개를 해주어 빌이 도버의 세관에서 일하게 되었기에 빌 부인과 버그레이브 부인의 사이는 자연스럽게 점점 멀어져 갔다. 그렇다고 해서 둘 사이가 특별히 서먹해진 것은 아니었으나 어쨌든 마음이 점점 멀어져 결국 버그레이브 부인은 2년 반 동안이나 그녀를 만나지 못했다. 물론 버그레이브 부인은 그 사이의 12개월 이상이나 도버에는 없었다. 그리고 최근의 6개월 중 거의 2개월 반 정도는 캔터베리에 있는 자신의 친정에서 살았다.

1706년 9월 8일 오전, 버그레이브 부인은 그 친정집에 홀로 앉아 자신의 불행한 생애를 생각해보고 있었다. 그리고 자신의 이러한 역경도 전부 자신이 가지고 태어난 운명이니 체념하지 않는 '''''''그 스스로에게 들려주고 있었다. 그리고 그녀는 이렇게 말했다.

"나는 벌써부터 각오하고 있었으니 운명에 맡긴 채 차분하게 살아가기만 하면 돼. 그리고 이 불행도 끝날 때가 되면 저절로 끝날 테니 나는 그것으로 만족하기만 하면 돼."

그런 다음 그녀는 자신의 바느질감을 손에 쥐었으나 한동안은 일을 시작하려 하지 않았다. 그때 문 두드리는 소리가 들려왔기에 나가보니 승마복을 입은 빌 부인이 거기에 서 있었다. 바로 그때 시계가 낮 12시를 알렸다.

"어머, 애……."라고 버그레이브 부인이 말했다. "너무 오랫동안 못 봐서 너를 만나게 될 거라고는 거의 생각지도 못하고 있었어."

그런 다음 버그레이브 부인이 그녀를 만나게 된 것의 기

뺨을 이야기한 뒤 인사로 입맞춤을 청하자 빌 부인도 승낙한 듯했기에 입술과 입술이 거의 맞닿을 뻔했으나 빌 부인이 손으로 눈을 문지르며 "지금 병에 걸렸어."라는 말로 거절했다. 그녀는 지금 여행 중인데 누구보다도 버그레이브 부인이 참을 수 없이 보고 싶었기에 온 것이라고 말했다.

"어머, 너 왜 혼자 여행을 하는 거니? 네게는 다정한 동생이 있잖아."

"아아!" 하고 빌 부인이 대답했다. "동생에게는 비밀로 하고 집에서 뛰쳐나온 거야. 여행을 떠나기에 앞서 너를 꼭 한 번 보고 싶었기에."

버그레이브 부인은 그녀와 함께 집 안으로 들어가 1층의 방으로 안내했다.

빌 부인은 조금 전까지 버그레이브 부인이 앉아 있던 안락의자에 앉아, "우리가 예전의 우정을 다시 이어나갔으면 좋겠어. 그래서 지금까지 소원했던 걸 사과하려고 찾아온 거야. 나를 용서해줘. 너는 역시 나의 가장 좋은 친구이니."라고 입을 열었다.

"어머, 그런 건 마음에 담아두지 않아도 돼. 나는 아무렇지도 않게 생각하고 있으니. 곧 잊어먹고 마는걸." 하고 버그레이브 부인이 대답했다.

"너는 나를 어떻게 생각하고 있는지……." 하고 빌 부인이 말했다.

"특별히 이렇다 할 생각은……. 세상의 평범한 사람들처럼 너도 행복하게 살고 있기 때문에 우리 사이를 잊은 것이라고 생각하고 있었어."라고 버그레이브 부인이 대답했다.

그러자 빌 부인이 버그레이브 부인에게 옛날에 있었던 여러 가지 일들을 이야기하기 시작했는데, 그 당시의 우정과 힘들었던 시절에 매일 같이 주고받았던 수많은 대화와 함께 읽었던 책, 특히 재미있었던 '죽음'에 관한 드레린코트의 저서—그녀는 이러한 주제의 책 중에서는 이것이 가장 좋다고 말했다—에 대한 것들을 떠올렸다. 그리고 그녀는 표 셔록(영국의 유명한 종교가) 박사와 영어로 번역된 '죽음'에 관한 네덜란드의 책 등에 대해서도 이야기했다.

"하지만 드레린코트만큼 죽음과 미래라는 내용을 명확하게 쓴 사람은 없어."라고 말하고 그녀는 버그레이브 부인에게 혹시 드레린코트의 책을 가지고 있지 않느냐고 물었다.

가지고 있다고 버그레이브 부인이 대답하자 그럼 좀 가져다 달라고 그녀는 말했다.

잠시 후, 버그레이브 부인이 2층에서 그것을 가져오자 빌 부인이 바로 얘기를 시작했다.

"있잖아, 버그레이브. 만약 우리 신앙의 눈이 육신의 눈처럼 떠 있다면 우리를 지키고 있는 수많은 천사가 보일 텐데…… 이 책에서 드레린코트도 이야기하고 있는 것처럼 천국은 이 세상에도 있어. 그러니 너도 너의 불행을 불행이라고 생각하지 말고, 전능하신 신께서 특별히 너를 돌보고 계시니 불행이 자신의 역할을 마치면 틀림없이 떠나갈 것이라고 믿도록 해. 그리고 나의 말도 믿어주었으면 해. 지금까지 겪은 너의 불행은 앞으로 찾아올 행복의 1초만으로도 영원히 보상받을 수 있을 거야. 신께서 이렇게 불행하게 네 인생을 마치게 하시지는 않으실 거라 나는 굳게 믿고 있어. 머지않아 불행이 네게서 떠나거나, 혹은 네가 그 불행에서 떠나게 될 거라고 나는 확신하고 있어."

그녀는 점점 열을 올리며 이렇게 말했고, 자신의 손바닥으로 무릎을 쳤다. 그럴 때면 그녀의 태도가 너무나도 순진해서 거의 신처럼 고귀하게 보였기에 버그레이브 부인은 때때로 눈물을 훔칠 만큼 깊이 감동했다.

그런 다음 빌 부인은 켄드릭 박사의 『금욕생활』 가운데서 끝 부분에 적힌 초기 기독교 신자들의 이야기를 들려주고 그들의 생활을 배우라고 권했다. '그들 기독교 신자들의 대화는 현대인의 대화와 전혀 달랐다. 다시 말해서 현대인의 대화는 참으로 가볍고 무의미해서, 고대의 그것과는 전혀 다르다. 그들의 말은 교훈적이고 신앙적이었으나, 현대인에게는 그러한 면이 조금도 없다. 우리는 그들이 한 것처럼 해야 한다. 또한 그들 사이에는 진심 어린 우정이 있었으나 현대인에게도 과연 그것이 있는지.' 라는 등의 말을 했다.

"정말 요즘 세상에서 진실한 친구를 찾기란 쉬운 일이 아니야."라고 버그레이브 부인도 말했다.

"노리스 씨가 원만한 우정이라는 제목의 시의 아름다운 사본을 가지고 있었는데, 정말 멋진 작품이라고 생각했어. 너도 그 책을 본 적이 있니?"

"아니. 하지만 나는 내가 직접 베낀 것을 가지고 있어."

"역시 가지고 있구나."라고 빌 부인이 말했다. "그럼 좀 보여줘."

버그레이브 부인이 다시 2층에서 가져와 그것을 읽어달라며 빌 부인에게 내밀었으나 그녀는 너무 고개를 숙이고 있었더니 머리가 아프다며 거절을 하고 대신 읽어달라고 했기에 버그레이브 부인이 읽었다. 이렇게 두 부인이 그 시에서 노래한 우정을 칭송할 때, 빌 부인은 "애, 버그레이브. 나는 너를 영원히, 영원히 사랑할 거야."라고 말했다. 그 시에서는 극락이라는 말을 두 번이나 썼다.

"아아, 시인들은 천국에 여러 가지 이름을 붙였어."라고 빌 부인이 말했다.

그리고 그녀는 때때로 눈을 비비며 말했다. "너는 내가 지병의 발작 때문에 얼마나 심하게 몸을 버렸는지 모르지?"

"아니야, 내게는 역시 예전의 너처럼 보이는걸." 하고 버그레이브 부인이 대답했다.

그 모든 대화는 버그레이브 부인이 오고 간 그대로를 떠올려 말할 수 없을 만큼 매우 분명한 말들로 빌 부인의 망령에 의해서 진행되었다.

(1시간하고도 45분 동안에 걸친 긴 대화를 전부 기억하고 있을 리도 없을 뿐만 아니라, 그 긴 대화의 대부분을 빌 부인의 망령이 이야기했다.)

그리고 빌 부인은 자신의 동생에게 편지를 보내서 자신의 반지는 누구에게 보내고, 2곳에 있는 넓은 땅은 사촌 동생인 왓슨에게 주고, 금화가 담긴 지갑은 그녀의 캐비닛에 있다는 등의 내용을 알려주었으면 좋겠다고 말했다.

이야기가 점점 이상해진다 싶었기에 버그레이브 부인은 빌 부인이 그 발작을 일으킨 것이 아닐까 생각했다. 혹시라도 의자에서 바닥으로 떨어져서는 큰일이라고 생각했기에 그녀의 무릎 앞에 있는 의자에 앉았다. 이렇게 앞을 막고 있으면 안락의자의 양옆으로 쓰러질 염려는 없다고 생각했기 때문이었다. 그리고 빌 부인을 위로할 마음으로 윗도리의 소매를 만지며 그것을 칭찬하자, 이건 누인 비단으로 새로 지은 옷이라고 빌 부인이 말했다. 그런데 이런 말을 하는 사이에도 빌 부인은 버그레이브 부인에게 거듭해서 편지에 대한 자신의 요구를 거절하지 말라고 간절히 부탁했을 뿐만 아니라, 기회가 되면 오늘 나눴던 두 사람의 대화도 자신의 동생에게 들려주라고 말했다.

"빌, 내가 너무 나대는 것 같아서 승낙을 해도 되는 건지 잘 모르겠어. 그리고 우리의 대화는 젊은 양반의 감정을 상하게 할지도 몰라."라고 버그레이브 부인이 망설이듯 말하고, "왜 네가 직접 말하려 하지 않는 거지?"라고 덧붙였다.

"아니,"라고 빌 부인이 대답했다. "지금은 나대는 것처럼 느껴질지 몰라도 시간이 지나면 너도 이해할 수 있을 거야."

이에 버그레이브 부인이 그 이야기를 가급적 처음 받아들이기 위해 펜과 종이를 가지러 가려 하자 빌 부인은, "지금 쓰지 않아도 돼. 내가 돌아간 뒤에 해줬으면 해."라고 말했다. 헤어질 때 그녀가 다시 다짐을 했기에 버그레이브 부인은 그녀에게 굳게 약속을 했다.

그녀가 버그레이브 부인의 딸에 대해서 물었기에 딸은 외출 중이라고 말했다. "하지만 혹시 만나준다면 불러올 수도 있어."라고 대답하자, "그렇게 해줘."라고 말했기에 버그레이브 부인은 그녀를 남겨두고 옆집으로 딸을 찾으러 갔다. 옆집에서 돌아오자 빌 부인은 현관문 밖에 서 있었다. 그날은 토요일로 장이 서는 날이었기에 그녀는 그 가축시장 쪽을 바라보며 벌써 돌아갈 준비를 하고 있었던 것이다.

버그레이브 부인이 그녀에게 왜 그렇게 서두르느냐고 묻자 그녀는, 아마도 월요일까지는 여행을 떠나지 못할지도 모르겠지만 어쨌든 돌아가야 한다고 대답했다. 그리고 여행을 떠나기 전에 사촌인 왓슨의 집에서 버그레이브 부인을 다시 한 번 만나고 싶다고 말했다. 그런 다음 그녀는 그만 돌아가야겠다고 작별인사를 하고 걷기 시작했으며, 곧 거리의 모퉁이를 돌아 그 모습이 보이지 않게 되었다. 그것은 오후 1시 45분이 조금 지났을 때였다.

9월 7일 12시에 빌 부인은 지병의 발작으로 세상을 떠났다. 세상을 떠나기 전 4시간 이상 동안에는 거의 의식이 없었다. 임종도유식은 그 사이에 행해졌다.

빌 부인이 나타났던 그 이튿날 일요일에 버그레이브 부인은 오한이 나고 기분이 매우 좋지 않은 데다 목이 아팠기 때문에 그날은 하루 종일 외출을 할 수가 없었다. 그런데 월요일 아침, 그녀가 선장인 왓슨의 집으로 하녀를 보내 빌 부인이 있느냐고 물었더니 그 집 사람들은 그 물음에 놀라며, 그녀는 오지 않았다, 또 올 수 있을 만한 상황도 아니라는 대답을 보냈다. 그 대답을 듣고도 버그레이브 부인은 믿지 않았다. 그녀는 그 하녀에게 네가 이름을 잘못 말했거나, 어쨌든 뭔가 잘못이 있었던 것이라고 말했다.

그런 다음 좋지 않은 기분을 억누르며 그녀는 두건을 쓰고 한 번도 얼굴을 본 적이 없는 선장 왓슨의 집으로 가서 빌 부인이 있는지 없는지를 다시 물었다. 거듭되는 그녀의 질문에 그곳 사람들이 더욱 놀라 "빌 부인은 이 마을에 오지 않았다. 만약 왔다면 틀림없이 자신들의 집에 왔을 것이다."라고 대답하자, "하지만 저는 토요일에 2시간 정도 빌 부인과 함께 있었습니다만……." 하고 그녀는 말했다.

아니 그럴 리 없다, 만약 그렇다면 누구보다 먼저 자신들이 빌 부인을 봤을 것이라고 서로 입씨름을 하고 있는 동안 내 이제 X으에 딕이에 그녀가 세상을 떠나기에 아마도 소식을 전하러 온 것일 거라고 말했다. 버그레이브 부인은 그 말이 묘하게 마음에 걸렸기에 빌 부인 일가를 보살펴주고 있던 사람에게 바로 편지를 보내 물어보고, 비로소 그녀가 세상을 떠났다는 사실을 알게 되었다.

그리고 버그레이브 부인은 왓슨 가족에게 지금까지 있었던 일 전부와 그녀가 입고 있던 옷의 무늬와 또 그 옷이 누인 비단이었다는 것까지 전부 털어놓았다. 그러자 왓슨 부인이 "당신이 빌 씨를 보셨다는 건 사실이에요. 그녀의 옷이 누인 비단이라는 사실을 알고 있는 건 그 사람하고 저밖에 없으니."라고 외쳤다. 왓슨 부인은 버그레이브 부인이 그녀의 옷에 대해서 말한 것은 모두가 사실이라고 수긍한 뒤, "제가 도와서 그 옷을 꿰매주었어요."라고 말했다.

그 뒤부터 왓슨 부인이 마을 전체를 돌아다니며 버그레이브 부인이 빌 부인의 망령을 본 것은 사실이라고 증명했고, 또 그 남편 왓슨의 소개로 두 신사가 버그레이브 부인의 집으로 가서 그녀 자신의 입을 통해 망령에 대한 이야기를 직접 듣고 갔다.

이 이야기가 곧 세상에 퍼지자 각국의 신사, 학자, 분별 있는 사람, 무신론자 등과 같은 사람들이 그녀의 집 앞에 시장이 선 것처럼 밀려들었기 때문에 결국에는 방해를 받지 않도록 방어하는 것이 그녀의 일이 되어버렸다. 왜냐하면 그들은 대부분 유령의 존재에 상당한 흥미를 갖고 있었는데 버그레이브 부인이 우울증 따위에 전혀 걸리지 않은 것을 목격했고, 그녀가 언제나 유쾌한 얼굴을 하고 있었기에 모든 사람들이 호감을 품었으며, 또 존경받고 있다는 사실을 들었기에 수많은 구경꾼들은 그녀 자신의 입을 통해 그 이야기를 들을 수만 있다면 커다란 기념이 될 것이라고 생각했기 때문이었다.

나는 빌 부인이 버그레이브 부인에게 자신의 여동생과 그 남편이 런던에서 자신을 만나기 위해 왔었다고 말했다는 사실을 당신께 미리 들려줬어야만 했다. 그때도 버그레이브 부인이 "하필이면 왜 지금 그렇게 여러 가지 일들을 정리하지 않으면 안 되는 거니?"라고 묻자, "하지만 그렇게 하지 않으면 안 되는걸."하고 빌 부인은 대답했다.

아니나 다를까, 그녀의 여동생 부부는 그녀를 만나기 위해 왔었는데, 그녀가 숨을 거두려 할 때에 도버의 거리에 도착해 있었다.

이야기를 다시 앞으로 되돌리자면, 버그레이브 부인이 빌 부인에게 차를 마시겠느냐고 묻자 그녀는, "마셔도 상관은 없지만 그 미치광이(버그레이브 부인의 남편을 말한다)가 네 그릇을 깨뜨려버리지는 않았니?"라고 말했다. 그랬기에 버그레이브 부인이, "나는 아직 차를 마실 정도의 그릇은 가지고 있어."라고 대답했으니 빌 부인이 차 마시기를 사양하며, "차야 아무래도 상관없지 않니? 그냥 있으렴."하고 말했기에 차는 마시지 않았다.

내가 버그레이브 부인과 몇 시간에 걸쳐 마주앉아 있는 동안 그녀는 빌 부인이 한 말 가운데서 지금까지 기억해내지 못한 말은 없나 열심히 생각한 결과, 딱 한 가지 중요한 사실을 떠올렸다. 그것은 브레턴 노인이 빌 부인에게 매해 10파운드씩 주고 있었다는 비밀로 그녀 자신도 빌 부인에게 듣기 전까지는 전혀 모르고 있었다.

버그레이브 부인은 이 이야기를 꾸미거나 하는 일은 절대로 하지 않았지만, 망령의 존재성을 의심하는 사람이나 적어도 망령을 우습게 생각하는 사람들도 그녀로부터 이 이야기를 들으면 당혹스러워했다. 빌 부인이 그녀를 방문했을 때 옆집의 하인은 버그레이브 부인이 누군가와 이야기 나누는 것을 정원 너머로 들었다. 그리고 그녀는 빌 부인과 헤어진 뒤 곧장 옆옆 집으로 가서 옛 친구와 정신없이 이야기를 나누었다며 그 대화 내용까지 자세히 들려주었다. 한 가지 더 신기한 일은, 이 사건이 일어나기 전에 버그레이브 부인이 죽음에 관한 드렐린코트의 저서를 마침 사두었다는 점이다. 그리고 이런 일에도 주목하지 않으면 안 될 것이다. 즉, 버그레이브 부인은 몸과 마음 모두 매우 지쳐 있었으나 그것을 참고 이 망령에 관한 이야기를 모두에게 일일이 들려주었으면서도 돈은 결코 한 푼도 받으려 하지 않았을 뿐만 아니라 그녀의 딸에게도 무엇 하나 받지 못하게 했기에 이 이야기를 한다한들 그녀에게는 아무런 이익도 있을 리 없었다.

그런데 망령의 남동생인 빌 씨는 이 사건을 극력 은폐하려 했다. 버그레이브 부인을 직접 한번 만나보고 싶다고 말했으나, 그는 누나인 빌 부인이 세상을 떠난 뒤 선장 왓슨의 집까지 갔으면서도 결국 버그레이브 부인을 찾아가지는 않았다. 그의 친구들은 버그레이브 부인을 거짓말쟁이라고 말하며 그녀는 예전부터 브레턴 씨가 매해 10파운드씩 보낸 사실을 알고 있었다고 말하고 있으나, 내가 알고 있는 명망가들 사이에서는 오히려 그런 식으로 떠들고 다니는 그 치들이야말로 거짓말쟁이라는 평판이 일고 있다. 빌 씨는 신사답게 그녀가 거짓말을 하는 것이라고 떠들고 다니지는 않으나 버그레이브 부인은 좋지 않은 남편 때문에 정신이 이상해진 것이라 말하고 있다. 하지만 그녀가 딱 한 번이라도 그를 만나기만 한다면 그의 구실을 무엇보다도 유효하게 논박하게 될 것이다.

빌 씨가 임종 직전에 남기고 싶은 말은 없냐고 물었더니, 빌 부인은 없다고 대답했다고 한다. 하긴, 빌 부인의 망령이 남긴 유언은 매우 하찮은 것으로 그것을 처리하기 위해서 특별히 새판을 벌으켜나 할 그도 세 세기도 아니 두하다, 나중에 생각해보니 그녀가 그런 유언 같은 말을 한 것은, 요컨대 버그레이브 부인으로 하여금 자신이 망령이 되어 나타났다는 사실을 명백히 설명할 수 있도록 하기 위해서이며, 그녀가 보고 들은 사실을 세상 사람들이 의심하지 않도록 하기 위해서이고, 또 하나는 이성적이고 분별력 있는 사람들 사이에서 버그레이브 부인의 평판이 떨어지지 않도록 하기 위한 배려였던 것이라 여겨진다.

그리고 빌 씨는 금화가 든 지갑이 있었다는 사실도 인정했으나 그것은 부인의 캐비닛이 아니라 콤비박스 안에 있었다고 말하고 있다. 그건 아무래도 믿을 수 없다는 생각이 든다. 왓슨 부인의 설명에 의하면 빌 부인은 자기 캐비닛의 열쇠에 대해서는 매우 주의를 기울였기에 그 열쇠를 누군가에게 맡기지는 않았을 것이라고 한다. 만약 그 말이 사실이라면 그녀는 틀림없이 자신의 캐비닛에서 금화를 다른 곳으로 옮기지는 않았을 것이다. 빌 부인이 자신의 손으로 몇 번인가 양쪽 눈을 비빈 것과 자기 지병의 발작 때문에 얼굴이 변하지 않았냐고 물은 것은, 일부러 버그레이브 부인에게 자신의 발작을 떠올리게 하기 위해서였으며, 또 그녀가 반지와 금화의 처분에 관한 글을 써서 남동생에게 보내달라고 부탁한 것을 임종을 앞둔 사람의 요구라 여기지 않고 발작의 결과라고 여기게 하기 위해서였다고 생각한다. 그랬기 때문에 버그레이브 부인도 틀림없이 빌 부인의 지병이 돋기 시작한 것이라고 착각을 했었다. 동시에 버그레이브 부인을 놀라지 않게 한 것은 그녀를 얼마나 사랑하고 그녀에 대해서 얼마나 주의를 기울였는지를 보여주는 실례 중 하나일 것이다. 그러한 마음 씀씀이는 빌 부인의 망령의 태도에 일관해서 나타났는데, 특히 대낮에 그녀를 찾아간 일이나, 인사의 입맞춤을 거절한 일, 혼자되었을 때나, 또 헤어질 때의 태도, 즉 그녀에게 인사의 입맞춤을 다시 청하지 않아도 되게 한 일 등 전부가 그렇다.

그런데 빌 씨가 왜 이 이야기를 미치광이의 헛소리로 치부하며 극력 그 사실을 은폐하려 하는 것인지 나는 잘 이해가 되지 않는다. 세상 사람들은 빌 부인을 선량한 망령으로 인정하고 있으며 그녀의 대화는 실로 신의 것과도 같은 것이었다고 믿고 있지 않은가? 그녀의 두 가지 커다란 사명은 역경에 처한 버그레이브 부인을 위로함과 동시에 신앙에 관한 이야기로 그녀를 격려하고, 또 소원했던 것에 대한 사과의 말을 건네기 위한 것이었다. 그리고 가령 무엇인가 복잡한 사정이나 이익문제는 고려하지 않기로 하고, 버그레이브 부인이 빌 부인의 죽음을 일찍 알게 되어 금요일 낮부터 토요일 낮까지의 사이에 이 이야기를 만들어낸 것이라고 상상해보기 바란다. 그런 짓을 할 그녀였다면, 좀 더 기지가 있고, 좀 더 생활 □ □□□□, □ □□이 □□□□ □□□ □□□□ □□ □ □□한 여자였어야만 할 것이다.

나는 몇 번이고 버그레이브 부인에게 틀림없이 망령의 윗옷 자락을 만졌냐고 물었지만 그녀는 언제나 겸손하게, "만약 내 감각에 잘못이 없었다면 저는 틀림없이 그 윗옷을 만졌다고 생각합니다."라고 대답했다. 또한 망령이 그 손으로 무릎을 두드렸을 때 틀림없이 그 소리를 들었냐고 묻자, 그녀는 들었는지 못 들었는지 분명히 기억할 수는 없지만 그 망령의 육체는 자신과 완전히 똑같은 것이었다고 말했다.

"그렇기에 제가 본 것은 그 사람이 아니라 그 사람의 망령이었다고 누군가가 말한다면, 지금 저와 이야기를 나누고 있는 당신도 제게는 망령이 아닐까 여겨집니다. 당시 제게 무섭다는 느낌은 조금도 들지 않았으며, 어디까지나 친구로서 집에 들였고 친구로서 작별을 한 겁니다."

그녀는 또, "저는 이 이야기를 남들이 믿게 하기 위해서 특별히 한 푼이라도 돈을 쓴 기억은 없으며, 단 한 번도 이 이야기로 이익을 얻어야겠다고 생각한 적도 없었습니다. 저는 오히려 앞으로 오랜 시간 동안 쓸데없이 귀찮은 일이 늘었다고 생각하고 있습니다. 우연한 계기로 이 이야기가 세상에 알려지지만 않았어도 이렇게 널리 퍼지지는 않았을 텐데……." 라고 말했다.

하지만 지금은 그녀도 이 이야기를 이용해 가능한 한 세상 사람들을 위해서 힘써야겠다고 남몰래 생각해왔다고 말하고 있다. 그리고 그 이후 그녀는 그 생각을 실행에 옮겼다. 그녀의 이야기에 의하면 어떤 때는 30마일이나 떨어진 곳에서 이 이야기를 듣기 위해 온 신사도 있었으며, 또 어떤 때는 한꺼번에 방 안 가득 모인 사람들에게 이 이야기를 들려준 적도 있었다고 한다. 어쨌든 어느 특수한 신사들은 모두 버그레이브 부인의 입을 통해서 직접 이 이야기를 들었다.

이 사실은 나를 매우 감동시켰을 뿐만 아니라, 나는 이 정확한 근거가 있는 사실에 대해 커다란 만족을 느끼고 있다. 그리고 확실한 견해를 갖지도 못하면서 우리 인간은 왜 사실에 대해 서로 논쟁을 벌이는지 나로서는 이해할 수가 없다. 단, 버그레이브 부인의 증명과 성실함만은 어떠한 경우에라도 의심의 여지가 없는 것이리라.

이층 침대

프랜시스 매리언 크로퍼드(Francis Marion Crawford, 1854~1909)

미국의 작가. 그는 많은 소설을 남겼는데 특히 이탈리아에서 출간

된 고전적이고 괴기스러운 이야기로 주목을 끌었다. 대표작으로는

『이층침대』, 『피는 내 생명』, 『울부짖는 해골』 등이 있다. 판타지 소

설뿐만 아니라 역사소설에도 힘을 기울였다.

1

누군가가 시가를 주문했을 때, 우리는 벌써 오랜 시간 이야기를 나눈 뒤였기에 모두가 약간 따분함을 느끼고 있었다. 담배 연기는 ㅇㅓ ㄲㅔㄹㅐ ㄸㅏㅇㅔ ㅂㅐㅇㅕㄱㅗ 무거워진 머리에서는 술기운이 돌고 있었다. 만약 누군가가 졸음을 쫓아주는 행동을 해주지 않는다면 그곳의 투숙객인 우리는 자연스러운 결과로 서둘러 자신들의 방으로 돌아가 틀림없이 잠을 자고 말 것이다.

누구도 깜짝 놀랄 만한 이야기를 하지 않는다는 것은, 누구도 깜짝 놀랄 만한 이야기를 가지고 있지 않다는 사실을 의미한다. 잠시 후 자리에 있던 존스가 얼마 전 요크셔에서 했던 사냥에 관한 모험담을 시작했고, 다음에는 보스턴의 톰킨스 씨가 인간의 노동공급 원칙을 자세히 설명하기 시작했다.

그의 말에 의하면 애치슨, 토피카와 산타페 방면에 부설된 철도가 그 미개 지방을 개척하여 주(州)의 세력을 연장했을 뿐만 아니라, 그 공사를 회사에 넘기기 이전부터 그 지방 사람들에게 가축류를 운송하여 기아를 미연에 방지했고, 오랫동안 표를 산 승객들에 대해서 전술한 철도회사가 아무런 위험도 없이 인명을 운반할 수 있다는 그릇된 믿음을 갖게 한 것도 전부 이 인간의 노동에 대한 책임과 조심스러운 공급에 의한 것이라고 한다.

그러자 이번에는 톰볼라 씨가 자신의 조국 이탈리아의 통일은 마치 위대한 유럽의 조병창에 의해서 정교하게 설계된 최신식 어뢰 같은 것으로, 그 통일이 완성되는 날에는 그것이 나약한 인간의 손에 의해 당연히 폭발되어야 할 무형의 땅, 즉 혼돈스러운 정계라는 황야에 던져져야 한다는 점을 우리에게 납득시키려 했으나, 우리에게 그런 논설은 이제 아무래도 상관없는 것이었다.

이 모임의 광경을 이보다 더 자세히 묘사할 필요는 없으리라. 요컨대 우리의 대화라는 것은, 덧없이 큰 소리로 떠들어대고 있기는 하지만 프로메테우스(고대 그리스신화 속의 인물)라면 들은 척도 하지 않고 자신의 바위에 구멍을 뚫을 것이며, 탄탈루스(같은 신화 속 인물)라면 정신이 아득해졌을 것이고, 또 익시온(그리스 전설 속의 인물)이라면 우리의 말 따위를 듣느니 차라리 올렌도르프 씨의 잔소리라도 듣고 있는 편이 나을 거라고 생각하지 않을 수 없을 만큼 참으로 따분하기 짝이 없는 것이었다. 그럼에도 불구하고 우리는 몇 시간이고 테이블 앞에 앉아 피곤한 것도 참았으며, 다리 하나 흔드는 사람조차 없었다.

누군가가 시가를 주문했기에 우리는 그 사람을 돌아보았다. 그 사람의 이름은 브리즈번으로 언제나 사람들의 주목을 끌 만큼 뛰어난 재능을 가졌는데 서른대여섯 살쯤으로 보이는 창창한 나이의 사내였다. 그의 풍채는 비교적 키가 크다 싶을 정도였을 뿐, 보통 사람의 눈에 특별히 유별난 점은 보이지 않았다. 그 키도 185㎝쯤이었고 그저 어깨가 꽤 넓은 정도로, 그렇게 이매 보이기는 않았지만, 주의해서 살펴보면 틀림없이 근육이 발달되어 있고, 그 조그만 머리는 튼튼한 뼈대로 이루어진 목에 의해 지탱되고 있으며, 그 남성적인 손은 호두까기를 기다리지 않아도 호두를 깰 수 있을 정도였고, 옆에서 보면 누구나 그 소매의 폭이 터무니없이 넓게 만들어졌다는 사실과 가슴이 유별나게 두껍다는 사실을 깨닫지 않을 수 없을 것이다. 말하자면 그는, 언뜻 보기에는 그렇게 강하다는 느낌이 들지 않으나 사실은 보기보다 훨씬 더 강한 종류의 사내였다. 그의 얼굴에 대해서는 그다지 말할 필요도 없을 테지만, 어쨌든 앞서 이야기한 것처럼 그의 머리는 작고 머리숱이 적었으며, 파란 눈을 가지고 있었고 커다란 코 밑에 수염을 살짝 기른, 순수한 유대계의 풍모를 하고 있었다. 모든 사람들이 브리즈번을 알고 있었기에 그가 시가를 주문하자 모두가 그를 보았다.

"정말 신기한 일도 다 있더군."하고 브리즈번이 입을 열었다.

모든 사람들이 말하기를 멈췄다. 그의 목소리는 그리 크지 않았으나 어설픈 대화를 꿰뚫어보고 예리한 칼로 그것을 잘라내는 듯한 독특한 목소리였다. 모두가 귀를 기울였다. 브리즈번은 자신이 모두의 주목을 끌고 있다는 사실을 알면서도 태평하게 시가를 태우며 말을 이었다.

"정말 신기한 일이란 유령에 대한 이야기인데 말이지. 무릇 사람들이란 누군가 유령을 본 사람이 없느냐고 늘 묻고 싶어 하는 법이지만, 나는 그 유령을 봤어."

"말도 안 되는 소리."

"자네가?"

"진심으로 하는 소린 아니겠지, 브리즈번?"

"지식 계급의 사내가 그런 한심한 말을 하다니."

이러한 말들이 동시에 브리즈번의 말을 향해 쏟아졌다. 뭐야, 재미없게, 라는 듯한 표정으로 자리에 있던 사람들 모두 시가를 주문했는데 버틀러인 스터브스가 알코올이 들지 않은 샴페인 병을 들고 어디선가 나타났기에 마침 따분해하던 사람들 모두의 얼굴에 생기가 돌았다. 브리즈번이 이야기를 시작했다.

　나는 오래도록 배를 탔는데 대서양을 빈번히 오갈 때 특이한 취향을 갖게 됐어. 물론 대부분의 사람들에게는 각자의 취향이라는 게 있지. 예를 들어서 나는 예전에 자기 취향에 맞는 특수한 종류의 자동차가 올 때까지 브로드웨이의 술집에서 45분 동안이나 기다린 한 남자를 본 적이 있었어. 내가 보기에 술집 주인 중 3분의 1은 그런 사람들의 특이한 취향에서 오는 버릇 덕분에 먹고살고 있는 것 같지만. 그런데 나도 대서양을 항해할 때면 아주 특이한 기선을 기대하는 버릇이 생겼지. 그건 틀림없이 편집증적인 버릇일지 모르겠지만, 어쨌든 나는 딱 한 번 평생 잊지 못할 정도로 유쾌한 항해를 한 적이 있었어.

　난 지금도 그때의 일을 잘 기억하고 있어. 그건 7월의 어느 더운 아침이었어. 검역소에서 오는 한 척의 기선을 기다리는 동안 세관원들은 어슬렁어슬렁 부두를 돌아다녔는데 그 모습은 안개에 특히 희미해져서 마치 생각에 잠겨 있는 것처럼 보였어. 내게는 짐이 거의 없었다기보다는, 전혀 없었기 때문에 승선객과 운반인과 놋쇠 단추가 달린 푸른 상의를 입은 호객꾼들의 인파에 섞여 그 배가 도착하기를 기다리고 있었어.

기선이 도착하자 그 호객꾼들이 가장 먼저 버섯처럼 갑판에 나타나 손님 한 사람 한 사람의 시중을 들기 시작했어. 당시 나는 어떤 흥미를 가지고 사람들의 그런 자발적 행동을 종종 주의 깊게 살펴보곤 했었지. 잠시 후 수로 안내원이 '출항!'이라고 외치자 운반부와 그 놋쇠단추가 달린 푸른 옷의 호객꾼들은 마치 사실상 데비 존스가 감독하고 있는 격납고에 건네진 것처럼 삽시간에 갑판과 뱃전의 출입구에서 모습을 감췄다가, 막상 출항 직전이 되자 깔끔하게 수염을 깎고 푸른 상의를 입고, 팁을 받기에 혈안이 되어 있는 호객꾼들이 다시 거기로 모습을 드러냈어. 나도 서둘러 배에 올랐지.

캄차카는 내가 좋아하는 배 중 하나였어. 내가 굳이 '였어.'라는 말을 사용한 것은 이제 더 이상 그 배를 썩 좋아하지 않게 되었을 뿐만 아니라 다시 그 배로 항해하고 싶다는 애착심도 전부 사라졌기 때문이야. 아아, 아무 말 말고 그냥 들어봐. 그 캄차카라는 배의 선미는 말할 수 없이 아름답지만 선수 쪽은 가능한 한 배를 물에 잠기지 않게 하기 위해서 놀라울 정도로 우뚝 솟아 있고 밑의 침대는 대부분이 이층으로 되어 있어. 그 외에도 이 배에는 아주 좋은 점들이 여럿 있지만, 나는 더 이상 그 배로는 항해하고 싶지 않아. 얘기가 약간 빗나가기는 했지만 어쨌든 그 캄차카 호에 승선한 나는 그 배의 선원에게 경의를 표했어. 그 빨간 코와 새빨간 수염 모두가 마음에 들었기 때문이야.

"105호의 아래쪽 침대야."라고, 대서양의 항해를 번화가에 있는 델모니코스 술집에서 위스키나 칵테일에 대한 이야기를 하는 것 정도로밖에 생각지 않는 사람 특유의 사무적인 투로 내가 말했어.

선원은 나의 여행가방과 외투와, 담요를 받아들었어. 나는 그 순간 그가 보인 표정을 잊으려 해도 잊을 수 없을 거야. 물론 그가 안색을 바꿨던 건 아니야. 기적조차 자연의 운행을 바꿀 수는 없다고 저명한 신학자들도 보증하고 있으니, 나도 그의 빈 배에 대해 어떤 얘기하고 말하기를 굳이 주저하지는 않겠지만, 그 표정으로 봐서 그가 하마터면 눈물을 흘릴 뻔했던 것인지, 재채기가 나오려다 만 것인지, 혹은 내 여행가방을 떨어뜨리려 했던 것인지, 어쨌든 흠칫했던 것만은 사실이었어. 그 여행가방에는 나의 오랜 친구인 스닉긴손 반 피킨스가 작별 선물로 준 고급 셰리주가 두 병 들어 있었기에 나도 약간 놀랐지만 그는 눈물도 흘리지 않았고, 재채기도 하지 않았고, 여행가방도 떨어뜨리지 않았어.

"그럼, 이……."하고 낮은 목소리로 말하고 그가 나를 안내해서 지옥(배의 아래쪽)으로 갔을 때, '이 선원은 약간 취했구나.'라고 마음속으로 생각했지만 나는 특별히 아무런 말도 하지 않고 그의 뒤를 따라갔어.

105호의 침대는 좌현의 훨씬 뒤쪽에 있었는데 이 침대에 대해서는 특별히 말할 필요도 없을 정도로 평범한 것이었어. 캄차카 호의 위쪽에 있는 침대 거의 대부분도 그렇지만 이 아래쪽 침대도 이층으로 되어 있었어. 침대는 널찍했고, 북아메리카 인디언의 마음에 자랑스러운 기분이 들게 할 정도로 평범한 세면장치가 있었고, 칫솔보다 커다란 우산도 간단히 걸수 있을 만한 크기의 별 쓸모없는 갈색 나무로 된 선반도 매달려 있었어. 여분의 요 위에는 근대의 해학가가 냉국수 과자와 비교를 하고 싶어 할 만한 담요가 함께 개켜져 있었어. 단, 수건걸이가 없다는 사실에는 정말 할 말이 없더군. 유리병에는 투명한 물이 가득 들어 있었는데 약간 갈색을 띠고 있었고, 실내에서 아주 불쾌할 정도로 냄새가 나지는 않았지만 마치 뱃멀미를 느끼게 하는 기계의 기름 냄새를 떠오르게 할 것 같은 희미한 냄새가 코를 찔렀어. 내 침대에는 음침함이 느껴지는 커튼이 반쯤 닫혀 있었고, 안개에 흐려진 듯한 7월의 햇살이 그 쓸쓸하고 작은 방에 희미한 빛을 던지고 있었어. 사실 그 침대는 영 마음에 들지 않았어.

선원은 내 손가방을 내려놓고 얼른 달아나고 싶다는 듯한 표정으로 나를 봤어. 아마도 다른 승객들에게로 가서 팁을 받고 싶었던 거겠지. 나 역시 이런 직무에 있는 사람에게는 친절을 베푸는 것이 편리하겠다는 생각이 들었기에 그에게 바로 동전을 주었어.

"불편한 점이 있으시면 언제든 말씀하시기 바랍니다."라고 그가 동전을 주머니에 넣으며 말했어.

그런데 그 목소리에는 나를 깜짝 놀라게 할 정도로 묘한 울림이 있었어. 내가 건네준 팁이 적어서 불만인가보다 했는데, 나는 마음속 불평을 분명하게 말해주는 편이 입을 다물고 있는 것보다 훨씬 낫다고 생각했어. 하지만 내가 그를 잘못 본 거였더군. 그것이 팁에 대한 불평 때문이 아니라는 사실을 나중에 알게 됐어.

그날은 비녕나 울 시네까 있다 없이 지나갔어, 캄차카 호는 정시에 출발했어. 바다는 평온하고 날씨는 무더웠지만 배가 움직이고 있었기에 상쾌한 바람이 산들산들 불고 있었어. 모든 승객이 배에 탄 첫날이 얼마나 즐거운지를 잘 알고 있었기에 갑판 위를 천천히 걷기도 하고, 서로 힐끗힐끗 시선을 주고받기도 하고, 그러다 같은 배에 탔다는 사실을 몰랐던 지인을 우연히 만나기도 했어.

식당을 2번쯤 찾아가지 않는 한은 그 배의 식사가 좋은지, 나쁜지, 혹은 평범한지 판단할 수 없는 법이야. 배가 파이어 아일랜드를 지나기 전에는 날씨도 아직은 알 수 없는 법이야. 처음에는 식탁도 사람들로 가득했지만 점점 줄어들기 시작했어. 창백해진 얼굴을 한 사람들이 자신의 자리에서 벌떡 일어나 서둘러 입구 쪽으로 나가버리기 때문에 배에 길들여진 사람들은 아주 쾌적한 기분으로 허리띠를 한껏 풀어놓고 메뉴표의 음식을 처음부터 끝까지 먹어치울 수 있게 되지.

대서양을 한두 번이 아니라 우리처럼 몇 번이고 항해를 하다 보면, 항해 따위는 그렇게 특별한 일이라 여겨지지도 않게 되는 법이야. 고래와 빙산은 언제나 흥미를 끄는 대상물이기는 하지만, 고래는 어차피 고래고 빙산도 가끔 코앞에서 볼 수 있다는 정도에 지나지 않아. 대양을 기선으로 항해하는 동안 가장 즐거운 순간이라고 할 수 있는 것은, 우선 갑판에서 운동을 한 뒤 마지막으로 한 바퀴를 더 돌 때와, 마지막 담배를 피울 때와, 몸을 적당히 피로하게 한 뒤 아이처럼 맑은 마음으로 자유롭게 자신의 방으로 들어갈 때의 느낌이야.

배에 탄 첫날 밤, 나는 특히 나른했기에 평소보다 훨씬 일찍 자려고 105호실에 들어갔는데 나 외에도 여객 한 사람이 더 있는 듯해서 약간 의외라는 생각이 들었어. 내 가방이 놓인 곳과는 반대가 되는 구석에 내 것과 완전히 똑같은 여행가방이 놓여 있고 위쪽 침대에는 지팡이와 우산과 함께 담요가 깔끔하게 개켜져 있더군. 나는 혼자 여행을 하고 싶었기에 약간 실망스럽기는 했지만, 나와 같은 방을 쓰게 된 사람은 대체 어떤 사람일까 하는 호기심이 일어 그가 들어오면 얼굴을 봐둘 생각으로 기다리고 있었어.

내가 침대 안으로 들어간 지 얼마 지나지 않아서 그 남자가 들어왔어. 그는 내가 보아온 범위 가운데서는 키가 매우 크고 끔찍할 정도로 말랐으며 굉장히 창백한 얼굴을 한 사내로, 갈색 머리와 수염을 길렀고 회색 눈은 탁하게 흐려 있었어. 나는 정말 이상한 모습을 한 사람이라고 생각했지. 자네들도 틀림없이 월스트리트 부근을 별 할 일도 없이 빈둥빈둥 돌아다니는 종류의 사람을 보았겠지? 카페 앙글레에 가끔 나타나서는 혼자서 샴페인을 마시거나, 혹은 경기장 같은 데서 특별히 구경을 하는 것도 아니면서 어슬렁어슬렁 돌아다니는 사내, 그는 그런 부류의 인간이었어. 그는 약간 멋쟁이였지만 어딘가 특이한 면을 가지고 있었어. 그런 부류의 사람은 어느 항로의 기선에나 대체로 두어 명 정도는 있기 마련이지.

어쨌든 나는 그와 친해지고 싶은 마음이 들지 않았기에 그와 얼굴을 마주치지 않기 위해서 그의 평소 습관을 연구해 두어야겠다고 생각하며 잠에 들었어. 이후 만약 그가 일찍 일어나면 나는 그보다 늦게 일어나고, 만약 그가 언제까지고 잠을 자지 않으면 나는 그보다 먼저 잠자리에 들어야겠다고 생각한 거지. 나는 그가 어떤 인물인지 알려 하지 않았어. 만약 그런 사내의 정체를 일단 알게 되면 그 사내는 끊임없이 내 머릿속에 나타나곤 하는 법이니까. 하지만 105호실에서의 첫날 밤 이후 그 가엾은 사내의 얼굴을 다시 본 적이 없었기에 나는 그에 대해서 귀찮은 탐색을 하지 않아도 됐어.

코를 골며 자고 있던 나는 커다란 소리에 갑자기 눈을 떴어. 그 소리의 원인을 살펴보려고 같은 방의 사내가 내 머리 위 침대에서 훌쩍 뛰어내리더군. 그가 불안한 손놀림으로 문의 걸쇠와 빗장을 더듬고 있구나 생각한 순간, 곧 그 문이 활짝 열리더니 복도를 전속력으로 달려가는 그의 발소리가 들려왔어. 문은 열린 채였어. 배가 약간 흔들리기 시작했기에 나는 그가 넘어져 쓰러지는 소리가 들려올 것이라고 생각하며 귀를 기울였지만 그는 열심히 달려나가고 있는 듯, 어딘가로 가버리고 말았어. 배가 흔들릴 때마다 쿵쿵 문 부딪히는 소리가 들려와 참을 수가 없었어. 나는 침대에서 일어나 문을 닫고 어둠 속을 더듬어 침대로 돌아와 다시 깊이 잠들었는데, 이후 몇 시간을 잤는지는 나도 기억하지 못해.

2

눈을 떴을 때 주위는 아직 어두웠어. 나는 이상하게 불쾌한 오한이 들었기에 그건 공기가 차가워졌기 때문이라고 생각했지. 자네들도 바닷물로 눅눅해진 선실의 그 특이한 냄새를 알고 있겠지? 나는 가능한 한 담요를 폭 덮고 다음 날 그 사내에게 한껏 불평을 해댈 때의 좋은 말들을 이리저리 생각하다 다시 깜빡 잠들어버리고 말았어. 얼마쯤 지났을까, 내 머리 위 침대에서 같은 방의 남자가 뒤척이는 소리가 들려오더군. 아마도 내가 잠들어 있는 사이에 돌아온 거겠지. 잠시 후 그가 으으, 하며 신음하는 소리가 들린 것 같다는 느낌이 들었기에 나는 멀미를 하는 것이라고 생각했어. 만약 그렇다면 아래에 있는 사람은 된통 당하게 되지. 그런 생각을 하면서도 나는 날이 밝을 때까지 여전히 꿈과 현실 사이를 오갔어.

배가 전날 밤보다도 훨씬 더 흔들리기 시작했어. 창문으로 들어오는 희미한 빛은 배가 흔들려 창이 바다를 향하기도 하고 하늘을 향하기도 할 때마다 제멋대로 바뀌었어.

7월인데 너무 춥다 싶었기에 머리를 들어 창 쪽을 바라보니 놀랍게도 걸쇠가 벗겨져 있고 창이 열려 있지 않겠는가. 나는 위쪽 침대에 있는 사내에게 들으라는 듯 험한 말을 한 뒤 자리에서 일어나 창을 닫았어. 그리고 다시 침대로 돌아갈 때 위쪽 침대를 슬쩍 쳐다보았는데 커튼이 닫혀 있는 것으로 봐서 그 남자도 나와 마찬가지로 추위를 느끼고 있었던 듯하더군. 순간 지금까지 추위를 느끼지 못한 걸 보니 나도 꽤나 깊이 잠들었었나보다 하는 생각이 들었어.

전날 밤 나를 괴롭혔던 이상한 습기의 냄새는 나지 않았지만, 그래도 역시 선실 안에서는 불쾌함이 느껴졌어. 같은 방의 사내는 아직 자고 있었기에 그와 얼굴을 마주치지 않아도 될 좋은 기회라는 생각이 들어 나는 바로 옷을 갈아입고 갑판 위로 올라갔어. 하늘은 흐렸지만 날은 따뜻했고, 바다 위에는 기름 냄새 같은 것이 감돌기 시작했어. 내가 갑판으로 나간 건 7시였어. 아니, 어쩌면 조금 더 늦은 시간이었을지도 몰라. 거기서 아침 공기를 마시고 있던 배의 의사를 만났어. 아일랜드 동부 출신인 그는 검은 머리와 눈을 가졌으며 젊고 대담해 보이는 늠름한 사내였는데 한편으로는 묘하게 사람을 매혹시키는 대범함과 건강한 얼굴을 하고 있었어.

"안녕하세요. 날씨 좋은데요." 하고 내가 먼저 입을 열었어.

"안녕하세요. 좋은 날씨 같기도 하고, 아닌 것 같기도 하고. 제게는 왠지 아침 같지 않다는 느낌이 듭니다."

의사가 마치 기다렸다는 듯한 얼굴로 나를 돌아보며 말하더군.

"그런가요. 그러고 보니 썩 좋은 날씨도 아닌 듯합니다." 라고 나도 수긍을 했어.

"이런 날씨를 저는 곰팡내 나는 날씨라고 말합니다만." 하고 의사가 자랑스럽다는 듯 말했어.

"어젯밤에는 특히 추웠던 듯합니다. 물론 너무 추웠기에 여기저기 둘러보니 창문이 열려 있기는 했습니다만. 잠자리에 들 때는 전혀 눈치채지 못했는데, 덕분에 방이 습기로 가득했습니다."라고 내가 말했어.

"습했었습니까? 당신의 방은 몇 호실입니까?"

"105호입니다."

그러자 내가 오히려 더 놀랄 정도로 의사가 깜짝 놀라며 나를 보더군.

"왜 그러십니까?" 하고 내가 조용히 물었어.

"아니, 아무것도 아닙니다. 최근 3번 정도의 항해에서 그 방에 묵었던 분들 모두가 불만을 토로했기에……." 하고 의사가 대답하더군.

"서노 굴린이 있습니다. 네 개에 그 방의 꿈기이 흐름이 좋지 않은 듯합니다. 그런 방에 묵게 하다니 정말 너무합니다."

"솔직히 말씀드려서 저는 그 방에 무엇인가가 있다고 생각합니다만……. 아니, 손님을 겁먹게 하는 건 제 직무가 아닙니다."

"아닙니다. 선생님께서 저를 겁먹게 했다고 걱정하실 필요는 없습니다. 약간의 습기 정도는 참을 수 있습니다. 혹시 감기에라도 걸리면 선생님의 신세를 지겠습니다."

이렇게 말하며 나는 의사에게 시가를 권했어. 그것을 받아든 그는 상당한 애연가인 듯 어디의 시가인지 감정하는 것처럼 바라보더군.

"습기 같은 건 문제가 아닙니다. 어쨌든 당신의 몸에 이상이 없는 것만은 틀림없는 듯하니. 같은 방에 다른 분도 계신가요?"

"네, 한 사람 있습니다. 한밤중에 문도 제대로 닫지 않고 활짝 열어두는 아주 귀찮은 양반이기는 합니다만."

의사는 다시 한 번 내 얼굴을 빤히 바라보다 곧 시가를 입에 물었어. 그 얼굴은 뭔가 생각에 잠긴 것처럼 보였어.

"그런데 그 사람 돌아왔습니까?"

"저는 잠이 들었습니다만, 눈을 떠보니 그 양반이 뒤척이는 소리가 들려왔습니다. 그리고 저는 추위를 느꼈기에 창문을 닫은 뒤 다시 잠들었는데, 오늘 아침에 보니 그 창문이 다시 열려 있지 않겠습니까……."

의사가 조용히 말했다네.

"제 말 잘 들으세요. 저는 더 이상 이 배의 평판 따위에 신경 쓰고 있을 수 없습니다. 지금부터 제 생각을 말씀드리도록 하겠습니다. 당신이 어떤 분이신지는 조금도 알지 못하지만 저는 이 위에 상당히 넓은 방을 가지고 있습니다. 그러니 저와 함께 거기서 주무시도록 하십시오."

그런 그의 말에는 나도 적잖이 놀랐어. 의사가 왜 갑자기 내 몸을 생각해주게 되었는지 전혀 짐작이 가지 않더군. 어쨌든 그 배에 대해서 그가 이야기할 때의 태도가 아무래도 이상했어.

"여러 가지로 친절을 베풀어주셔서 감사합니다만, 선실의 공기를 환기시키면 습기도 전부 제거될 겁니다. 그건 그렇고 어째서 이 배의 평판 따위에 신경 쓰지 않겠다고 말씀하신 겁니까?"라고 내가 물었어.

"저희는 의사라는 직무 때문에라도 미신을 믿지 않는다는 사실은 당신도 물론 이해하고 계시리라 생각합니다. 하지만 바다는 사람으로 하여금 미신을 믿게 만드는 법입니다. 저는 당신에게까지 미신을 품게 하고 싶지는 않으며 또 공포심을 심어줄 생각도 없습니다. 아마 당신에게 그 고통 비어들이 의향이 있으시다면 어쨌든 제 방으로 오시기 바랍니다."

의사는 다시 이렇게 덧붙였어.

"당신이 그 105호실에서 묵고 계시다는 사실을 안 이상, 당신이 곧 바다에 빠지는 것을 볼 수밖에 없을 테니……. 물론 이건 당신뿐만이 아닙니다."

"무슨 말씀이신지……. 대체 무슨 일 때문에 그러십니까?"

내가 되묻자 의사가 낮은 목소리로 대답했어.

"최근의 3번에 걸친 항해에서 그 선실에 묵었던 사람들 모두가 바다에 빠지는 사건이 있었습니다."

내 고백하겠는데 인간의 지식이라는 것만큼 무섭고 불쾌

한 것도 없더군. 나는 오히려 어설픈 지식을 가지고 있었기에 그가 나를 놀리려는 것이 아닐까 살펴보기 위해 그의 얼굴을 뚫어져라 가만히 바라봤지만 의사는 여전히 진지한 얼굴을 하고 있었어. 내가 그 특별한 방에서 묵은 사람은 모두 바다에 빠진다는 말의 유일한 예외가 될 생각이라고 의사에게 말하자 그는 크게 반대하지는 않았지만 얼굴빛이 더욱 침울해지더군. 그리고 다음에 만날 때까지 자신의 말을 잘 생각해보는 편이 좋을 것이라는 뜻의 말을 암암리에 했어.

그로부터 얼마 지나지 않아서 나는 의사와 함께 아침을 먹으러 갔는데 식탁에 손님은 얼마 없고 우리와 함께 식사를 하는 한두 명의 고급선원들이 이상하게 침울한 얼굴을 하고 있다는 사실을 알게 되었어. 아침을 먹고 난 뒤 나는 책을 가지러 내 방으로 갔는데 위쪽 침대의 커튼은 아직 굳게 닫혀 있고 아무런 소리도 들리지 않더군. 같은 방의 사내는 아직 자고 있는 듯했어.

나는 방에서 나올 때 나를 찾고 있던 선원을 만났어. 그는 선장이 나를 만나고 싶어 한다고 속삭이더니 마치 어떤 사건에서 벗어나고 싶어 하는 사람처럼 서둘러 복도를 달려가더군. 내가 선장실로 찾아가니 선장이 기다리고 있었어.

"이렇게 오시라고 해서 죄송합니다. 당신께 부탁하고 싶은 일이 있어서……" 하고 선장이 입을 열었어.

나는 내가 할 수 있는 일이라면 뭐든 사양 말고 말해보라고 대답했지.

"사실은 당신과 같은 방을 쓰시던 손님이 행방불명됐습니다. 그분이 어제 저녁에 선실에 드신 것까지는 알고 있습니다만, 혹시 그분의 태도에 뭔가 이상한 점은 없었습니까?"

불과 30분 전에 의사가 말했던 무시무시한 사건이 실제 문제가 되어 내 귀에 들어온 순간, 나는 하마터면 쓰러질 뻔했어.

"그렇다면 저와 같은 방을 쓰던 사내가 바다에 빠졌다는 말씀이십니까?"

내가 되묻자 선장이 대답했어.

"아무래도 그런 것 같기에 저도 걱정하고 있습니다만……."

"정말 이상한 일도 다 있군요."

"무슨 말씀이십니까?"라고 이번에는 선장이 되물었다네.

"그럼 그 사람이 네 번째란 말씀이십니까?"

이렇게 말한 다음 선장의 첫 질문에 대한 대답으로, 의사에게서 들었다는 사실은 밝히지 않고, 105호 선실에 관해서 들은 이야기를 자세히 들려주자 선장은 내가 모든 것을 알고 있다는 사실에 놀란 듯했어. 그리고 나는 어젯밤에 있었던 일을 그에게 전부 들려주었지.

"당신이 지금 하신 말씀과, 지금까지의 세 사람 중 두 사람의 투신자와 같은 선실에 있던 사람들이 제게 들려준 말의 내용이 거의 대부분 일치합니다."라고 선장이 말했어. "지금까지 바다에 빠졌던 사람들도 침대에서 뛰쳐나오더니 그대로 복도를 달려갔다고 합니다. 세 명 중 두 명이 바다에 떨어지는 것을 파수를 보던 선원이 발견했기에 저는 배를 멈추고 구조정을 띄웠습니다만 아무래도 찾을 수가 없었습니다. 혹시 정말로 투신했다 해도 어제는 본 사람도 소리를 들은 사람도 없었습니다. 그 선실을 담당하고 있는 선원은 미신을 굳게 믿고 있는 사람인데 아무래도 좋지 않은 일이 일어난 것 같은 기분이 들어 오늘 아침에 당신과 같은 방을 쓰는 손님을 보러 살짝 가보았더니 침대는 비어 있고 침대에는 그 사람의 옷이 일부러 거기에 놓은 것처럼 어질러져 있었다고 합니다. 우리 배에 그 사람의 얼굴을 알고 있는 것은 그 선원뿐이기에 그가 배 안을 샅샅이 뒤져보았으나 아무래도 그 행방을 알 수가 없습니다. 그러니 이번 일을 다른 승객들에게는 말씀하지 말아주셨으면 합니다만……. 저는 이 배의 명예를 훼손하고 싶지 않을 뿐만 아니라 그 투신한 사람의 소문만큼 승객들의 머리를 위협하는 것도 없으리라 생각합니다. 그리고 당신께서는 고급 선원의 방 중 하나로 옮기셨으면 합니다만……. 물론 제 방으로 옮기셔도 상관없습니다. 어떻습니까? 이 정도면 아주 나쁜 조건은 아니라고 생각합니다만······."

"아주 좋습니다." 하고 나도 말했어. "잘 알겠습니다. 하지만 저는 그 방을 독점할 수 있게 됐으니 그냥 거기에 조용히 있고 싶습니다. 만약 선원이 그 불행한 사내의 짐을 치워주기만 한다면 저는 기꺼이 지금의 방에 남아 있겠습니다. 물론 그 사건에 대해서는 아무런 말도 하지 않을 것이며, 또 같은 방을 쓰던 그 사람처럼은 되지 않을 것이라고 당신에게 약속할 수 있습니다."

선장은 나의 무모한 생각을 막으려 노력했으나 나는 고급선원의 방에 기숙하는 것을 거절하고 그 방을 독점하기로 했어. 그게 어리석은 선택이었는지 어땠는지는 모르겠지만, 만약 그때 선장의 충고를 받아들였다면 나는 아주 평범한 항해를 했을 테고 지금 자네들에게 이야기하려 하는 기이한 경험은 하지 못했을 거야. 지금까지 105호 선실에서 묵었던 사람들 사이에서 일어났던 세 번에 걸친 투신 사건의 불쾌한 일치점은 선원들의 머릿속에 남아 있을 테지만, 앞으로 그런 일치점은 영원히 사라지게 만들겠다고 나는 마음속으로 다짐했어.

어쨌든 그 사건은 아직 해결되지 않았어. 나는 지금까지의 그런 괴담에 마음이 흐트러지지 않도록 하겠다고 굳게 결심하며 선장과 그 문제에 대해서 여러 가지로 이야기를 나누었어. 나는 그 방에 아무래도 좋지 않은 무엇인가가 있는 것 같다고 말했어. 그 증거로 전날 밤에는 창문이 열려 있었으니까. 나와 같은 방을 쓰던 남자는 처음 배에 탔을 때부터 환자 같은 모습을 하고 있기는 했지만, 그가 침대에 든 이후부터는 더욱 정신이 이상해진 사람 같았어. 그건 그렇고 그 남자가 배 안의 어딘가에 숨어 있다가 발견될지도 모르겠지만, 어쨌든 그 방을 환기시키고 창문을 주의해서 단단히 잠글 필요가 있으니 내게 더 이상 볼일이 없다면 방으로 가서 통풍을 시킨 뒤 창문을 단단히 닫아두고 다시 오겠다고 선장에게 말했어.

"당신께서 그렇게 말씀하신다면 지금의 선실에서 묵는 것은 물론 당신의 권리이기는 합니다만……. 저는 당신을 다른 방으로 옮기게 한 뒤 자물쇠를 단단히 채워두고 싶습니다."라고 선장이 약간 화가 난 사람처럼 말했다네.

나는 끝까지 내 뜻을 굽히지 않았어. 그리고 나와 같은 방을 쓰던 사내의 실종에 관해서는 입을 굳게 다물고 있겠다고 약속한 뒤 선장의 방에서 나왔어.

그 배에 나와 같은 방을 쓰던 사람의 지인은 한 사람도 없었기에 그가 실종되었다고 해서 이를 슬퍼하는 사람은 아무도 없었어. 저녁이 되었을 때 나는 의사를 다시 만났어. 의사가 결심을 바꿨냐고 묻기에 나는 바꾸지 않았다고 대답했어.

"그럼 당신도 곧⋯⋯." 하고 말하며 의사는 어두운 얼굴을 했어.

3

그날 밤, 우리는 카드놀이를 하다 늦어서야 잠자리에 들었어. 지금이니까 솔직하게 고백하겠는데 내 방에 들어섰을 때 왠지 섬뜩한 기분이 들어 가슴이 뛰었어. 아무리 생각하지 않으려 해도 그때쯤이면 이미 익사한 채 2, 3마일쯤 뒤에서 ⋯⋯ 키가 큰 사내의 모습이 떠올라 견딜 수가 없었어. 잠옷으로 갈아입으려는데 눈앞에 그 사내의 얼굴이 선명하게 떠올라 나는 그가 더 이상 실제로는 존재하지 않는다는 사실을 내 마음에 납득시키기 위해서 위쪽 침대의 커튼을 열어볼까도 생각했을 정도였어.

자꾸만 기분 나쁜 느낌이 들었기에 나도 문의 빗장을 풀어버렸어. 게다가 창문이 갑자기 소리를 내며 열려 나는 순간 섬뜩했으나 그것은 곧 다시 닫혔어. 창문을 잘 닫아두라고 그렇게 주의를 줬는데도 창문을 열어두었다는 생각이 들자 나는 화가 나서 서둘러 옷을 갈아입고 이 선실을 담당하고 있는 로버트를 찾으러 달려나갔어. 아직도 분명하게 기억하고 있는데 너무나도 화가 났기에 로버트를 발견하자마자 거칠게

105호의 문까지 끌고 가서 열려 있는 창 쪽으로 힘껏 떠밀었어.

"매일 밤 창문을 열어두다니, 이 무슨 얼빠진 짓이야. 게을러빠진 놈! 네놈은 이걸 열어놓는 게 배 안의 규정을 어기는 것이라는 사실도 몰랐단 말이냐? 혹시 배가 기울어 물이라도 쏟아져 들어와 보라고. 열 명이서 덤벼도 창문을 닫을 수 없다는 사실 정도는 알고 있겠지? 배에 위험을 초래하는 일을 했다고 선장에게 보고하겠어, 나쁜 놈."

나는 극도로 흥분해버리고 말았어. 로버트는 새파랗게 질려서 떨고 있다가 잠시 후 묵직한 놋쇠 손잡이를 잡아 둥근 유리 창문을 닫았어.

"네놈은 왜 내 말에 대답을 하지 않는 거지?"라고 내가 다시 소리를 질렀어.

"제발 용서해주십시오, 손님."이라고 로버트가 더듬더듬 말했어. "하지만 이 창문을 밤새도록 닫아둘 수 있는 사람은 이 배에 아무도 없습니다. 손님께서 직접 해보시기 바랍니다. 저는 이제 무서워서 한시도 이 배에 타고 있을 수가 없습니다. 손님, 제가 당신이라면 당장 이 방에서 나가 의사의 방에서 자거나 다른 방법을 생각했을 겁니다. 자, 손님께서 말씀하신 대로 문이 잠겼는지 잠기지 않았는지 잘 확인하신 뒤 조금이라도 움직이는지 손으로 움직여보시기 바랍니다."

나는 창문을 움직여보았는데 아나나 다를까 굳게 잠겨 있더군.

"어떻습니까?" 하고 로버트가 그것 보라는 듯 말을 이었어. "저의 일등 승무원 자격증을 걸고 말씀드리겠는데, 30분 안에 이 문이 다시 열렸다가 닫힐 것이라고 틀림없이 보장할 수 있습니다. 정말 섬뜩하게도 혼자서 저절로 닫힙니다."

나는 커다란 나사와 걸쇠를 살펴봤지.

"좋았어, 로버트. 만약 오늘 밤 안에 이 문이 열린다면 자네에게 1파운드짜리 금화를 주기로 하지. 이젠 됐어. 그만 나가봐."

"1파운드짜리 금화라니……. 정말 감사합니다. 미리 감사의 말씀을 올리겠습니다. 그럼, 안녕히 주무세요. 편안한 휴식과 즐거운 꿈을 꾸시기 바랍니다, 손님."

로버트는 방에서 나가는 것이 더할 나위 없이 기쁘다는 듯한 표정으로 얼른 나가버렸어. 물론 나는 그가 얼토당토않은 소리로 나를 겁먹게 해서 자신의 태만을 얼버무리려 한 것이라고 생각했지. 그런데 그 결과는, 그에게 1파운드짜리 금화를 줘야 했을 뿐만 아니라 매우 불쾌한 밤을 보내게 됐어.

내가 침대에 누워 담요로 내 몸을 감싼 지 채 5분도 지나지 않았을 때, 로버트가 와서 입구 옆의 둥근 판자 뒤에서 끊임없이 빛나고 있던 램프를 끄고 갔어. 나는 잠을 자려고 어둠 속에 조용히 누워 있었지만 도저히 잠을 잘 수 있을 것 같지 않다는 사실을 곧 깨달았어. 하지만 로버트에게 소리를 질러서 어느 정도는 마음이 후련해진 탓인지 같은 방에 있던 익사자를 생각했을 때 느꼈던 불쾌한 기분은 완전히 사라진 상태였어. 그럼에도 불구하고 나는 잠이 완전히 달아나버렸기에 한동안 침대 속에서 눈을 뜬 채 누워 때때로 창 쪽을 바라보았어. 그 창은 내가 누워 있는 곳에서 올려다보면 마치 어둠 속에 걸려 있는 약한 빛의 수프 접시처럼 보였어.

그로부터 1시간쯤 거기에 누워 있었던 듯한데, 막 잠에 빠져들려던 찰라 차가운 바람이 슥 불어오며 내 얼굴 위로 바닷물 방울이 튀었기에 퍼뜩 눈을 뜨고 벌떡 일어난 순간 배가 흔들리는 바람에 발을 헛디뎌 마침 창 밑에 있던 소파에 세게 부딪히고 말았어. 하지만 바로 정신을 차린 나는 무릎을 바닥에 대고 몸을 일으켰어. 바로 그때 창문이 활짝 열렸다가 다시 닫히지 않겠는가.

이 사실들은 더 이상 의심의 여지도 없는 것이었어. 내가 눈을 떴을 때는 틀림없이 잠에서 깨어 있었으니까. 또 설령 내가 비몽사몽간이었다 할지라도 그렇게 있는 힘껏 부딪쳤는데 잠에서 깨지 않았을 리가 없지. 그리고 나는 팔꿈치와 무릎에 상당한 부상을 입었기 때문에 내 자신이 그 사실을 의심한다 가정할지라도 그 상처들이 이튿날 아침이면 그 사실을 충분히 증명해줄 것이 틀림없었어. 그렇게 단단히 잠가두었던 창문이 저절로 열렸다 닫히다니, 그건 너무나도 신기한 일이었기에 처음 그 사실을 깨달았을 때는 무섭다기보다 오히려 놀랐을 뿐이었다는 사실을 나는 지금도 생생하게 기억하고 있어. 그랬기에 나는 바로 그 유리 창문을 닫고 있는 힘껏 문을 잠갔어.

방 안은 칠흑같이 어두웠어. 내가 보고 있는 앞에서 로버트가 그 창문을 잠갔을 때, 반드시 30분 이내에 다시 열릴 것이라고 말했다는 사실을 떠올리고 그 창문이 어떻게 해서 열리게 되어가 살펴보기로 결심해어. 놋쇠 손잡이는 매우 튼튼하게 만들어진 것이어서 웬만한 흔들림으로 걸쇠가 저절로 풀릴 것 같지는 않았어. 나는 창의 두꺼운 유리를 통해 그 밑에서 거품을 일으키고 있는 흰색과 회색의 파도를 가만히 바라보고 있었어. 모르긴 몰라도 한 15분 정도는 거기에 그렇게 서 있었을 거야.

갑자기 뒤쪽 침대 중 한 군데서 틀림없이 무엇인가 움직이는 소리가 들려왔기에 나는 깜짝 놀라 뒤를 돌아봤어. 물론 어둠 때문에 아무것도 보이지 않았지만 나는 아주 희미하게 신음하는 소리를 들었기에 날듯이 위쪽 침대로 달려가 커튼을 걷자마자 거기에 누가 있는지 확인하기 위해 손을 내밀어 보았어. 그러자 손에 분명히 느낌이 있었어.

두 손을 내밀었을 때의, 마치 축축한 구멍 속에 손을 찔러 넣은 듯한 써늘한 느낌을 나는 아직도 기억하고 있어. 커튼 너머에서 아주 탁한 바닷물 냄새가 섞인 바람이 다시 슥 불어왔어. 그 순간 나는 사내의 팔 같은, 미끌미끌하고 축축하지만 얼음처럼 차가운 것을 쥐었다 싶었는데 그 괴물이 나를 향해 맹렬한 기세로 달려들었어. 끈적끈적하고 묵직하고 젖은 진흙 덩어리 같은 괴물은 초인적인 힘을 가지고 있었고 나는 비틀거리며 방 맞은편으로 밀려났는데, 갑자기 방의 문이 활짝 열리더니 그 괴물이 복도로 뛰쳐나갔어.

나는 공포심을 느낄 사이도 없이 바로 정신을 차리고 그방에서 뛰쳐나가 정신없이 그를 추격했지만 도저히 따라잡을 수는 없었어. 거뭇한 그림자가 희미한 불빛이 밝혀져 있는 복도의 10m쯤 앞에서 움직이고 있는 것이 분명히 보였는데 그 빠르기는 마치 어두운 밤에 마차 램프의 불빛을 받은 준마의 그림자 같았어. 그 그림자가 사라지고 내 몸이 복도의 채광창 난간에 기대어져 있다는 사실을 인식한 순간, 나는 비로소 온몸에 소름이 돋고 머리털이 곤두섬과 동시에 식은땀이 얼굴로 흘러내리고 있다는 사실을 깨달았어. 하지만 나는 그것을 조금도 부끄럽게 생각하지는 않아. 극도의 공포심에 사로잡히면 식은땀을 흘리고 머리털이 곤두서는 정도는 누구에게나 당연한 일이니까.

그래도 나는 자신의 감각을 여전히 의심하고 있었기에 애써 마음을 진정시키며 이건 별일 아니라고도 생각해봤어. 양념한 빵을 먹은 것이 없어서 좋지 않은 꿈을 꾼 거라고 생각하며 내 방으로 돌아갔는데 몸이 아파서 걷기가 쉽지 않았어. 방 안은 어젯밤 내가 눈을 떴을 때처럼 탁한 바닷물 냄새 때문에 숨이 막힐 것 같았어. 용기를 내서 안으로 들어간 나는 더듬더듬 여행용 가방 속에서 초 상자를 꺼냈어. 그리고 소등한 뒤 책이 읽고 싶어졌을 때 사용하기 위해 가져온 기차용 조그만 초에 불을 붙였는데 이번에도 창이 열려 있었기에 나는 예선에 킹림인 씨에 ||||, 씨 ㅌ 비 다시 경험하고 싶지도 않은, 온몸이 쑤시는 듯한 말로 표현할 수 없는 공포에 휩싸였어. 나는 작은 초를 손에 들고 틀림없이 바닷물에 축축하게 젖었을 것이라 생각하며 위쪽 침대를 살펴보았어.

하지만 나는 실망했지. 사실 모든 것이 악몽과도 같았던 어젯밤의 사건 이후 로버트는 침대를 정리할 용기를 잃었을 것이라고 상상하고 있었는데 뜻밖에도 침대는 잘 정돈되어 있었을 뿐만 아니라 갯내가 아주 독하기는 했지만 침구는 마치 뼈다귀처럼 아주 잘 말라 있었어. 나는 가능한 한 활짝 커튼을 열어젖히고 세심하게 주의를 기울여 구석구석 그 안을 살펴보았는데 침대는 완전히 말라 있었어. 게다가 창문이 또 열려 있지 않겠는가. 나는 말로 표현할 수 없는 공포심에 사로잡혀 창을 닫고 걸쇠를 건 뒤, 나의 튼튼한 지팡이를 놋쇠 고리 안에 찔러 넣어 튼튼한 손잡이가 휠 정도로 힘껏 비틀었어. 그런 다음 작은 초에 달린 고리를 내 침대의 머리맡에 늘어져 있는 빨간 벨벳에 걸고 마음을 가라앉히기 위해 침대 위에 앉았지. 나는 밤새도록 그렇게 앉아 있었지만 이건 도저히 마음을 가라앉힐 수 있을 만한 일이 아니었어. 그래도 창문은 더 이상 열리지 않았어. 나 역시 신의 손길이 미치지 않는 한, 두 번 다시는 열리지 않을 것이라고 믿었어.

마침내 날이 밝았기에 나는 어젯밤에 일어났던 일을 생각하며 천천히 옷을 갈아입었어. 날씨가 아주 좋았기에 나는 갑판으로 나가서 상쾌한 마음으로 아침의 맑은 햇살을 받으며 내 방의 썩은 냄새와는 전혀 다른, 향기 높은 푸른 바다의 산들바람을 가슴 가득 들이마셨어. 나도 모르는 사이에 선미에 있는 의사의 방 쪽으로 걸어갔는데 의사는 벌써 선미의 갑판에 나와서 파이프를 피우며 전날과 똑같은 모습으로 아침 공기를 마시고 있더군.

"안녕하세요."라고 그가 얼른 인사하며 호기심 어린 눈빛으로 내 얼굴을 바라봤어.

"선생님, 선생님께서 말씀하신 대로 그 방에는 틀림없이 무엇인가가 씌워 있습니다."라고 내가 말했어.

"어떻습니까? 결심을 바꾸셨겠죠?"라고 의사가 오히려

자랑스럽다는 듯한 표정으로 말하더군. "어젯밤에는 끔찍한 일을 겪으셨겠죠? 흥분을 가라앉혀줄 음료를 드릴까요? 아주 좋은 놈을 가지고 있으니."

"아니, 됐습니다. 그보다 어젯밤에 있었던 일을 선생님께 말씀드리고 싶습니다만……." 하고 내가 커다란 목소리로 말했어.

그리고 나는 가능한 한 자세히 어젯밤에 있었던 일을 보고하기 시작했어. 물론 나는 이 나이가 되도록 그렇게 무시무시한 경험을 한 적은 없었다는 사실도 잊지 않고 덧붙였지. 특히 나는 창에서 일어난 현상을 자세히 이야기했어. 실제로 다른 일들은 전부 하나의 환영에 지나지 않는다 할지라도 이 창에서 일어난 현상만은 누가 뭐래도 분명하게 증명할 수 있는 기괴한 사실이었으니까. 나는 두 번이나 창문을 닫았고, 두 번째에는 내 지팡이로 조임쇠를 단단히 조이다 놋쇠 고리가 휘었다는 사실만으로도 그 신기한 주장을 강력하게 할 수 있었을 테니까.

"당신은 제가 당신의 말씀을 의심한다고 생각하고 계신 듯하군요."라고 내가 창문에 관한 일을 너무 자세히 얘기하자 의사가 미소를 지으며 말했어. "저는 조금도 의심하고 있지 않습니다. 당신의 소지품을 들고 오십시오. 제 방을 둘이서 반씩 나눠 씁시다."

"그보다는 이렇게 하는 건 어떻겠습니까? 제 선실로 오셔서 둘이서 하룻밤을 보내보는 겁니다. 그리고 이번 사건을 뿌리까지 파헤치는 데 힘을 보태주셨으면 합니다."

"그렇게 뿌리까지 파헤치려다 오히려 뿌리 끝에 잠겨버릴 수도 있습니다."라고 의사가 대답했어.

"무슨 말씀이신지……."

"바닷속 말입니다. 저는 이 배에서의 일을 그만둘까도 생각하고 있습니다. 실제로 그다지 유쾌하지 않으니까요."

"그렇다면 이번 사건을 뿌리까지 파헤치려는 저를 도와주실 수 없으시다는 말씀이십니까?"

"저는 사양하겠습니다."라고 의사가 빠른 말투로 말했어. "저는 언제나 냉정함을 유지해야만 하는 자리에 있기 때문에 유령이나 괴물과 놀 수는 없습니다."

"선생님은 정말로 유령의 짓이라고 믿고 계십니까?"라고 내가 약간 경멸하는 투로 물어보았어.

이렇게 말하기는 했지만 나는 어젯밤 내가 느꼈던 그 초자연적인 공포심을 문득 떠올렸어. 의사가 갑자기 나를 돌아봤어.

"당신은 이 모든 일을 유령의 짓이 아니라고 분명하게 설명하실 수 있으십니까?"라고 그가 반박했어. "물론 못하시겠지요. 좋습니다. 바로 그렇기 때문에 분명한 설명을 얻으려 하는 것이라고 말씀하실 생각이시겠지요? 하지만 당신은 엄지 못할 겁니다. 그 이유는 간단합니다. 유령의 짓이라고밖에는 달리 설명할 길이 없기 때문입니다."

"당신은 과학자가 아니십니까? 그런 당신께서 제게 이번 일에 대한 해석은 불가능하다고 말씀하시는 겁니까?"라고 이번에는 내가 반격을 가했어.

"아니, 가능합니다."라고 의사가 힘주어 말했어. "하지만 다른 해석이 가능하다면 저 역시 유령의 짓이라고는 말하지 않을 겁니다."

나는 이제 단 하룻밤도 그 105호실에서 혼자 보내기는 싫었지만, 그래도 어떻게 해서든 이 마음에 걸리는 사건을 해결해야겠다고 결심했어. 전 세계를 다 뒤져봐도 그처럼 섬뜩한 이틀 밤을 보낸 뒤, 다시 혼자서 그 방에 묵으려 하는 사람은 그리 많지 않을 거야. 게다가 나는 함께 불침번을 서줄 동료를 찾지 못한다면 혼자서라도 그것을 단행하기로 결심했어.

의사는 아무리 봐도 이런 실험에는 흥미가 없는 듯했어. 그는, 자신은 의사이기 때문에 배 안에서 일어나는 어떤 사건에 대해서도 늘 냉정함을 유지해야 한다고 말했어. 그는 무슨 일에나 판단을 망설여서는 안 돼. 어쩌면 이번 사건에 대해서도 그의 판단이 옳을지 모르겠지만, 그의 무슨 일에나 냉정해야 한다는 직무상의 경계는 그의 성격에서 온 것이 아닐까 하는 생각이 들었어. 그 때문인지 내가 힘을 빌려줄 다른 사람이 없겠느냐고 물었더니 의사는 이 배 안에 그런 탐구에 가담할 만한 사람은 아무도 없다고 대답하더군. 나는 두어 마디 더 나눈 뒤 그와 헤어졌어.

그로부터 얼마 지나지 않아서 나는 선장을 만났어. 내 생각을 이야기한 뒤 만약 나와 함께 그 방에서 불침번을 설 용기 있는 사람이 없다면 나 혼자서 결행할 생각이니 밤새도록 그곳의 등불을 켜둘 수 있도록 허가를 내달라고 청하자 "아아, 잠깐만 기다려보세요."라고 선장이 말했어.

"제 생각을 당신께 말씀드리겠습니다. 사실은 저도 당신과 함께 불침번을 서서 대체 무슨 일이 일어나는 건지 살펴봐야겠다고 생각하고 있었습니다. 저는 저희 둘이서 틀림없이 무엇인가를 발견해낼 수 있을 것이라 확신하고 있습니다. 어쩌면 이 배 안에 몰래 숨어서 손님들을 놀라게 한 뒤 어떤 물건을 훔치려는 녀석이 있는 걸지도 모릅니다. 그렇다면 그 침대에 이상한 장치를 해놓은 걸지도 모릅니다."

선장이 나와 함께 불침번을 서겠다고 말하지 않았다면 도둑이 있을지도 모른다는 그의 말 따위는 물론 일소에 부쳤겠지만, 선장의 말이 너무나도 반가웠기에 그렇다면 배의 목수를 데려가 방 안을 살펴보게 하자고 내가 먼저 나서서 말했어. 이에 선장은 바로 목수를 불러 나의 방을 구석구석까지 살펴보라고 명령했고, 우리도 그와 함께 105호 선실로 갔지.

우리는 위쪽 침대의 침구를 전부 밖으로 내놓은 뒤 어딘가에 떼어낼 수 있도록 만든 판자나, 혹은 여닫을 수 있게 만든 판자는 없는지 침대뿐만 아니라 가구와 바닥까지 두드려보기도 하고 아래쪽 침대의 장식을 떼어내기도 하고, 방 안에 살펴보지 않은 곳이라고는 어디에도 없을 정도로 샅샅이 살펴보았지만 결국 아무런 이상도 없었기에 모든 것을 다시 원래대로 해놓았어. 우리가 방을 정리하고 나자 로버트가 문가로 와서 안을 엿보았어.

"어떻습니까? 뭣 좀 찾으셨습니까?"라고 그가 억지로 생글생글 웃으며 물어봤어.

"로버트, 창문에 대해서는 자네가 이겼어."라며 나는 그에게 약속한 금화를 주었어.

목수는 말없이 나의 지도에 따라서 솜씨 좋게 일을 해주었는데 모든 일이 끝나자 이렇게 말하더군.

"저는 한낱 하찮은 인간에 불과합니다만, 다른 말씀은 드리지 않을 테니 당신의 짐을 전부 뺀 뒤 이 선실의 문에 10㎝짜리 못을 대여섯 개 박아 입구를 폐쇄하는 것이 좋을 듯합니다. 그렇게 하면 이 선실에 관한 좋지 않은 소문도 더는 돌지 않을 겁니다. 제가 알고 있는 것만 해도 4번의 항해 중에 이 방에서 4명의 행방불명자가 나왔으니 말입니다. 이 방은 포기하시는 것이 좋을 듯합니다."

"아니, 나는 하룻밤 더 이 방에서 묵을 생각이오."라고 내가 대답했어.

"당신을 생각해서 하는 말이니 그만두도록 하십시오. 다시 한 번 생각해보시는 편이 좋을 겁니다. 험한 꼴만 당하게 될 겁니다."라고 목수는 몇 번이나 되풀이하며 도구를 챙겨 선실에서 나갔어.

하지만 나는 선장의 도움을 얻게 되었다는 사실에서 커다란 힘을 얻었기에 이 기괴한 일을 중지해야겠다고는 조금도 생각지 않았어. 나는 어제 저녁과는 달리 양념을 해서 구운 빵과 그로그 마시기를 그만두고, 평소 즐기던 카드놀이에도 끼지 않은 채 오로지 마음을 가라앉히기에만 힘을 썼어. 그것은 선장에게 나라는 인간을 훌륭하게 보여야겠다는 자부심이 있었기 때문이야.

우리 배의 선장은 수많은 어려움과 고생 속에서 배운 용기와 담력과 침착함으로 사람들의 존경의 대상이 된 인물인데, 끈질기고 대범한 뱃사람의 표본이라 할 수 있는 사람이었어. 그는 터무니없는 일에 가담할 만한 사내가 아니었어. 따라서 그가 스스로 나의 탐구에 참가했다는 사실만으로도 선장이 내 선실에는 평범한 이론으로는 해석할 수 없는, 그렇다고 해서 단순히 미신이라고 일소에 부칠 수만도 없는 심상치 않은 변화가 있다고 생각한다는 증거가 된다고 할 수 있었지. 그로 인해서 그는 자신의 명성에 어느 정도까지는 치명상을 입게 될 것을 두려워하는 이기심과, 선장으로서 승객이 바다로 뛰어드는 것을 방치할 수 없다는 의무적 관념 때문에 나의 탐구에 가담한 거야.

그날 밤 10시 무렵, 내가 마지막 시가를 피우고 있는데 선장이 와서 갑판의 후텁지근한 어둠 속, 다른 승객들이 오가고 있는 곳에서 나를 잡아끌었어.

"브리즈번 씨, 이건 쉽지 않은 문제인 만큼 저희는 실망을 할 수도 어려움을 겪을 수도 있다고 각오를 해두어야 합니다. 당신도 아시겠지만 뭔가 비밀을 낭 못어넘길 수가 없습니다. 그러나 만일의 경우를 위한 서류에 서명을 해주셨으면 합니다. 그리고 오늘 밤 혹시 아무런 일도 일어나지 않는다면 내일 밤, 내일 밤에도 별일이 없다면 모레 밤, 이렇게 매일 밤 계속해서 실행해보기로 합시다. 준비는 되셨습니까?"라고 선장이 말했어.

우리는 밑으로 내려가 방에 들어갔어. 우리가 내려가는 도중에 로버트가 복도에 서서, 그 이를 드러내며 생글생글 웃는 특유의 웃음에, 틀림없이 무시무시한 일이 벌어질 텐데 정말 바보 같은 사람들이라는 표정을 지으며 우리를 바라보았어. 선장이 입구의 문을 닫고 빗장을 질렀어.

"당신의 가방을 문 앞에 놓지 않으시겠습니까?"라고 그가 말했어. "그리고 당신이나 제가 그 위에 앉아 있으면 그 어떤 것도 들어올 수 없을 겁니다. 창문은 잘 잠그셨겠지요?"

창문은 오늘 아침 내가 닫아둔 그대로였어. 내가 지팡이로 닫았을 때처럼 지렛대라도 사용하지 않는 한 그 누구도 창문을 열 수는 없었을 거야. 나는 침대 안을 잘 볼 수 있도록 위쪽 커튼을 묶어두었어. 그런 다음 선장의 지시에 따라 책을 읽을 때 쓰는 초를 위쪽 침대 안에 놓았기 때문에 하얀 시트가 선명하게 보였지. 선장은 자신이 문 앞에 앉아 있을 테니 아무 걱정할 것 없다며 가방 위에 자리를 잡았어. 선장은 방 안을 다시 한 번 면밀하게 살펴봐 달라고 말했어. 면밀하라고는 했으나 벌써 구석구석까지 살펴보고 난 뒤였기에 그저 내 침대 밑과 창가의 소파 밑을 들여다보는 정도의 일은 금방 끝나버리고 말았어.

"요괴나 괴물이라면 모르겠지만 사람의 힘으로는 여기에 들어올 수도, 또 창문을 열 수도 없을 겁니다."라고 내가 말했어.

"그럴 겁니다."라며 선장이 차분하게 고개를 끄덕였어. "이렇게까지 했는데도 이상한 일이 일어난다면 그건 환영이거나 어떤 초자연적인 괴물의 짓일 겁니다."

나는 아래쪽 침대 끝에 걸터앉았어.

"첫 번째 사건이 일어난 것은……."하고 선장이 문에 등을 기대고 다리를 꼬며 이야기를 시작했어. "그러니까 5월이었습니다. 그 위쪽 침대에서 자고 있던 승객은 정신병자였습니다. ……아니 그 정도까지는 아닐지 모르겠습니다만 어쨌든 좀 이상하다는 말을 듣고 있던 사람으로 친구들에게도 알리지 않고 조용히 이 배를 탔습니다. 그 사람은 한밤중에 이 방에서 뛰쳐나오더니 파수를 보고 있던 선원이 말릴 틈도 없이 바다로 뛰어들었습니다. 저희는 배를 멈추고 구조정을 내렸는데 그날 밤은 마치 폭풍 전야처럼 고요했음에도 불구하고 아무래도 그 사람의 모습은 보이지 않았습니다. 물론 그 사람의 투신은 박관에 의해 거꾸□□□ 이 밝□□ 밝혀졌습니다."

"그건 흔히 있는 일 아닙니까?"라고 내가 대수롭지 않다는 듯 말했어.

"아니, 그렇지도 않습니다."라고 선장이 분명하게 말했어. "다른 배에서 그런 일이 있었다는 얘기는 들은 적이 있습니다만, 아직 저희 배에서는 그런 일이 한 번도 없었습니다. 제가 조금 전에 5월이었다고 말씀드렸죠? 그 돌아오는 길에 어떤 일이 있었는지 아십니까?"

내게 이렇게 물은 선장이 갑자기 이야기를 멈췄어.

아마 나는 대답을 하지 않았던 것으로 기억해. 왜냐하면 창의 조임쇠가 천천히 움직이기 시작한 것 같다는 느낌이 들어 그쪽을 가만히 바라보고 있었기 때문이야. 나는 머릿속에 그 조임쇠의 위치를 알 수 있을 만한 표식을 정해놓은 뒤 눈을 떼지 않고 뚫어져라 바라보았는데 선장도 내 시선을 따라 그쪽을 보았어.

"움직이고 있어."라고 그것을 믿는다는 듯 외쳤다가 곧, "아니, 움직이지 않아."라고 다시 부정을 했어.

"만약 나사가 풀리고 있는 거라면 내일 낮쯤에 열릴 테지만……. 저는 오늘 아침에 있는 힘껏 잠가둔 것이 밤에도 그대로 있었다는 사실을 확인해두었습니다."라고 내가 말했어.

선장이 다시 말했어.

"그런데 이상하게도 두 번째 행방불명이 된 승객은 이 창문으로 투신했을 것이라는 억측이 저희들 사이에서 일고 있습니다. 무시무시한 밤이었습니다. 게다가 한밤중에 폭풍우까지 불어대고 있었습니다. 그런데 창 하나가 열려 바닷물이 들어왔다는 급보가 있었기에 제가 배 밑으로 달려가 보니 벌써 모든 것이 물에 잠겼을 뿐만 아니라 배가 흔들릴 때마다 바닷물이 폭포처럼 쏟아져 들어왔고 모든 창에 박아두었던 못이 느슨해져서 덜컹거리고 있었습니다. 저희는 창문을 닫기 위해 노력했지만 물의 기세가 워낙 맹렬했기에 도저히 손을 쓸 수가 없었습니다. 그때 이후로 이 방에서는 가끔 갯내가 나곤 합니다. 그래서 두 번째 승객은 이 창으로 투신한 것이 아닐까 저희는 생각하고 있습니다만, 어떻게 해서 저 조그만 창으로 몸을 던졌는지는 신 외에 아무도 아는 사람이 없습니다. 그날 이후로 로버트가 제게 자주 하는 말입니다만, 아무리 저 창문을 꼭 닫아도 어느 틈엔가 저절로 열린다고 합니다. 앗, 지금 틀림없이……. 제게는 그 갯내가 납니다. 당신은 안 나십니까?'

선장이 자신의 코를 의심하듯 자꾸만 주위의 냄새를 맡으며 내게 물었어.

"저도 분명히 냄새가 납니다."

나는 이렇게 대답했어. 내 이 머니에, 어젯밤에 밀렸던 그 썩은 바닷물 냄새 같은 것이 점점 짙게 감돌기 시작했다는 사실에 섬뜩함이 느껴졌어.

"이런 냄새가 나기 시작한 것을 보니 이 방이 틀림없이 습해졌을 겁니다."라고 내가 계속해서 말했어. "오늘 아침에 제가 목수와 함께 이 방을 살펴보았을 때는 모든 것이 전부 말라 있었는데……. 아무래도 심상치 않습니다. 앗!'

갑자기 위쪽 침대에 두었던 초의 불이 꺼졌어. 그래도 다행히 입구 옆에 있는 둥근 판자 속의 램프는 아직 충분히 빛을 발하고 있었어. 배가 크게 흔들려 위쪽 침대의 커튼이 휙 젖혀지는가 싶더니 다시 원래대로 돌아왔어. 나는 자리에서 얼른 일어났어. 선장이 앗 하고 외마디 비명을 지르며 벌떡 일어났어. 바로 그때 나는 초를 내려 살펴볼 생각으로 위쪽 침대를 향하고 있었는데 본능적으로 선장의 외침이 들려온 곳을 돌아보고 황급히 그쪽으로 달려가 보니 선장이 온몸의 힘을 실어 창문을 두 손으로 막고 있었지만 아차 하면 뒤로 밀릴 것 같았기에 나는 애용하던 그 떡갈나무 지팡이를 들어 고리 안으로 밀어 넣고 있는 힘껏 창문이 열리는 것을 막았어. 하지만 그 튼튼한 지팡이는 부러졌고 나는 소파 위에 쓰러지고 말았어. 다시 일어섰을 때 창문은 이미 열려 있었고 튕겨져 나간 선장은 입구의 문을 등진 채 새파래진 얼굴로 우두커니 서 있었어.

"저 침대에 뭔가 있어."라고 이상한 목소리로 외치며 선장이 눈을 휘둥그렇게 떴어. "제가 무엇인지 확인하는 동안 이 문을 지키고 계세요. 녀석을 놓쳐서는 안 됩니다."

나는 선장의 명령에 따르지 않고 아래쪽 침대로 뛰어 올라가 위쪽 침대에 누워 있는 정체불명의 괴물을 붙잡았어.

그것은 말로 표현할 수 없을 정도로 섬뜩한 괴물 같은 것이었는데 내게 붙들려 움직이고 있는 것은 길게 늘인 인간의 몸 같기도 했어. 게다가 그 움직이는 힘이 인간의 10배쯤 되는 듯했는데 내가 전력을 다해 붙들고 있자니 그 진흙처럼 끈적끈적한 이상한 괴물이 죽은 자와 같은 허연 눈으로 나를 가만히 나를 노려보는 듯했고, 몸에서는 썩은 바닷물 같은 악취가 났고, 때에 전 채 물기에 젖어 번들거리는 머리카락은 구불구불 소용돌이치며 죽은 자와도 같은 그 얼굴 위에 헝클어져 있었어. 나는 그 죽은 자와도 같은 괴물과 격투를 벌였는데 괴물이 자신의 몸으로 세게 부딪치며 나를 힘껏 밀어붙였기에 나는 팔이 부러질 것만 같았고, 살아 있는 시체 같은 그 괴물이 죽은 자의 그것과 같은 팔을 내 머리에 감아 몸을 덮쳤기 때문에 나는 결국 비명을 지르며 풀썩 쓰러짐과 동시에 괴물을 붙들고 있던 손을 놓아버리고 말았어.

내가 쓰러지자 그 괴물은 나를 뛰어넘어 선장 쪽으로 달려간 듯해어. 내가 조금 지 ㅁ 씨에 ㅁ 씨ㅆ 신상을 봤을 때 그는 창백한 얼굴로, 입을 굳게 다물고 있었어. 그가 살아 있는 시체의 머리에 커다란 타격을 가한 듯했지만 결국은 그 역시도 커다란 두려움에 입이 떨어지지 않는 듯한 신음을 올리며 앞으로 고꾸라져버리고 말았어.

한동안 거기에 우두커니 서 있던 괴물이 곧 지쳐 쓰러진 선장의 몸을 뛰어넘어 다시 내 쪽으로 다가올 것 같았기에 나는 너무 놀라 소리를 지르려 했으나 아무래도 소리는 나오지 않았어. 그 순간 괴물의 모습이 갑자기 사라져버리고 말았어. 당시 나는 거의 실신한 상태에 있었기에 분명하게는 말할 수 없지만, 그리고 자네들의 상상 이상으로 작은 그 창문을 생각하면 어떻게 그런 일이 가능했을지 지금도 여전히 의문이지만, 아무래도 그 괴물은 창문으로 뛰쳐나간 듯했어. 나는 오래도록 바닥에 쓰러져 있었어. 선장 역시 내 옆에 쓰러져 있었어. 그러다 나는 얼마간 의식을 회복했는데 내 왼쪽 팔목이 부러졌다는 사실을 바로 알 수 있었지.

내가 간신히 몸을 일으켜 오른손으로 선장을 흔들어 깨우자 선장은 신음소리를 내며 몸을 움직이다가 마침내 정신을 차렸어. 그는 부상을 당하지는 않았지만 완전히 넋이 나간 사람 같았어.

자, 자네들은 이 이야기를 더 듣고 싶은가? 하지만 내 이야기는 여기서 끝이야. 목수는 자신의 의견대로 105호실의 문에 10㎝짜리 못을 대여섯 개 박아 넣었어. 자네들 중 혹시 캄차카 호로 항해를 할 일이 생기는 사람이 있다면 그 방의 침대를 달라고 해보게. 틀림없이 그 침대는 이미 예약되어 있다며 거절할 테니. 맞아, 그 침대는 이미 살아 있는 시체가 예약을 한 상태야.

그 항해 중에 나는 의사의 선실에서 신세를 지게 됐어. 그는 내 부러진 팔을 치료해주면서 앞으로는 유령이나 괴물과 장난을 치지 말라고 충고해주었어. 선장은 완전히 입을 다물어버리고 말았어.

캄차카 호는 여전히 대서양의 항해를 계속하고 있지만 그 선장은 캄차카 호에 두 번 다시 승선하지 않았어. 물론 나도 마찬가지야. 실제로 그렇게 기분 나쁘고 무시무시한 경험은 두 번 다시 하고 싶지 않으니까. 내가 어떻게 해서 유령을 보았는가 하는 이야기는—그게 유령이라고 한다면— 이것으로 끝이야. 정말 끔찍했어.

모란동기

구우(瞿佑, 1347~1427)

명나라 절강 사람. 어렸을 때부터 시적 재능을 인정받았으며 벼슬
을 지내다 10년 동안 유배생활을 하기도 했으나 다시 복직했다. 대
표작으로는 『전등신화』, 『귀전시화』 등이 있다. 특히 『전등신화』는
송원시대의 대표적 문어소설로 많은 아류작을 낳기도 했다.

원나라 말에는 천하가 매우 혼란스러워서 한때는 군웅할거 시대가 찾아왔었는데 그 가운데서도 방곡손이라는 자는 절동(浙東) 지방을 점령하고 있었다. 그는 매해 정월 보름부터 5일 동안 며주부(婺州府)에 성 안에 원소등(元宵燈, 정월 대보름 밤에 켜는 등)을 줄줄이 걸어두고 모든 이들의 구경을 허락했기에 그때가 되면 매일 밤 사람들로 아주 붐볐다.

원의 지정 20년(1360) 정월이었다. 진명령 아래에 살고 있던 교생(喬生)이라는 남자는 아직 젊은 나이였으나 얼마 전에 아내를 잃어 홀아비의 마음 쓸쓸했기에 이 원소의 밤에도 등롱을 구경하러 갈 생각이 들지 않아 자기 집 문가에 서서 덧없이 오가는 사람들만 바라보고 있었다. 15일 밤의 삼경(12시에서 2시 사이)도 지난 시각, 사람들의 그림자도 뜸해졌을 무렵, 머리를 양쪽으로 동그랗게 말아 올린 하녀인 듯한 소녀가 쌍두 모란등을 들고 앞장서서 한 여자를 안내해 왔다. 여자의 나이는 열일고여덟 살쯤이었는데 쪽빛 소매, 붉은 치마를 입고 더할 나위 없이 나긋나긋한 모습으로 서쪽을 향해 지나가고 있었다.

교생이 달빛 아래서 바라보니 여자는 그야말로 국색(國色, 나라의 손꼽히는 미인)이라 할 수 있을 정도의 미인이었기에 신혼표탕(神魂飄蕩, 정신과 넋이 아득해짐), 자신도 모르게 달떠서 그 뒤를 따라가자, 여자도 곧 그 사실을 깨달았는지 뒤돌아서 미소를 지었다.

"따로 약속을 하지도 않았는데 여기서 뵙게 되다니, 이것도 인연인 듯합니다."

여자의 말 계기로 교생이 곁으로 달려가 정중하게 인사했다.

"저희 집은 바로 저기입니다. 잠깐 들렀다 가시지 않으시겠습니까?"

여자는 특별히 거절하는 빛도 보이지 않고 소녀를 불러세워 교생의 집으로 발걸음을 돌렸다. 처음 만나는 사이였으나 꽤나 허물없는 사이가 되어 여자가 자신의 신상을 털어놓기 시작했다.

"저의 성은 부(符), 자는 여경(麗卿), 이름은 숙방(淑芳)이라고 하는데 예전에 봉화주(奉化州)의 판(判, 고관이 낮은 관을 겸함)을 지내던 자의 딸입니다만, 아버지가 작년에 돌아가

신 뒤로 가세도 기울고 달리 형제도 없으며 친척도 없기에 이 금련(金蓮)과 단둘이서 월호(月湖)의 서쪽에서 임시로 살고 있습니다."

오늘 밤은 자고 가라고 하자 그것 역시 거절하지 않았기에 결국 그날 밤은 교생의 집에서 묵게 되었다. 이들 일에 대해서는 자세히 말할 필요도 없을 것이다. '한없는 사랑의 기쁨이 극에 달했다.'고 기록되어 있다. 날이 밝으면 여자는 일단 교생의 집을 떠났으나, 해가 저물면 다시 찾아왔다. 언제나 금련이라는 소녀가 모란등을 들고 안내해서 찾아왔다.

이런 일이 보름쯤이나 계속되는 동안 교생의 이웃에 살고 있던 노인이 알기 에게되자는 생각이 들어 버래 구멍을 뚫어놓고 가만히 들여다보니, 연지와 분을 바른 해골 하나가 교생과 등불 아래 나란히 앉아 다정하게 속삭이고 있었다. 그것을 보고 크게 놀란 노인이 이튿날 아침, 바로 달려가 교생에게 물으니 처음에는 입을 굳게 다물고 비밀을 지켰으나, 노인의 말에 겁을 먹고 약간 으스스한 기분이 들었는지 결국은 모든 비밀을 숨김없이 털어놓았다.

"그럼, 만약을 위해서 한번 조사해보도록 하게."라고 노인이 주의를 주었다. "그 여자들이 월호의 서쪽에서 산다고 했으니 거기로 가면 정체를 알 수 있을 게야."

과연 그렇겠구나 싶어 교생은 얼른 월호의 서쪽으로 가

서 긴 제방 위 높다란 다리 부근을 샅샅이 찾아보았으나 그럴 듯한 집은 보이지 않았다. 부근 사람들에게도 물어보고 길가는 사람들에게도 물어보았으나 하나같이 모른다는 대답뿐이었다. 그러는 동안에 날도 저물기 시작했기에 근처의 호심사(湖心寺)라는 오래된 절로 들어가 잠시 쉬기로 하고 동쪽의 복도를 걷고, 다시 서쪽의 복도를 거닐고 있자니 그 서쪽 복도 끝에 어둑어둑한 방이 있고 거기에 여관(旅棺) 하나가 놓여 있었다. 여관이란 여행 중에 죽은 사람을 관에 넣어 어딘가의 절에 맡긴 것을 말하는데, 일정 기간을 기다렸다가 고향으로 가지고 가서 장사 지낸다. 따라서 예로부터 이 여관에 관한 여러 가지 괴담이 전해오고 있다.

교생이 별생각 없이 그 여관을 들여다보니 그 위에 붙은 하얀 종이에 '고봉화주판부녀, 여경지구(故奉化州判符女, 麗卿之柩)'라 적혀 있었으며, 그 관 앞에는 낯익은 쌍두 모란등이 걸려 있고, 그 등 밑에는 인형으로 된 하녀가 서 있었는데 인형의 등에 금련이라는 두 글자가 적혀 있었다. 그것을 보자 갑자기 섬뜩한 느낌이 들어 황급히 거기서 달아나 뒤도 돌아보지 않고 자신의 집으로 돌아갔으나, 오늘 밤에도 역시 오는 걸까 하는 생각을 하면 도저히 차분하게 있을 수가 없었기에 그날 밤은 이웃의 노인 집으로 가서 묵기로 하고 벌벌 떨며 하룻밤을 보냈다.

"그냥 무서워하기만 한다고 될 일이 아니야."라고 노인이 다시 가르쳐주었다. "현묘관(玄妙觀)의 위 법사(魏法師)는 돌아가신 개부(開府)의 왕진인(王眞人)의 제자로, 주술에 있어서는 당대 최고라 일컬어지고 있으니 자네도 얼른 가서 부탁하도록 하게."

그 이튿날 아침, 교생은 한달음에 현묘관으로 달려갔는데, 법사가 그의 얼굴을 보자마자 깜짝 놀랐다.

"자네 얼굴에는 요기(妖氣)가 가득하군. 여기는 대체 무슨 일로 온 거지?"

교생이 그의 발밑에 엎드려 절하고 그 모란등에 얽힌 이야기를 낱낱이 털어놓았다. 법사는 낡은 부적 2장을 주며 한 장은 문에 붙이고 나머지 한 장은 침대에 붙이라고 시킨 뒤, 앞으로 호심사 근처에는 두 번 다시 얼씬도 하지 말라고 말했다.

집으로 돌아와 법사의 말대로 부적을 붙이니 과연 그 뒤부터는 모란등의 그림자조차 보이지 않았다. 그로부터 한 달여쯤 후, 교생은 곤수교(袞繡橋) 부근에 사는 친구의 집에 놀러 갔다가 거기서 술을 마시고 돌아오는 길에 술에 취해 위 법사의 경계를 잊고 호심사 앞을 지났는데 절 문 앞에 소녀 금련이 서 있었다.

"아가씨께서 기다리신 지 이미 오래입니다. 당신도 꽤나 매정한 분이시네요."

다짜고짜 그를 절 안으로 끌고 들어가 서쪽 복도의 어두운 방으로 데려갔는데 여경이 거기서 기다리고 있다가 그녀역시 남자의 매정함을 나무랐다.

　"당신과 저는 원래부터 아는 사이가 아니라 도중에 우연히 만나게 된 사이이기는 하나, 당신의 두터운 정에 감동하여제 몸과 마음 모두를 허락하고 매일 밤 하루도 거르지 않고찾아가 온갖 정성을 다 바쳤는데 당신은 미심쩍은 거짓 도사의 말에 속아 갑자기 저를 의심하고 이대로 연을 끊으려 하시다니, 너무나도 매정하신 당신의 행동에 저는 당신을 깊이 원망하고 있습니다. 이렇게 다시 뵙게 되었으니 당신을 이대로돌려보낼 수는 없습니다."

　여자가 남자의 손을 잡고 관 앞으로 가자 관 뚜껑이 저절로 열리더니 두 사람의 모습이 곧 사라져버렸다. 뚜껑은 원래대로 닫혔으며 교생은 관 속에서 목숨을 잃고 말았다.

　교생이 돌아오지 않자 이를 이상히 여기고 여기저기 찾아다니던 이웃집 노인이 혹시나 해서 호심사로 가보았더니낯익은 교생의 옷자락이 그 관 밖으로 살짝 나와 있었기에 놀라 전후 사정을 절의 승려에게 말하고 서둘러 관을 열어 살펴보니 교생은 여자의 시체와 나란히 누워 있었는데 여자의 얼굴은 마치 살아 있는 사람의 얼굴 같았다. 승려가 탄식하며말했다.

"이 사람은 봉화주 판인 부라는 사람의 딸입니다. 17세에 세상을 떠났는데 우리 절에 그 유해를 임시로 맡기고 일가는 북쪽으로 갔습니다만 그 후 아무런 소식도 없습니다. 그로부터 12년이 지난 오늘에 이르러 이런 신기한 일이 일어날 줄은 꿈에도 생각지 못했습니다."

이대로 내버려둘 수 없다고 생각했기에 남자와 여자의 시체를 넣은 채 그 관을 절의 서쪽 문밖에 묻었는데 그 후에 다시 기이한 일이 하나 일어났다.

흐린 날이나 어두운 밤이면 그 교생과 여경이 손을 잡고, 소녀 하나가 모란등을 들고 앞장서서 가는 모습이 종종 사람들에게 띄었는데, 그늘을 본 사람은 무서운 병에 걸려 오한이 들고 열이 났다. 그들의 무덤에 재를 올리고 고기와 술을 바쳐 기리면 무사했으나 그렇게 하지 않으면 목숨을 잃는 경우도 있었기에 이를 크게 두려워한 마을 사람들이 현묘관으로 급히 달려가 어떻게든 그들을 진정시켜달라고 탄원하자 위 법사가 말했다.

"나의 주술은 일을 미연에 방지할 수 있을 뿐이오. 일이 이렇게 된 이상 내 힘은 미치지가 않소. 듣자하니 서명산(西明山) 정상에 철관도인(鐵冠道人)이라는 사람이 있는데 귀신을 진정시키는 법술에 능하다고 하니 그를 찾아가 부탁해보는 것이 좋을 듯하오."

이에 여러 사람들이 서로 상의하여 서명산을 오르기로 했다. 등나무 덩굴에 매달려 기어오르기도 하고, 계곡을 건너기도 해서 마침내 정상에 오르자 아니나 다를까 거기에는 과연 초암(草庵)이 있었는데 도인은 책상에 기대앉아 있었으며, 동자는 학과 장난을 치고 있었다.

무리가 암자 앞에서 절하고 자신들의 소원을 말하자 도인은 머리를 흔들며, '나는 산림 속의 은사로 언제 죽을지도 모를 노인이오. 그런 괴이한 일을 가라앉힐 기이한 술법을 알고 있을 리가 없소. 당신들은 어디서 허황된 소리를 듣고 나를 너무 과대평가한 듯하오.'하며 단호히 거절했다. "아니 허황된 소리가 아닙니다. 현모관의 위 법사의 말씀을 듣고 찾아온 것입니다."라고 대답하자 도인도 어쩔 수 없다는 듯 고개를 끄덕였다.

'나는 벌써 60년 동안이나 산을 내려간 적이 없었는데 그 사람이 쓸데없는 소리를 해서 다시 세상에 내려가게 되었구나.'

그는 동자를 데리고 산에서 내려왔다. 노인이라 여겨지지 않을 만큼 가벼운 발걸음으로 곧 호심사의 서쪽 문밖에 도착해 그곳에 방장의 단을 쌓고 무엇인가 부적을 써서 그것을 태우자 그 안에서 심부름꾼 대여섯 명이 나타났는데 하나같이 키는 1장(약 3m)이 넘었고 황건을 두르고 있었으며 금색 갑옷을 입고, 조각이 새겨진 창을 들고, 단 아래 버티고 서서 도인의 명령을 기다렸다. 도인이 엄숙하게 말했다.

"요사이 이 근방에서 요사스러운 일이 일어나고 있다는 사실을 너희들도 모르지는 않을 터. 얼른 이리로 잡아오도록 하라."

그 말을 듣고 떠난 그들이 곧 교생과 여경과 금련의 손에 고랑을 채우고 목에 칼을 씌워 끌고 왔다.

또한 도인의 명령에 따라 그들이 채찍과 태장(笞杖)으로 마구 때렸기에 세 사람은 온몸에서 피를 흘리며 괴로움에 소리를 질렀다. 그 체벌이 끝나자 도인은 붓과 종이를 세 사람에게 주어 죄에 대한 공술을 쓰게 한 뒤, 다시 커다란 붓을 들어 직접 그 판결을 썼다. 그 글은 매우 긴 것이었는데 요약하자면 세 사람은 세상을 어지럽히고, 백성을 속이고, 조(條, 가르침의 각 조항)를 배반하고, 법을 어겼기에 그 죄로 모란등을 불태우고 그들을 구천 지옥으로 보낸다는 내용이었다. 급급여율령(急急如律令, 잡귀를 몰아낼 때 주문 끝에 붙이는 말), 한 치의 용서도 없었다. 이 판결을 받은 세 사람은 그제야 한탄하고 슬퍼하며 무리에게 내몰려 떨어지지 않는 발걸음으로 울며불며 지옥으로 보내졌다. 그들을 보내고 난 뒤 도인은 곧 산으로 돌아갔다.

어느 날, 사람들이 그 일에 대한 예를 올리기 위해 다시

산을 올라가 보니 그저 초암만 남아 있을 뿐, 도인의 모습은 어디에도 보이지 않았다. 이에 현묘관으로 가서 도인의 행방을 물으려 했으나 위 법사는 언제부턴가 벙어리가 되어 말을 하지 못하게 되어 있었다.

세계 서스펜스 추리여행❶

2014년 8월 01일 1판 1쇄 인쇄
2014년 8월 05일 1판 1쇄 펴냄

지은이 ┃ 에드워드 조지 얼 벌워 리턴 외
옮긴이 ┃ 박선경
기　획 ┃ 김민호
발행인 ┃ 김정재 · 김재욱

펴낸곳 ┃ 나래북 · 예림북
등록 ┃ 제 313-2007-27호
주소 ┃ 서울 마포구 독막로 10(합정동) 성지빌딩 616호
전화 ┃ (02) 3141-6147
팩스 ┃ (02) 3141-6148
이메일 ┃ raraeyearim@naver.com

ISBN 978－89－94134－37-6　03840